阿九

2

青君 著

風文創 774

目錄

第十一章

轉眼間，便是兩年倏忽而過，到了宣和二十九年，施嫿已經十六歲了，她跟著林家父子學醫，仔細數數，已有七載，時日漸久，施嫿和林寒水也都能獨當一面，不少人都認得他們兩人了。出診時不再需要跟隨林不泊，施嫿和林寒水也能外出看診，除非碰到棘手的疑難雜症，一般來說，都沒有什麼大問題。

城北懸壺堂裡，此時正是八月初，桂樹飄香，施嫿坐在窗下替一個婦人把脈，細聲問道：「嬸嬸年歲幾何？」

婦人面色蠟黃，病容憔悴，答道：「今年三十有二了。大夫，我這是得了什麼病？」

施嫿安撫道：「這得診治之後才能確定，嬸嬸除了精神不濟、渾身痠痛之外，這幾日可有腹瀉之症？」

婦人連連答道：「是，有，已半月有餘了！起先只以為吃壞了東西，不曾在意。大夫，這和我的病有關嗎？」

施嫿聞言輕輕一笑，鬆開把脈的手，示意她換右手，一邊診脈，一邊道：「嬸嬸莫急，此症是因為脾胃濕寒，不能健運，以至於氣化不升。」

婦人一迭連聲問道：「嚴不嚴重？能治嗎？」

聞言，施𤦪不覺莞爾淺笑，道：「自然能治，我先給嬸嬸開一個方子。」

婦人忙道：「好、好，煩勞大夫了。」

施𤦪提起筆，在紙箋上寫起來。

這時，一直站在旁邊的一個十一、二歲的少年，語帶崇敬地道：「我什麼時候能像𤦪兒姊一樣厲害，給病人看診？」

從後堂走出一個青年，調侃道：「那你怕是要再學個十幾載，才能比得上𤦪兒的一半了。」說話的青年正是林寒水。

少年聽罷，十分不服氣。「可是𤦪兒姊看起來年紀不比我大多少，為何我就要學十幾載？」

林寒水失笑，指了指他。「你十二歲。」然後又指了指自己。「你姊夫我如今十歲有九。」

少年莫名其妙，不知他這話何意。

林寒水繼續笑道：「我六歲識字，七歲開始看醫書，十歲已認得大半藥材，十一歲隨同爺爺出診，這樣下來，我的醫術卻還稍遜𤦪兒一籌。你仔細算算，你得學上多少年，才能與𤦪兒一般厲害？」

聽了這話，許衛撇了撇嘴，連忙岔開話題，轉向施𤦪道：「𤦪兒姊，翎哥是不是要參加秋闈了？」

如今謝翎十五歲了，他跟著董夫子學了三年，八月一到，包括謝翎在內，大乾朝所有應試的學子都要前往省城布政司駐地，參加三年一度的鄉試。

施嫿笑著頷首。「是，過幾日就要考試了。」

許衛信心滿滿地道：「翎哥讀書那樣厲害，此次肯定能中榜首，解元非他莫屬！嫿兒姊，我先走了，我姊若問起我來，妳就說我回家看書去了。」他說完，吐吐舌頭，一溜煙地跑了。

林寒水沒好氣地笑道：「看什麼書？估計又跑到哪兒玩去了，也就騙騙他姊姊！」

林寒水一年前成親，妻子名叫許靈慧，是個秀才先生的女兒，很是賢慧勤快，夫妻兩人頗為恩愛。

林家娘子雖然對於施嫿不能成為自己的兒媳十分遺憾，但是遺憾一陣子，也就看開了。

許衛是許靈慧的幼弟，經常來懸壺堂玩，對學醫很有興趣，沒奈何他的秀才爹一心一意想要他考個功名回來，許衛小孩子心性，尚未開竅，只一味想玩。

林不泊出診了，懸壺堂只有施嫿和林寒水坐診。

今日病人不是很多，等到了上燈時分，天色暗下來，施嫿站起身，收拾桌上的紙箋，道：「寒水哥，我先回去了。」

林寒水正捏著一把藥材嗅聞，聽了才回過神來。「現在嗎？謝翎下學了？」

「應該快了。」施嫿才說完，外面便走進來一個人。

那人身形清瘦，挺拔如青竹，手中拿著一把油紙傘，雨水順著傘滴落下來，在地上暈開點點痕跡。進了門後，昏黃的燭光爬上他的衣角，落在淺青色的棉布衣袍上，襯得他整個人顯得很是斯文清俊。

林寒水笑著招呼道：「謝翎來了。」

謝翎應了一聲，道：「寒水哥，我來接阿九。」

「想想你也該來了，過幾天就要參加秋闈了吧？」

「是。」謝翎輕笑著點頭，問道：「伯父出診還未回來？」

「他下午去羅村，大概在路上了。」

兩人寒暄一陣後，施嫿已收拾好桌面，她提起一盞燈籠，見謝翎衣角濕了，道：「下雨了？」

「下了。」謝翎低頭看了看，不甚在意地道：「雨不大。」

「走吧！」

施嫿兩人向林寒水道別，這才離開懸壺堂，往城西走去。細密的秋雨如絲一般，輕柔地落在油紙傘面上，發出輕微的聲音，彷彿春蠶食桑一般，窸窸窣窣。

晚風夾著雨絲吹過，帶來幾分沁骨的涼意，謝翎把油紙傘往施嫿的方向偏了偏，好為她遮住大部分的雨絲。

空氣中飽含濕潤的水氣，施嫿輕輕吸了一口氣，問道：「什麼時候考？」

謝翎答道：「再過幾日就是八月初八，貢院就在城南，我和師兄他們一同進場。」

施嫿叮囑道：「你到時候要謹慎仔細，若有不知道的、應付不來的，可以先問問你的師兄們。」

謝翎一一答應下來，兩人小聲說著話。身形挺拔的少年一手撐著雨傘，一手虛虛扶在少女身後，唯恐風雨吹著了她半分。他們一路穿行過燈火通明的街市，那一方小小的雨傘，將兩人籠罩在其中，就像是獨立隔開了一個世界，再沒有人能夠插足其中。

待進了清水巷，雨勢驟然急促起來，好似一把豆子灑在了傘面上，啪啪作響，斜風挾裹著細密的雨絲撲過來，帶來初秋的涼意。

施嫿衣裳單薄，乍被這夾著雨水的冷風一吹，不由自主地打了一個寒顫。

謝翎立即察覺了，他沒猶豫，伸手攬住了施嫿的肩，將她整個人攬進懷中，寬大的袍袖打開，將施嫿纖弱的身子遮住了大半。

溫熱的暖意自少年的掌心傳來，透過薄薄的衣衫布料，溫暖了施嫿的手臂，油紙傘打得很低，所以兩人的距離很近，她的鼻尖甚至能嗅到一股淡香，像是經年累月浸潤的墨香，在空氣中瀰漫，十分好聞。她忽然覺得有些不安，但是她一時還找不到這不安的來源。

天色漸晚，寂靜的巷子裡，只能聽見雨水落地時濺起的聲音，還有輕微的腳步聲。

謝翎略略側頭，目光落在少女的身上，烏黑的青絲如雲一般，鬢邊的幾縷髮絲被風吹起來，輕輕軟軟地擦過他的下頷，帶來一絲輕微的癢意，那癢意像是一隻細小的螞蟻，順著皮膚一路迅速爬到了心底，令謝翎的眸光漸漸變得深沈。

他像是著了魔般，盯著施嫿看著。因為高了她一頭的緣故，從謝翎這個角度，能看清楚少女烏黑的鬢髮，還有她飽滿雪白的額頭，線條流暢地往下，小巧秀氣的鼻梁形成了一道優美的弧線，她的眉若遠山翠黛，睫毛若蝶翼，微微顫動著，似乎伸手一碰，就要翩然飛去。

此時此刻，心愛之人半攬在懷，謝翎心底的情意彷彿要滿溢出來似的，他情不自禁地抬起放在施嫿肩上的手，試探著輕輕靠近那蝶，他想……想碰一碰。就在此時，一滴碩大的雨點打在旁邊的牆瓦上，激起無數細碎的小水珠，滴落在謝翎的手指上。

他突然從那一份癡迷中猛地清醒過來，略微發熱的頭腦迅速冷卻下去。

恰在此時，施嫿抬起頭來，道：「鎖匙給我。」

謝翎幾乎用盡了全身的力氣，在剎那之間收拾好面上的表情，恢復如初。他眨了一下眼，點點頭，將鑰匙交給施嫿，然後接過她手中的燈籠，聽著那鎖被轉動，啪的一聲，打開了。就像是他心底的聲音，克制而隱忍。

一場秋雨一場寒，接連下了兩日雨，這一日施嫿起來便覺得頭有些發暈，額頭上的青筋直跳，隱隱作痛。她作為大夫，自然知道自己這是受寒了。連連陰雨，屋裡開始泛潮，加上天氣驟然變涼，寒氣入心肺，一時不慎，便得了風寒。

施嫿揉了揉眉心，臉色有些發白。

謝翎一眼就看出來了。「阿九，妳生病了。」

他幾步上前，連手中的書都來不及放下，溫暖的手便貼上了施嫿的額頭。淡淡的墨香瀰漫在空氣中，莫名安撫了施嫿隱約的頭痛。施嫿緊緊蹙起的眉心漸漸鬆開，她下意識地在謝翎的掌心蹭了一下，在發覺自己這種幼稚的舉動之後，她連忙停下來，微微閉著眼，道：「我沒事，只是頭有些痛。」

謝翎的手沒有拿開，凝神感受了片刻。「有些發熱，可還有哪裡不舒服？」

施嫿睜開雙眼，答道：「無妨，我是大夫，自然知道，不大礙事。」

謝翎不贊同地看著她，濃黑的劍眉微微皺起。「醫者不自醫，妳今日不要去醫館了，就在家裡休息吧，我去跟伯父他們打一聲招呼。」

施嫿想拒絕，張口打出一個小小的噴嚏，腦門上那一點隱痛便越發劇烈起來。

這讓謝翎的眉心皺得更緊了，語氣裡難得地帶上幾分強硬。「去休息，阿九，聽話。」

少年的話不容置疑，施嫿知道他的性格，若是硬著來，肯定拗不過他的，遂只能順著他，躺到床上。

謝翎替她將被子蓋好，拉到下巴處，蓋得嚴嚴實實，一絲風也不透，這才道：「我去熬些粥來，妳先睡。」

施嫿抬頭看他，張著的眼睛在略暗的床帳裡彷彿星子一般，亮亮的，問道：「你不去學塾嗎？」

謝翎搖搖頭。「夫子這幾日不在書齋，去與不去，都是一樣的，我在家裡還能照看妳。」話裡的意思，簡直把施嫿當成了一個小孩，施嫿哭笑不得，張口欲言。

謝翎又細心地掖了掖被子，不準備聽她的話了，道：「我去熬粥。」說完便起身出去了。

施嫿被被子包裹著，好似一隻吐了繭的蠶，連動一下都有些困難。她看著少年挺拔的身影消失在門口，不由得孩子氣地皺了皺鼻子，然後輕笑起來。

謝翎熬好粥，放涼之後端到床前，準備親自餵施嫿吃。

施嫿連忙攔住了，她只是頭暈乎乎，有些痛罷了，又不是斷了手，若叫人餵飯也太小題大做了些。

謝翎只得作罷，只是心裡頗有些遺憾，不能餵阿九吃粥，彷彿錯過了一件大好事，大抵就算鄉試落榜都比不上此時的失望吧！

施嫿喝了粥之後，又讓謝翎按著小睡，她正覺得頭痛，便依言躺下，不多時，就沈沈睡著了。

謝翎洗好碗筷之後，過來站在門口看了看，良久，才伸手將門輕輕帶上，轉身離開。他先去城北懸壺堂，天已大亮，只是綿綿細雨仍未停歇，將衣袍都淋得濕潤。

林寒水正在給病人看診，見謝翎來，抽空招呼一聲，卻不見施嫿，便道：「嫿兒沒來？」

謝翎站在門口，答道：「她受了涼，身子有些不舒服，我讓她今日別來了，特意來與你們說一聲。」

林寒水連忙道：「可要緊？需要我過去看看嗎？」

「不必勞動寒水哥了，我來拿一劑祛寒湯，想先給她服下。」

林寒水聽罷，道：「那你稍待片刻，我給這位病人看完診，就給你開。」

不出一刻鐘，林寒水便起身去抓好藥，包好遞給謝翎，叮囑道：「先喝一劑，最好在午時喝，晚上就別喝了。」他說著，又道：「喝了之後，便會發汗，若還有不妥，就來醫館找我，莫耽擱了。」

謝翎點點頭，又道了謝。

林寒水忽然想起了什麼，道：「你不是要參加秋闈了嗎？要去學塾，恐怕無法照顧嬸兒，不如我讓靈慧過去一趟？」

謝翎笑笑，婉拒道：「不必麻煩靈慧嫂子了，夫子如今不在書齋，我去了學塾也無用，在家溫書也是一樣的。」

林寒水瞪大了眼睛。「秋闈不是近在眼前了嗎，你們那先生竟不管你們？」

董夫子教學生一向是這樣，放牛吃草，愛怎麼學就怎麼學，別說區區一個秋闈了，便是來年的春闈，謝翎想，他都不會放在心上的，遂笑道：「夫子脾性古怪，但往常十分盡心，只是做學生的要自己多用些心思了。」他說完，便別過林寒水，往城南的方向走去，一路到了淵泉齋。

裡面傳來楊曄背書的聲音。「茲乃不義，習與性成。予弗……予弗狎於弗順，營於桐宮，密邇先王其訓……」

眼看鄉試在即，連一部《尚書》都沒背完，也不知他這幾年到底怎麼學的，大抵就如董夫子所說的那般。

「怕是學到狗肚子裡去了！」晏商枝嘲笑的聲音傳來。

謝翎推門進去，他動作很輕，沒有引起裡面三人的注意。

楊曄還在不服氣地辯解道：「什麼叫狗肚子？讀書人，說話斯文些！」

晏商枝笑著嘲諷他。「那你怎麼連區區一部《尚書》都背不全？」

楊曄霎時間氣弱，過了一會兒才哼唧道：「這不是漏掉了嗎？萬一這次鄉試不考《尚書》呢？」

見他這般，晏商枝不由得鄙夷道：「那你回去給老祖宗多上幾炷香，求一求他們，考試的時候給你使個神通還靠譜些！」

這話說的！

眼看兩人要吵起來了，一旁的錢瑞看見了謝翎，連忙高聲喚道：「謝師弟你來了！」

兩人聽見，這才轉過頭來。

楊曄見謝翎正在收拾書籍，好奇地問道：「師弟，你拿書做什麼？」

謝翎簡短地解釋道：「阿九病了，我要照顧她，過來拿幾本書回去看。」

楊曄酸溜溜地道：「你不是中了小三元嗎？還這麼用功，讓師兄我情何以堪？少讀一日也沒什麼打緊的，咱們幾個也追不上你！」

謝翎把書收好，抬起頭來，斯斯文文地笑道：「師兄言重了，我學識淺薄，不敢自滿，堪堪會背一部《尚書》罷了，還須勤勉些才好。」一句話，把楊曄噎了個半死。

一旁晏商枝頓時哈哈大笑，便是錢瑞也沒忍住，笑了起來；唯有楊曄十分鬱卒，他覺得這日子真是難過，師兄這樣，師弟也這樣，他在這兒讀書已經讀成了好大一個受氣包。

卻說謝翎與晏商枝三人別過後，請他們在夫子來時幫忙告假，三人自然是答應下來，謝翎這才又帶著書，拎起藥回城西去了。

等他到家時，施嫿還沒醒，似乎睡得不太安穩，眉心微微蹙著，像是夢見了不好的事情。

她經常這樣，謝翎低頭看著。這些年來，施嫿經常作噩夢，他也都曉得，只是每當問起時，從來得不到答案。

阿九心裡有事，卻不告訴他。

謝翎已經不是第一次察覺到這個事實了，起先他還會覺得鬱悶，但是時間一長，他漸漸沈得住氣了，從一開始的急於知道答案，到後來慢慢不問了。他等著，等著有朝一日，阿九親口告訴他。

少女的眉心蹙得越緊，她不安地動了一下，發出了一點點聲音，像是在說著什麼。

謝翎屏住呼吸，凝神聽著那一點點呢喃，仔細而專注，竭力地捕捉到了些許字句，詞句破碎，但他還是拼湊出來一個名字。

謝翎聲音低微而且疑惑地唸道：「李靖涵？」李靖涵是誰？

他與阿九生活了這麼多年，可以說是彼此相依為命長大的，謝翎熟悉她身邊所有的一切，人或者事物，但是他從未聽說過這個名字。

李靖涵？李景寒？抑或是李敬寒？

無論怎麼拼湊，都彷彿是一個男子的名字。謝翎的眼神倏然轉為深沈，阿九為什麼會在夢裡喚一個男子？他是阿九的什麼人？而且……

李，是大乾朝的國姓，唯有皇室一族才可以冠上此姓，阿九為什麼會認識這樣的人？

霎時間，腦中有什麼一閃而逝，謝翎驀地想起來，當年阿九要他繼續去上學時，望著他，眼中透出固執的光，少女略帶稚氣的聲音卻異常堅定。你不只要上學，還要去參加科舉，你要考鄉試、會試、殿試，成為一個大官，你要幫我。

那時候的謝翎尚不明白，要他幫什麼，只是阿九說了，他就願意去做；到了此時，再仔細回想，當時的話，似乎別有深意。

為什麼一定要等他當了大官，才能幫阿九？

短短一瞬，謝翎的腦中閃過許多念頭，紛紛籍籍。他的目光落在了施嫿的面容上，大概是因為頭疼，又或是那些不好的夢，她的眉間微微蹙起，形成了一道優美的褶皺，他忍不住伸手過去，將它們輕輕撫開。

少女的臉色略顯蒼白，鼻梁秀氣筆挺，如花瓣一般小巧的嘴唇透著些不健康的粉白，謝翎不覺看得入了神，他鬼使神差地靠過去，湊近了，近到幾乎能感受到少女臉頰上的熱度，還有她溫熱的呼吸，一下一下，輕輕的氣息如蘭般吐在謝翎的臉上，簡直要令他的臉燃燒起來。謝翎的腦海中此時什麼都沒有了，他深邃的目光注視著少女的面孔，睫毛纖長，像一把扇子似地展開，又像是靜止的蝴蝶，他的嘴唇忍不住動了動，吐出兩個無聲的字：阿九。

彷彿是情不自禁，他再也無法克制住滿腔的情動，謝翎輕輕往前，嘴唇印在了少女精緻小巧的唇上，那種美妙的觸感，彷彿在親吻一片細嫩的花瓣，溫軟無比。

與此同時，他心裡發出一聲長長的喟嘆：阿九……

直到那輕輕的腳步聲漸漸遠去，消失在門外，原本躺在床上的少女這才緩緩睜開雙眼，天光自窗櫺處輕輕灑下，落入她的眼中，清透而明澈，能清晰地看見其中深深的震驚和無措。原本今日又作了噩夢，施嫿其實睡得並不太沈，所以當謝翎的手指輕輕撫在她的眉間時，她便已經驚醒大半了。睡意朦朧間，還未來得及睜眼，謝翎就靠了過來。

若不是這種巧合，施嫿完全不知道謝翎竟然對自己抱著這樣的心思！她只覺得原本隱隱作痛的額頭，此時疼痛更加劇烈了，令她難以忍受。

可是偏偏施嫿還止不住地想，為什麼？怎麼會這樣？是從什麼時候開始的？

她思及過往種種，謝翎一直都表現得十分正常，沒有絲毫異樣，除了每日接送她去醫館，看起來勤勉些，可那是在謝翎九歲上學的時候就已經開始了，他們之間情同親人，而施嫿也一直拿謝翎當作弟弟來看待。如今乍然發現這事，她竟然有些不知如何是好。

施嫿一時間心亂如麻，煩躁無比，片刻後她才伸手按住眉心，迫使自己理清紛亂的思緒。當務之急，還是按兵不動，保持沈默為好，畢竟現在距離秋闈，已經沒有幾天了。明年，宣和三十年，謝翎一定會順利通過殿試，高中探花。

施嫿終於冷靜下來，勉強收斂思緒，她輕輕吐出一口氣來，聽見門口處傳來一陣徐緩的腳步聲，是謝翎來了。

她眼中閃過幾分複雜之色，最後又消弭於無形，在腳步聲停下之前，施嫿閉上了雙眼，彷彿又陷入了沈睡。

門被推開了，老舊的門軸發出一聲聲響，不輕不重，像是被人盡力阻止了，腳步聲慢慢來到床邊，然後停住。

施嫿閉著雙眼，不知是不是錯覺，她甚至能感覺到來人的視線落在自己的面孔上，專注無比。施嫿心裡只覺得十分驚訝，是她之前太過遲鈍，還是謝翎隱藏得太好？這樣飽含著情意的灼灼目光，這麼久以來，她竟然從未察覺，簡直是愚蠢！

過了許久，就在施嫿忍耐不住，想要睜開眼睛的時候，謝翎的聲音輕輕喚著她。

「阿九，阿九？」

施嫿的睫毛輕輕顫了顫，然後緩緩張開了雙眼，彷彿才幽幽醒轉。

謝翎手裡端著一只小碗，正低頭看著她，目光關切而溫柔，他盯著施嫿的眼睛，彷彿是在觀察著什麼。

施嫿心裡微微一驚，她不知道謝翎竟然如此敏銳，所幸她反應極快，被褥下的手指驟然捏緊了，目光茫然地回視過去，聲音裡帶著幾分慵懶的睡意，問道：「我睡了多久？」

謝翎眼底的揣測漸漸散去，像一頭狼，低伏著頭，毫無聲息地退開，像是什麼也沒有發生似的，笑著答道：「有一個多時辰了，先把藥喝了吧！」

聞言，施嫿好奇地看著他手中的碗，問道：「是什麼藥？」

謝翎把碗遞過來，耐心地道：「是祛寒湯，我請寒水哥幫忙開的。」

施嫿坐起身來，接過那只小小的碗時，手指不可避免地與少年端碗的手指輕輕觸碰在一起，指尖灼燙無比，不知是因為對方手中的熱度，還是因為那裝著熱藥湯的瓷碗。

施嫿卻像是毫無所覺一般，神色如常，彷彿對剛剛的觸碰毫不在意。

謝翎眼底的懷疑終於盡數散去。

施嫿則是暗暗鬆了一口氣，她雙手捧著碗，專注地盯著那深褐的顏色看，湯藥估計是特意放涼了，不涼不燙，剛剛好，可見熬湯的人十分細心，施嫿不禁在心裡深深地嘆了一口氣，表情卻十分淡定，端著碗小口地喝了起來。苦澀的藥霎時間侵占了味蕾，令人十分不適，施嫿不由得輕輕皺了一下眉，就在此時，她感覺到謝翎抬起手來，輕輕地貼在了自己的額頭上。

施嫿猝不及防，完全沒想到他會有此動作，心裡一跳，眼睛微微一睜，差點整個人跳起來，但是她反應也快，瞬間便收斂起那些驚慌失措的表情，飛快地垂下眼，裝作什麼也沒有發生過一般，完全不在意那隻手似的。

這一切都發生在須臾之間，緊接著，謝翎便收回了手，又在自己的額間貼了貼，欣慰道：「還好，沒有發熱。」

這次施嫿心裡終於大大舒了一口氣，她「嗯」了一聲，放下碗，開口抱怨道：「我說過不妨事的，我自己是大夫，難道還不清楚嗎？」

謝翎接過空碗，不贊同地道：「病痛無小事。」

施嫿擺擺手，似乎不想與他爭辯。

謝翎又問：「頭還痛嗎？」

施嫿被剛剛那一陣驚嚇，現在有更頭痛的事情杵在她面前，身體上的痛楚反而減輕許多，她狀似想了一下，然後才搖搖頭，道：「已經好多了，我沒事。」她說完，便趕謝翎走，催促道：「你快去溫書吧！過幾日就要參加秋闈了，怎麼這樣有空？」

謝翎卻溫柔地道：「妳生病了，我如何有心思看書？」

施嫿一下子僵住了，他說起這種輕輕款款的話，彷彿十分尋常，但是不知是不是施嫿多心，還是如今她發現了他的心思，這話在她耳中聽來，只覺得、只覺得分外地曖昧。

但是仔細一想，以前謝翎也是這般對她說話的。阿九，我不想去書院聽講學、阿九，我不想離開妳、阿九，我想妳了……諸如此類，他平常說了不知多少。

謝翎從小到大都表現得十分懂事，當他說起這些話來，就如撒嬌一般，因此施嫿從沒有多想，甚至還會為此心軟。

如今細細想來，施嫿想回到過去，抓住自己晃一晃腦子裡面的水。醒醒！他確實是在撒嬌，卻不是妳想的那種撒嬌！那是一個慕少艾的少年在對著自己傾慕的人撒嬌！

施嫿在心底呻吟一聲，長到如今，她第一次覺得自己如此遲鈍！謝翎都表現得這般明顯了，她卻絲毫沒有察覺，若不是有了今日這巧合，還不知要等到哪一日，她才會發現。

「阿九？」

大概是因為施嫿沈默的時間有些久，謝翎的聲音裡帶著幾分疑惑。

施嫿猛地驚醒過來，近乎狼狽地道：「沒事，我方才在想事情。」她揮了一下手，不敢去看少年的眼睛，只是故作不甚在意地道：「你先去溫書吧，我已經無事了。」

謝翎探究地看了她一眼。

施嫿想不到他竟然如此敏銳，暗暗心驚之餘，索性從床上起身，推著他往門口走，語氣抱怨地道：「我是大夫，還是你是大夫？讓你去就去，怎麼磨磨蹭蹭的？」

謝翎被她推得走了幾步，輕笑一聲，順從地答應下來，囑咐道：「如果哪裡還有不適，一定要告訴我，明白嗎？」

「知道啦！」

少年淺笑起來，回過頭，伸手隨意地摸了摸施嫿的髮絲，狀似安撫，笑著道：「阿九要乖。」

施嫿的臉驟然紅了起來，幸好外面天光甚暗，屋子裡光線不好，否則她估計要挖個洞把自己埋起來了！她心裡懊悔不及地想，為何她從前竟然那般遲鈍啊！

謝翎被一把推出了房間，緊接著門便砰的一聲關緊了，像一個巨大的蚌殼，把裡面的人包裹起來。

他在門口站了一會兒，聽見裡面傳來鬆口氣的動靜，少女的吐氣聲順著細細窄窄的門縫悄悄傳出來，毫無防備地被謝翎捕捉住了。

他勾了勾唇角，露出一絲意味深長的笑意，然後拿著碗走開了。

雖是意外，卻也在意料之中。

等施嫿將謝翎推出去，並關上門之後，她才覺得心裡稍微冷靜下來。屋子裡雖然安靜無比，然而這安靜卻令她十分安心。

她現在不知道該如何面對謝翎，剛剛那一番應對，已是竭盡全力了，彷彿打了一場慘烈的仗，最後勉強是個平局。

施嫿不知道這種情況要持續多久，但是至少，在謝翎參加秋闈之前，她不能表現出一絲絲異常，那孩子太過敏銳了，稍有不慎，他就會察覺。

施嫿有些苦惱，從前不覺得謝翎那些舉動有什麼，畢竟他們是從小一起長大的，一些觸碰之類的動作和那些親密的話語，都是在所難免的，因為他們彼此之間關係親近，所以施嫿並沒有糾正過他。

直到現在，她才發現一切都變了味，就像起初泡在溫水之中，熨貼無比，突然有一日，那溫水驟然變成滾滾沸水，這令施嫿坐立難安，偏偏她還不能表現出來。

施嫿不由得鬱卒無比，起先都好好的，怎麼突然就變成這種局面呢？

於是她開始深思，教謝翎的這些年，究竟是哪一步走錯了，才導致他走歪了路？

施嫿琢磨了一下午，都沒有琢磨明白。前院的門被敲響了，她起身準備過去，聽見外間傳來謝翎的聲音。

「阿九，我去開。」

謝翎不疾不徐地穿過院子，將門打開，門外站著一個婦人。

看見謝翎，婦人露出一個熱情的笑。「哎呀，這位就是秀才公子了吧？」

謝翎認得這婦人，每逢街頭巷尾誰家有嫁娶的喜事，都能看見她的身影，此時她上門來，意味著什麼，不必想就知道了。謝翎眼神微冷，唇角帶著禮貌性的笑意，語氣沒什麼情緒地道：「您是？」

婦人一拍大腿，笑著道：「秀才公子不記得我了？當初那林家公子成親的時候，我在懸壺堂喝了謝媒酒，你也在那裡呢！」接著又笑道：「我夫家姓崔，人們都叫我崔娘子。」

聞言，謝翎點點頭，不冷不熱地道：「崔娘子冒雨前來，可是有事？」

婦人朝門裡張望一眼，似乎想透過縫隙看見院子裡的情形，只是謝翎身形很高，把門堵得嚴嚴實實，她什麼也瞧不見，遂只能作罷，笑咪咪地道：「是大好事！咱們進去慢慢說？」

這話若是尋常人聽了，自然會客客氣氣地請她入內小坐，哪知這位年紀不大的秀才公子反而往旁邊一站，絲毫沒有讓開的意思。

謝翎沒什麼表情地道：「我家中有事，恐怕不便請崔娘子進屋了，有事您直說便是。」

崔娘子面上的笑容一僵，顯然是沒想到對方這麼不客氣，但是她常年作媒，什麼事情沒遇過，圓滑慣了。她迅速調整表情，「哎喲」一聲笑著道：「既然這樣，那我就長話短說了！這次呢，是想給你姊姊作一樁媒，你姊姊還沒許人家吧？這次託我來說媒的，是城東開米鋪的劉老爺，他家裡的大公子與你姊姊年紀相仿，端的是一表人才……」接下來崔娘子花了半天的時間，把那劉大公子吹得天花亂墜、神仙下凡，口乾舌燥之際，卻見謝翎眼神冷淡。

謝翎語氣沈沈地道：「不必了，多謝崔娘子的好意，您還是換個人家說吧！家中有事，就不留崔娘子了。」話一說完，門板砰地一下關上了，差點把那崔娘子的臉給拍到門上去。

崔娘子「哎喲」一聲，連退幾步，不敢相信自己竟然被人關在門外了！

謝翎甩上門之後，往回走了幾步，方才有些發熱的頭腦立即冷靜下來，他在心裡暗自後悔，剛剛不該那樣說的，起碼也要告誡那媒人，叫她不要再摻和阿九的婚事才對。

「謝翎，是誰來了？」施嫿見謝翎站在庭院中，不由得好奇地發問。

謝翎迅速收拾好面上的表情，若無其事地笑了一下，答道：「是隔壁的明真叔，問我一點事情。」

「哦。」謝翎的表情實在正常得很，再說他就快要參加秋闈了，不時有人上門來寒暄幾句，施嫿是知道的，是以也沒有再多問。

晚飯是謝翎做的，雖然有話說「君子遠庖廚」，但是謝翎從未放在心上。他跟著施嫿一同長大，尋常的生活瑣事都是能幫則幫，甚至有些時候不必施嫿動手，他便會收拾得妥妥貼貼，施嫿說過他幾回，無甚作用，只能隨他去了。

施嫿坐在灶臺邊，不時往裡面扔柴枝，她看謝翎挽著袖子，便是切菜這種事情在他做來也顯得有幾分斯文卻又不失索利。

謝翎會做的菜不多，都是往常跟施嫿學的。一碟芙蓉豆腐，新鮮的嫩豆腐切成片，放入井水中泡三次，去除豆腥味，再放入熬好的鯽魚鮮湯中煮沸，待起鍋時，加入紫菜與乾河蝦仁，鮮香的氣味霎時間瀰漫開來，令人食指大動。

謝翎的動作很熟練，做起事來如行雲流水一般，施嫿看了看，道：「加點蔥花更好。」

謝翎聽了，走出廚房，在院子角落的菜畦裡摘了一把新鮮的蔥，就著井水沖洗乾淨，切成蔥花，撒入碗中，被熱氣一沖，那芙蓉豆腐原本的香氣與蔥花香氣融在一起，越發誘人。

晚飯除了這碟芙蓉豆腐以外，還有一碗鯽魚湯和芋羹。兩菜一湯，雖然不多，但是對於一般的人家來說，已是極其豐盛的菜飯了。

施嫿撐著下巴，看著謝翎忙前忙後，心裡的情緒有幾分複雜。他從小就是這樣，懂事得簡直過分了，讓人不知道該如何是好。這麼想著，她又在心底長長地嘆了一口氣，彷彿有什麼東西壓在了心頭，沈甸甸的，卻又無法不管不顧地拋卻。

正在施嫿愣神兒的時候，謝翎叫她道：「阿九，吃飯了。」

晚飯施嫿還是吃粥，謝翎特意熬煮的，裡面加了綠豆，熬得爛爛的，入口即化。

「怎麼樣？」少年的眼睛在昏黃的燭光下熠熠生輝，顯得十分溫柔，謝翎問施嫿道：「阿九，粥好吃嗎？」

那模樣好似在邀功一般，雙眼盛滿了請求誇讚的希冀，施嫿頓時僵了一下，才嚥下去的綠豆粥便這麼不上不下地梗在喉間，過了一會兒，她才反應過來，答道：「好吃。」

謝翎輕笑起來。「那就多吃些。」他說完，又給施嫿舀了半碗芋羹。

施嫿的心情複雜無比，不禁覺得自己嘴裡的綠豆粥有些黏牙，彷彿她吃的不是粥，而是少年滿腔的情意，這麼一想，施嫿忽然又頭痛起來了。她想，明天絕不能讓謝翎做菜了，否則總有一天，她的胃會消化不了。

吃過晚飯，謝翎讓施嫿去休息，自己收拾之後，便去了閣樓。那裡原本堆滿了雜物，自從他們住進來之後，施嫿便將閣樓收拾修整一番，變成了謝翎的書房。

直到深夜時分，謝翎才拿起油燈，下了樓。路過施嫿的房間時，他在門口站了一下，裡面寂靜無聲，顯然是已經睡下了，這才毫無聲息地舉步離開。

昏黃的微光自窗紙旁漸漸遠去，最後消失了，施嫿在黑暗中嘆了一口氣，翻了一個身，按下滿心的複雜，漸漸睡去。

第二日起來時，施嫿覺得自己已經大好了，頭不見痛，便準備照例去懸壺堂。

謝翎如往常一般道：「阿九，我送妳去吧！」

施嫿原本想說不必，但是話到嘴邊就嚥了回去，因為從前每日都是謝翎送她，如今貿然說不用送了，必然會讓謝翎覺得奇怪。

於是施嫿只能按下話頭，什麼也沒說，順從地由謝翎送她到懸壺堂，這才道別離開。

林寒水見她來了，連忙關切地問道：「嫿兒，妳昨日不是病了，怎麼不在家休息？」

施嫿在桌前坐下，笑著答道：「不過是頭痛罷了，休息一日已經不礙事了。」

「那就好，若還有哪裡不適，千萬要跟我說。」

施嫿點點頭，在堂裡掃了一圈，不見林不泊，便問道：「伯父出診去了？」

林寒水答道：「天不亮就走了，這幾日天氣轉涼，病人多。」

正如林寒水所說，這幾日病人有些多，所幸懸壺堂還有兩位大夫坐診，還算忙得過來，但是即便如此，到了傍晚時候，仍有人來請他們出診。

施爐站起身來，向那小孩道：「我隨你去吧！」

「爐兒？」林寒水看了看窗外，提醒道：「天色不早了，等會兒謝翎就要來接妳，還是我去吧！」

「不必了。」施爐抿唇笑了一下，道：「他若來了，你讓他先回去，我到時候出完診，就直接回家去。」

林寒水聽了這話，不由得疑惑道：「爐兒，你們吵架了嗎？」

「……」施爐險些控制不住自己的表情，頓了片刻才故作不解地道：「沒有的事，寒水哥怎麼這麼問？」

林寒水理所當然地道：「從前傍晚的出診妳從來不去，就是擔心讓謝翎等太久，怎麼今日突然說要去了？」

這是搬起石頭砸自己的腳了，施爐只能硬著頭皮道：「哪裡?怎麼可能吵架，寒水哥多想了。」

最後施嫿還是出診了，不過林寒水實在不放心，讓來懸壺堂玩的許衛跟著去。

許衛本就對行醫感興趣，聽了這事，高興得不行，拍著胸膛跟林寒水保證沒事，樂顛顛地替施嫿拎起藥箱，一路跟過去了。

等診治完病人回來時，天色已經黑透了，許衛揹著藥箱，跟在施嫿後面，好奇地問：「嫿兒姊，剛剛那人的傷，要幾天才好？」

施嫿一邊提著燈籠照路，一邊答道：「快則十數日，慢則一個多月，看病人如何養了。」

兩人說著話，一邊往蘇陽城的方向走去，等走到一半路程，許衛忽然低聲詢問：「嫿兒姊，是不是有什麼東西跟著我們？」

聞言，施嫿下意識地回頭看了看，果然有一道黑色的影子、矮矮的，擦過草葉，驚起一陣窸窣聲響，在寂靜的夜色中十分明顯。

許衛嚥了嚥口水，聲音有點乾澀。「是狼嗎？」

那黑影還在尾隨他們，施嫿腳步不停，口中低聲答道：「不是狼，有些像狗。」她聲音一落，便聽見那黑影發出一聲「汪」，聲音短促，低沈而凶狠，聽在耳中頗具威脅之意。

許衛反射性地一把抓住施嫿的胳膊，想拉著她跑。

結果還沒來得及動，便被施嫿反手一把抓住，小聲警告道：「別跑！」

許衛突然想起來，狗這種畜生發瘋的時候，你越跑牠越追得凶。

於是兩人只能在小徑上加快腳步，往前走去，而那狗似乎也發現了他們的意圖，一路緊追著不放，不時發出威脅的吠聲，彷彿隨時都要撲上來似的。

不多時，身後的聲音漸漸大了起來，許衛低聲道：「嫿兒姊，牠過來了！」

施嫿提著燈籠，頭也不回地道：「過橋。」

前面是一座小橋，過了橋之後，沒多遠就是蘇陽城了。

許衛稍微定了定神，就在他們要踏上木橋的時候，緊緊跟在身後的那條狗忽然發出一聲高吠。

「汪汪！」

許衛的一顆心幾乎要跳到喉嚨口了。「牠來了！」

「走！」

施嫿一把抓住許衛，兩人拔腿狂奔起來，木橋因此發出咯吱咯吱的聲音，彷彿下一刻就要崩塌似的。

「汪汪汪！」

橋頭有一棵歪脖子梨樹，施嫿對它的印象很深，從前冬天的時候，她經常帶著謝翎從這裡經過，去對面的山坡上摘梅花來賣，每日都走，已是十分熟悉。

歪脖子梨樹有兩根枝椏斜斜長著，探向河面，樹不算高，六、七歲的孩子都能爬上去。

施嫿將許衛一把推向梨樹，急道：「上去！」

許衛作為一個十一、二歲的少年，反應很是靈活，他一把攀住樹枝，一下就躥上了樹，然後反手伸向施嫿，焦急地催促。「嫿兒姊！快上來！」

身後已經能清晰地聽見惡犬發出的喘息聲，還有些許風聲，擦著小腿旁過去，彷彿下一刻就會咬上來似的，令人心驚肉跳！

施嫿十分冷靜，頭也不回地藉著許衛的手臂，也跟著爬上了樹，就在此時，惡犬的利齒已經咬住了她的裙角，嗤的一聲，羅裙下半截被撕裂了些許。

簡直是千鈞一髮，兩人被驚得背上汗毛都豎起來了。

惡犬連連往樹幹上撲，發出一陣瘋狂的叫號，呼吸帶喘，黃色的眼珠在燈籠微暗的光芒下顯得異常可怖。

凶狠的吠聲在寂靜的夜色中傳開，令人毛骨悚然，即便是無法搆到他們，那惡犬也不肯輕易離去，仍在樹下徘徊，兩隻前爪搭在樹幹上，拚命往前撲咬，試圖將施嫿和許衛逼下樹來。

許衛心有餘悸，恨得牙癢癢的。「這畜生，牠還想爬上來！」

歪脖子梨樹本來就不高，且因為常年無人照顧，長得不甚粗壯，如今又負載著兩個人的重量，便顯得有些搖搖晃晃。

那惡犬用力往上撲，梨樹便搖晃起來，似乎下一刻就要斷裂似的，兩人差點沒穩住。

許衛連忙扶了施嫿一把，急道：「牠不肯走！嫿兒姊，我們怎麼辦？」

施嬧盯著那形容猙獰的惡犬看了一眼，沈著地道：「把藥箱給我。」

「哦，好！」許衛連忙把藥箱解下遞過去。

施嬧一手扶住樹幹，一手拿著那藥箱，趁著那惡犬往上撲的時候，一箱子狠狠砸了下去，正中那惡犬的鼻子，牠嗚的一聲哀號，夾著尾巴忙不迭地逃開了。

許衛鬆了一口氣，道：「終於走了！」他說著就要下去，卻被施嬧一把拉住了。

「先別動。」

「怎麼了？」許衛頓時緊張起來。

施嬧示意他往前面看。

許衛舉起燈籠，只見草叢中藏著一雙黃色的眼睛，看上去異常險惡狡詐。

那狗竟然沒走！許衛頓時倒抽了一口氣。方才要不是施嬧阻止，恐怕他一下地，那狗就會暴起撲過來，後果簡直不堪設想！許衛咬牙切齒地罵道：「這畜生東西！」

惡犬蟄伏於草叢之中，虎視眈眈，不肯離去，樹上的施嬧和許衛腿都蹲得發麻了。

就在此時，許衛輕輕碰了施嬧一下，小聲道：「嬧兒姊，妳看前面，有人往這裡過來了。」

聞言，施嬧抬頭一看，果然見不遠處出現了一盞昏黃的燈光，正從蘇陽城往橋這邊的方向走過來。

許衛頓時來了精神，站起身來就要求救，卻被施嬧攔住了，他一臉不解。「嬧兒姊，怎麼了？」

施嫿解釋道：「且看看提燈籠的是什麼人，若是老人或者女子，你這一喊，叫那惡犬察覺了，豈不害了人家？」

許衛凝神往那人看去，待走得近了，隱約覺得那人身量頗高，似乎是個年輕人，許衛心下一鬆，連忙衝他遠遠地揮手喊道：「這位大哥，切莫過來了，此處有惡犬守著！我們被困住了，煩勞大哥行行好，幫忙想個法子驅走這畜生，感激不盡！」

那人停頓了一下，大概是聽見了，然而他非但沒離開，反而往施嫿他們這邊的方向走過來了。

腳步聲越來越近，驚動了趴在草叢中的惡犬，牠立即爬起來，凶狠地站在路中間，豎著尾巴，衝那人發出威脅的吼聲。

那人不僅絲毫不懼，腳步還越來越快，等到近前十來步時，他竟然將燈籠扔掉了！與此同時，那惡犬狂吠一聲，猛地朝他撲過去，其速之快，若離弦之箭！

一陣凶猛的吠聲在夜色中傳開，施嫿和許衛還未反應過來，便聽見那惡犬發出一聲哀號，夾著尾巴逃遠了，很快便消失在黑暗中，不見蹤影。

危機已解，許衛立即鬆了一口氣，驚詫道：「那人好厲害！」他才說完，便見那人繼續往這邊走來，腳步聲更近。

那人出現在燈光的範圍內，起先可見淺青色的布袍下襬，然後是上半身，最後是一張清俊的少年面孔。

許衛驚喜地叫道：「翎哥?!原來是你！」

「嗯。」謝翎點點頭，立即看向施嫿，問道：「阿九，有沒有受傷？」

施嫿的目光落在他的腰間，那裡沾染了一片暗色的痕跡，她秀氣的眉頭立即蹙起，聲音有些緊張。「你被咬了？」

謝翎聞聲，低頭看了看，只見自己腰間果然沾染了新鮮的血跡，笑答。「沒有，這是那狗的血。」

一旁的許衛從樹枝上跳下來，看著謝翎的雙眼閃閃發亮，由衷地讚道：「翎哥，你怎麼打跑那畜生的？好厲害！」

謝翎只是淡淡一笑，看向他。「想知道？」

許衛連連點頭。

謝翎道：「手伸過來。」

許衛雖然不明白這話的意思，但仍舊是依言照做，朝謝翎伸出手去。只見謝翎將一個東西放在了他的手掌上，冷冰冰的，還有點分量。許衛一驚，只覺得觸感黏答答的，他不禁湊到燈籠旁看，原來是一把匕首，上面沾滿了暗紅色的血跡，刀刃處折射出寒光！許衛頓時倒抽了一口氣。

第十二章

謝翎確實是用這一把匕首刺中了惡犬，令其倉皇逃走。八歲那一年的雨夜，他拉著施嫿出走蘇府，卻半路遇襲，施嫿被打成重傷，從那之後，謝翎便開始隨身攜帶小件利器，起初是削得尖銳的竹籤，後來便是匕首了。這是他特意請陳福幫忙弄來的，很小的一把，磨得光亮，約莫兩指寬，一指半長，輕易便能藏進腰帶內。

許衛捧著那匕首，驚訝好久。「翎哥，你一個讀書人，還隨身帶著這個？」

謝翎平靜地道：「縱然是讀書人，亦有遇險之時，有此一物，或可出其不意，解除危機。」

許衛連連應是，眼睛裡不由得帶上幾分崇敬之意。

施嫿的目光輕輕掠過那猶沾著血跡的匕首，又看向謝翎，只見他的面孔大半隱沒在黑暗中。

謝翎眼神深邃而溫柔地問：「阿九，腿麻了嗎？」

施嫿動了一下腿，發現雙腳完全不聽使喚，這也是為什麼許衛一早就跳下去了，而她還蹲在樹上不動的原因，她怕一頭栽下樹去。

謝翎見了，上前一步，伸手將施嫿攔腰抱了下來。

施嫿心裡一驚，低聲拒絕道：「放開我。」

謝翎的動作略微停頓了一下，低頭看著施嫿的眼睛。「等妳腿不麻了，我就放妳下來。」

施嫿抿唇，因在少年懷中，她的呼吸間滿是淺淡的墨香，明明十分好聞，此時卻令她快要喘不過氣來，她冷冷道：「放下我，過一會兒自然就好了。」

謝翎不動，就這麼抱著她，固執地道：「那就等。」

施嫿猛地抬頭看向他，眉頭蹙起。

謝翎不避不讓，只是低低地喊了一聲。「阿九。」彷彿是在懇求一般。

一旁的許衛不明所以，只是傻乎乎地幫腔道：「嫿兒姊，就讓翎哥抱著妳走吧，天色太晚了，路上不安全，咱們的燈籠也不大明亮，萬一方才那惡犬又殺了個回馬槍，如何是好？」他說著，又嘻嘻笑起來，道：「再說了，這一路上除了我，又沒別的人瞧見，有什麼不好意思的？」

聞言，施嫿閉了閉眼，她竭力讓自己不要表現出任何異常，淡淡道：「走吧！」

她妥協了，沒有看見謝翎眼中一閃而逝的溫柔和憐惜。

謝翎抱著她的雙臂微微收緊，由許衛打著燈籠，迅速往蘇陽城的方向走去。

待走到一半路程，施嫿的腿已經不麻了，她只說了一聲，謝翎便將她放了下來，深深地望了她一眼，眼底情緒複雜得令人心驚，施嫿下意識地避開，彷彿完全沒有注意到似的。

謝翎這才緩緩直起身，語氣毫無異常地道：「走吧！」

一行三人先是回了懸壺堂，林寒水一家正在等他們回來用晚膳，許衛立即添油加醋地把今夜的事情說了，引得林不泊幾人一陣擔心。

林不泊想了想，道：「嬸兒，以後但凡過了黃昏，妳就不要再出診了。」他說著又看向林寒水，叮囑道：「黃昏之後的出診，都由你去，聽明白了嗎？」

林寒水連忙應答。「是，父親，我知道了。」

施嬸也知道林不泊這是一番好意，再者，她也有自知之明，今日還是有許衛隨同，才沒有出現最壞的情況，否則她一個女子孤身去外面出診，確實不大安全，因此事情便這樣定了下來。

又過了幾日，轉眼便到了八月初八。才五更時分，天剛矇矇亮，貢院前便擠滿了來考試的秀才學生們，有人緊張，有人肅穆，也有人一臉興奮，摩拳擦掌。十年寒窗日，苦讀聖賢書，放手一搏，就在今日！

謝翎一行四人也在其中。

楊曄嘴巴快速地翕動，兩眼盯著地面看，彷彿有些失神、緊張。

錢瑞好奇地問道：「敬止，你在做什麼？」

楊曄沒回答，像是沒聽到一般。

一旁的晏商枝卻笑了一聲。「你莫問他話了，再問他就要背不出來了。」
原來是臨進考場了，楊曄還在背書！
錢瑞聽了，立即住口，生怕打擾到楊曄的思路。
楊曄喃喃背了幾句。「甲戌，我惟征徐戎。峙乃糗糧，無敢不逮；汝則有大刑！魯人三郊三遂，峙……峙……」「峙」了半天，又卡住了，他念叨幾句，仍舊想不起來，急得鼻尖的汗都出來了。一縷天光照過來，原本灰濛濛的四周漸漸亮了些，楊曄還是沒有背完，就在他著急的時候，卻聽一旁的謝翎說了一句。
「峙乃楨干。」
楊曄頓時如醍醐灌頂，順利地接了下去。「甲戌，我惟築，無敢不供；汝則有無余刑，非殺。魯人三郊三遂，峙乃芻茭，無敢不多；汝則有大刑！」他一背完，眼中爆發出驚喜，高興地道：「我背完了！」
錢瑞笑著點點頭，道：「恭喜師弟，此次考試，再無憂慮了。」
晏商枝戲謔一笑，只是時候不對，到底沒出言打擊他。臨到考場門前了，才把一本《尚書》背完，真是叫人不知說什麼好了。
這時，天色亮了起來，有人忽然喊道：「來了！」
原本略顯嘈雜的人群頓時安靜下來，所有人都往右邊的街道看去，只見一隊人走過來，打頭的一個差人側著身子，手裡拿著一盞燈籠，中間有兩名穿著綠色官袍的官員，顯然就是這次的鄉試主考官了，後面跟著兩列官兵，一行人走路帶風，浩浩蕩蕩地朝貢院的方向而來。

貢院大門終於被打開了，薄薄的晨霧在空氣中浮動，所有的考生都聚集在一起，那捧著文冊的書吏站在門口大聲點名。

「牛軒增！」

一個考生連忙分開人群出來，拱手應道：「學生在！」

那書吏衝門裡揚了揚下巴，道：「入場。」

「是。」那人便從容地進了大堂。

蘇陽屬於東江省，一省十四縣，光考生就有七、八百人之多，在這七、八百人中，能中試者，唯有一百人而已。

不是戰場，勝似戰場，近千書生們揮筆為戟，以紙為盾，就此廝殺起來。

等點了一百多個人後，才點到了謝翎，在此之前，錢瑞已先進去了。

謝翎和晏商枝、楊曄兩人頷首，道：「兩位師兄，我先入場了。」

晏商枝含笑道：「去吧！」

謝翎點點頭，往大堂走去，之前看見的那名主考官正坐在堂上翻冊子看，另一名不見蹤影。

幾名差人站在一旁，見了他來，有人道：「謝翎？」

謝翎拱手。「正是學生。」

幾人上前仔細搜檢起來，袍衫鞋履，筆墨硯臺，還有乾糧吃食，都被翻檢了一遍，仔仔細細，恨不得搓開來看。

堂上那主考官是奉旨來東江省主考的，姓嚴名沖，大約是冊子翻得無聊了，便抬頭朝堂下望了望，見謝翎年紀頗小，不由得好奇地問道：「你今年多大年紀？」因謝翎正在被搜檢衣服，不便下跪，那主考官又道：「不必跪了，站著回話便是。」

他這才拱手答道：「回大人的話，學生今年十歲有六了。」

嚴沖聽罷，隨口問道：「幾時中的秀才？」

謝翎恭敬答道：「宣和二十六年。」

這回嚴沖詫異了一下，重新將目光落在他身上，打量道：「這麼說，你十三歲便中了秀才了？」

「回大人，是。」

嚴沖點點頭，欣慰道：「不錯。」

短短幾句話的時間，這個少年秀才便給主考官嚴沖留下了不錯的印象。

搜檢一結束，謝翎便恭敬告辭，被一名差人帶著往號舍的方向去了。

謝翎坐在號舍裡，將筆墨紙硯一一擺好。

所有的考生都耐心等待著，每個號舍前都站著一個官兵，以作監督之用。

及至深夜子時，第一場題才出來，題目寫在一張紙上，謝翎掃過一遍，題紙上黑色的字十分顯眼，第一場考《四書經義》，第一題取自《論語》。

子謂顏淵曰，用之則行，舍之則藏，惟我與爾有是乎。

他頓了頓，將紙鋪好，並不急著答題，而是慢慢地磨起墨來，低垂著眼，彷彿是在沈思著什麼。

直到將那墨磨得發亮，謝翎這才停手，開始書寫，一個個清瘦遒勁的字出現在紙上。

聖人行藏之宜，俟能者而始微示之也。蓋聖人之行藏，正不易規，自顏子幾之……

第一場考了三日，待到八月初十午前，考場開始放頭牌。已經交卷的考生們聚集於貢院大門前等候，不多時，差人來開了門，眾考生魚貫而出。

謝翎也在這一批人中，隨著人群往前走著，忽聞有人喊了一聲。

「謝師弟！謝師弟！」

是楊曄的聲音，在嘈嘈人聲中傳來，引起不少人的注意，紛紛將目光投過來。

謝翎被他這一喊，只好往旁邊站，停下來等待。

果然楊曄努力分開了人群，朝他走過來，興沖沖地問道：「你也答完了？」

謝翎笑著點點頭。

楊曄高興地擊掌，問道：「覺得如何？」

謝翎想了想，只是道：「還不錯。師兄呢？」

楊曄擺了擺手，滿不在意地道：「我寫是寫完了，至於能不能中，就只有天知道了！」端的是一派豁達坦然的態度，令路過的考生們都不由得側目。

謝翎見他這般，不禁笑道：「那就先預祝楊師兄，今科高中了。」

楊曄卻笑著擺手道：「我能不能中尚不知道，但是以師弟的才學，今科必中！」他這話不是沒有原因的，來考之前，董夫子便說過，以謝翎的本事，若是不出岔子，十有八九榜上題名。楊曄這話也算是拿來打趣謝翎，說著玩笑的。

哪知旁邊卻傳來一個陰陽怪氣的聲音，譏諷道——

「頭場才放牌，就大言不慚今科必中，想來貢院是你們家開的吧？」

這是有人來抬槓了！楊曄此生最恨的便是故意與自己作對之人，晏商枝也就罷了，才學和腦子都勝他一籌，又是師兄輩分，兩人每每交手楊曄都討不了好，是以才忍了下去，且忍著、忍著也就習慣了，但這並不代表是個人都能來抬他楊敬止的槓！

楊曄頭也沒回，開口就是一句。「哪隻狗來我跟前吠了？」

那人聞言，頓時憋住了，實在是沒想到楊曄竟然出口如此粗俗無禮，一時間竟來不及接話。

楊曄與謝翎轉頭看去，那是一個書生模樣的人，十有八九也是剛剛交卷出來的考生，此時正脹紅了臉，滿眼怒火地瞪著楊曄。

他身旁的人，倒是叫謝翎不動聲色地挑了一下眉頭。

楊曄也認出來了，恍然大悟地「哦」了一聲，笑道：「原來是蘇公子家的狗沒有拴好，跑出來了啊！」

以狗比人，那考生被氣個半死，張口欲罵。「你——」他還沒說完，便被蘇晗拉了一下。

蘇晗道：「楊師弟，你方才這話說得太過了些，豐才兄也是無意之說，何以如此口出惡言？」

楊曄冷笑一聲，並不正眼看他，只用晏商枝尋常最氣人的那種看法，斜斜睨了一眼，道：「他既是無意之說，我也是無意之說，我與我師弟說話，他來插哪門子的嘴？」他說著，又不客氣地道：「還有，我的老師只收了四個學生，我楊曄上有兩位師兄，大師兄錢敏行，二師兄晏明修，下有一位師弟謝翎，何曾又多了一個什麼師兄出來？」見蘇晗臉一僵，楊曄哼笑一聲，繼續說：「冒認老師這種事情，蘇公子就不要再做了，免得被當面拆穿，臉上不好看。」

聞言，蘇晗的眼睛下意識地移到謝翎身上，兩人四目相對。

謝翎不避不讓，就這麼看著他，眼底的神色十分冷淡，就像是看到一個初次見面的人一般。

然而不知道為什麼，蘇晗看著那雙眼睛，總覺得隱約有些不安，可到底哪裡不安，他卻又說不上來。

城西清水巷盡頭的院子，施嫿正在院子打井水，忽聞院門響了。

謝翎走了進來，他見施嫿正在提水，立即放下手中的物事，幾步上前。「阿九，我來便行。」

施嫿也不與他爭，問道：「考完了？」

謝翎一邊打水，一邊笑道：「頭場考完了。」

施嫿「嗯」了一聲，卻見謝翎打了井水，眼睛看著她，眼底浮現出期待之意，她想了想，便問道：「考得如何？」

謝翎這才勾起唇角笑了一下，語氣篤定地道：「今科必中。」

施嫿早知道這個結果，但還是表現出驚喜，笑了起來，眉眼若新月一般，讚許道：「好。」

得了這句稱讚，謝翎才像是真正被誇獎了一般，眼裡露出由衷的欣悅。

施嫿打量著他，幾日不見，或許是因為號舍裡實在難熬，他憔悴了些，看上去似乎也瘦了些，只是精神還很好，眼睛熠熠生輝，彷彿星子一般。

施嫿突然意識到謝翎的目光一直落在自己的臉上，沒有挪動過，她心裡不安，但是又不敢表露出來，只能強壓住那些紛亂的情緒，輕聲道：「你去休息吧，知道你中午回來，我今日跟伯父他們告了假，等做好菜飯就叫你。」

謝翎直直地看了她一會兒，而後才勾著唇角笑。「無妨，我陪著妳一起。」他說完，將井水倒入盆中，開始洗起黃豆芽。

施嫿低頭看著他，少年的髮髻梳得整整齊齊，一絲不亂，可她心中突然就生出了幾分慌亂來。

八月時候，金桂飄香。

自從施嫿兩人搬來這個院子之後，就發現牆角種了一棵桂花樹，幾乎快與院牆齊高了。此時樹上開滿了鵝黃的小花，一簇一簇，滿院子都是桂花香氣，沁人心脾。

謝翎站在閣樓窗前往下看，身著羅裳的少女拿著笸籮站在樹下，仔細地摘那些細小的桂花，她神情專注認真，彷彿是在做什麼大事一般。

整整一個下午，謝翎手裡雖然拿著一本書，卻一頁都沒打開過，直到樓下摘花的少女停了手，捧著滿滿一笸籮桂花走進屋裡，他才離開了窗口。

謝翎明天要考第二場，所以施嫿今天必須替他把吃食都準備好，恰巧桂花都開了，索性準備做一些雪蒸桂花糕。

「怎麼做這麼多？」謝翎一進來便看見施嫿在盛那些糕點，只是分量實在多了些，別說三天，大概四、五天他都吃不完。

施嫿一邊小心挾起糕點，一邊頭也不抬地答道：「給你的師兄們也分一些，秋闈桂榜，吃些雪蒸桂花糕，也好討個彩頭。」她說完，便拿來一旁的食盒，把幾份桂花糕都裝進去，又叮囑道：「這幾份是給你那三位師兄的，下面這一層是你的。」

謝翎悶悶地答應一聲。

施嫿抬起頭看他，兩人四目相對片刻，她看清楚了謝翎眼底的神色，過了一會兒，十分自然地收回目光，伸手把食盒蓋上，語氣有些無奈。「怎麼不高興了？」

謝翎否認道：「沒有不高興。」

這麼多年的相處，施嫿還不瞭解謝翎？他就是眉頭動一動，她都能知道他在想什麼。

她放下手中的筷子，走出去了，不多時，再進來時，謝翎已不在廚房了。

施嫿的目光落在桌上的那個食盒上，她猶豫了一下，才伸手把食盒上層打開，仔細一看，果然，三份糕點，每一份都少了小半。

她盯著那幾份雪蒸桂花糕，彷彿能看到少年偷偷地挾走小半，然後塞到自己的碗中。施嫿既覺得無奈，又有些想笑，她什麼也沒有說，把食盒又蓋上了，像是從來沒有發現過一般。

到了第二日，謝翎便帶著食盒，去了城南貢院，參加第二場考試。依照施嫿的囑咐，他把三份雪蒸桂花糕分別分給了晏商枝三人。

雪白如霜的糕點，映襯著桃花般的胭脂，煞是好看。楊曄隨手揀了一個塞進嘴裡，大呼好吃，壓根兒沒注意到謝翎低沈的眼神。

晏商枝倒是注意到了，但是他向來喜歡招貓逗狗，遂也慢條斯理地拿了一個吃，笑咪咪的，語氣卻帶著滿滿的促狹。「好吃！想不到嫿兒的手藝這麼好，實在是叫人意外。」

於是，謝翎周身的空氣更冷了些。

錢瑞隱約察覺到了什麼，但是又說不上來，本能促使之下，他揮手拒絕道：「我家裡給我準備了吃食，怎麼好再分師弟的？」

謝翎面上的表情略微舒緩了些，對錢瑞道：「師兄不必客氣，這糕點原本就是阿九給你們準備的，師兄還是收下吧！」

錢瑞這才收下了。

這時，貢院大門處傳來一陣動靜，所有等待的士子們紛紛轉頭看過去，卻是一名書吏站在那裡，大聲地點名。

晏商枝瞇著眼睛看了看，道：「要入場了。」

十六日午前，第三場放頭牌的時間。這次出來的人不多，約莫只有二、三十個，謝翎依舊在其中，令他感到驚訝的是，晏商枝居然也交了卷，正站在貢院大門處，等著放牌開門。因為人數少，晏商枝一眼便看見謝翎，兩人打了一聲招呼。

不多時，便有差人過來，把貢院大門開鎖，等候的考生們魚貫而出，各自散了。鄉試要九月初十才放榜，大多數從別的縣趕來的考生們都要準備回家去了。

中午時候，謝翎便回去了，待走進清水巷子，從巷子裡迎面走出來一個婦人，他眉頭微微一皺，眼中原本的欣悅之意淡了許多。

那婦人，正是前不久來過一次，被他趕走的崔娘子。

崔娘子一看見謝翎，便熱情地笑道：「哎呀，是秀才相公考試回來了！」那模樣，彷彿完全不記得之前謝翎趕她出門的事情了。

謝翎沒接話，笑了一下，一雙眼睛卻沒什麼笑意，只盯著她，問道：「崔娘子有事？」

一見他笑，不知為何，崔娘子心裡就顫抖了一下，總覺得他有一種皮笑肉不笑的感覺，令人脖子發涼；不過她到底是個精明厲害的人，便兀自笑著答道：「是大好事啊！有人託我來給你姊姊說媒了！」

聞言，謝翎的眼神越發沈鬱了，好似兩泓深潭一般，他的笑仍舊掛在嘴角，十分和氣地問道：「那說成了嗎？」

崔娘子以手帕掩唇，笑了一聲，道：「說媒這種事情，不就是靠一個說字嗎？哪能一回、兩回就成了的？除非是天媒！」
謝翎挑起嘴角，笑了一下。
這一笑，崔娘子越覺得脖子冷了，她縮了縮脖子，乾笑道：「那個，我還得去給趙家公子回話，秀才相公才考試回來，就不耽擱您了。」她說完，就揣著手帕顛顛地走了。
謝翎在原地站了一會兒，才繼續往自己家的方向走去。
正是晌午時分，日光灑了一整個院子。施嫿坐在樹蔭下，潔白的素手將那些細碎的鵝黃桂花一一灑開在簸箕裡，直到院門傳來響聲，她抬頭一看，是謝翎回來了。
施嫿細心地察覺到他情緒低落，便看向他，問道：「怎麼了？」
謝翎這才抬頭，看了她一眼，搖頭道：「沒什麼。」
「可是沒有考好？」
謝翎低聲道：「不是。」他說完，轉身就往屋子裡去了。
施嫿站在原地，看著他遠去的背影，眉頭漸漸蹙了起來，一時間雙眼迷茫。
到了下午時候，施嫿在窗前仔細算帳，忽然外面有人過來，遮住了天光，她不由得抬起頭來，只見謝翎站在那裡，道：「怎麼了？」
謝翎聲音平靜地道：「楊師兄說要小聚，我晚上不回來吃飯了。」
施嫿想了想，鄉試剛剛結束，師兄弟們小聚吃個飯也是正常的事情，遂道：「那你去吧，路上多加小心。」

謝翎深深地望著她，應了一聲，離開了。

直到院門關上時，施嫿才從方才的愣怔中回過神來，欲提筆繼續寫，卻見宣紙上好大一滴墨汁，將前面寫好的數都遮住了。

一下午算是白費了，她有些懊惱地將紙拿開，繼續開始仔細籌算起來。

只是等到了傍晚時候，天剛剛擦黑，謝翎便回來了。

施嫿才做好飯，見他進來，不禁十分詫異。「這麼早？不是跟你師兄們一起吃飯嗎？」

謝翎只是望著她，答道：「我想妳了，就先回來了。」

這話說得實在是直接無比，施嫿怔了好一會兒，待回過神來，才發覺手裡的筷子已經掉到地上。她低垂著頭，也不去撿拾，心裡突然有一種「事情終於來了」的感覺；很奇怪，像是如釋重負一般，話終於要說開了。

施嫿盯著平整的地磚，昏黃的燭光在上面勾勒出些許陰影，她知道謝翎在看著她，那目光就像是燃起了一簇火焰，堅定而明朗。

過了一會兒，施嫿才彎腰將筷子拾起來，語氣淡淡地道：「這種話，以後不要再說了。」

謝翎沒有應答，等施嫿去倒水洗筷子時，忽然開口問道：「阿九，妳要成親了嗎？」

施嫿不防他一時提起這事，略一思索，便明白了，大概是中午那崔娘子出去的時候，正好被他撞著了。她沈吟片刻，索性道：「總是要成親的，或早或晚。」她說完，不看謝翎的眼睛，轉身就走。

謝翎驀地直言道：「既然如此，那阿九與我成親吧！」

施嫿猛地停下腳步，轉頭去看他，目光中滿是難以置信。

謝翎卻不避不讓，上前一步，固執地看著她的眼睛，道：「阿九覺得如何？」

他一走近，施嫿便聞到一種奇異的香氣，像是墨香中摻入了一縷淡淡的酒氣，她敏銳地反問：「你喝酒了？」

謝翎依舊看著她，答道：「喝了一點，師兄盛情，推卻不了。」他說完，便坐下了，繼續盯著施嫿看，執拗得像一個孩子。「阿九，妳還沒有回答我的問題。」

放在平常，謝翎是不會這樣說話的，他通常都是情緒內斂，今天大抵是喝了酒的緣故，沒有什麼顧忌了，說話都是直來直往，倒令施嫿有些不知如何是好。

她沈默了片刻後，搖搖頭，道：「不好。」說完，施嫿才抬起頭來，回視他的目光，冷靜地道：「我一向是拿你當弟弟看待的，我們相依為命多年，你是讀書人，不覺得有悖人倫嗎？」

謝翎微微動了一下眉頭，眼睛在燭光下顯得明亮灼熱。「不覺得。妳我並非血親關係，依照我大乾律法，通婚是可行的，我也從未真正拿妳當姊姊看待。」

施嫿心裡驟然瑟縮了一下，一股澀澀的感覺從心底蔓延開來。

謝翎慢慢地、一字一句地說：「我從前便想，有朝一日，若能娶得阿九為妻，此生才能圓滿。」

「你一生有多長？」施嫿怒視他，聲音不自覺地提高了些。「你知道你在說什麼嗎？」

謝翎偏了偏頭，並不挪開目光，反而笑了起來，他的容貌在燭光下透出幾分難言的清俊。「一生不過數十載爾，富貴兩全是一輩子，渾渾噩噩也是一輩子，都比不上和阿九一起。」

他的聲音，聽在施嫿耳中，不知為何，竟與另一個聲音漸漸重疊在一起。

我陳明雪喜歡誰，就要跟誰過一輩子的。

當時，施嫿尚為這一份決心和真誠所感動，她甚至有幾分羨慕陳明雪，可以如飛蛾撲火一般，追逐自己想要的感情，不計代價，不計後果。

如今，竟然也有這樣一份直接到近乎剖心的感情放在她面前，施嫿卻不知該如何應對。

她怔怔地站在原地，沒有說話，空氣中唯有沈默。許久之後，她動了動，然後轉身，走出去了，留下謝翎一人坐在那裡。

燭光將他的身形勾勒出一道固執的影子，投映在青磚上，顯得孤寂無比。

施嫿站在窗前，透過桂樹茂盛的枝葉，能夠看見一輪圓月掛在夜空中，四周靜悄悄的。

施嫿盯著那月亮看了許久，紛雜的思緒已沈澱下來，她覺得自己陷入了與晏商枝一般的境地；但是晏商枝有退路，他想了辦法，把陳明雪弄回京師去了，施嫿卻沒有退路。她與謝翎兩人相依為命這麼多年，他們幾乎已經被綁在了一起，於情於理，她都扔不下謝翎。

八年前，看見謝翎被孩童們欺辱時，施嫿伸手解救，那個微不足道的舉動，如同點起了星火，到了如今，那火順著燒到了自己身上，她卻不能拋開。

是的，無論如何，施嫿都拋不開謝翎，所以這彷彿成了一個死局，作繭自縛，不過如此。

施嫿覺得這真是上天跟她開了一個大玩笑，若當初不去勸阻村長，她便不會遇上謝翎，若她不動了依靠謝翎替她報仇的心思，如今也不會變成這樣的局面。

施嫿漫無邊際地想著，在窗前佇立良久，然後揉了揉眉心。她從一開始就走錯了一著，現在這種情況，要如何收場？

東屋傳來了開門的聲音，雖然很輕，在寂靜的夜色中仍舊顯得有些突兀。

謝翎從房裡走出來，他換了一件淺青色的袍子，顯得很是挺拔，如青竹一般，月光將他的倒影投映在牆上，拉出長長的影子，那影子慢慢掠過，在井邊停下了。

謝翎手裡拿著的布袍袖襬上，猶沾著許多酒漬，因為之前光線太暗，十分不起眼，若是施嫿認真打量，便會知道謝翎身上的酒氣並不是因為他喝了酒，而是因為這些酒漬的緣故。

謝翎把布袍扔進木盆中，藉著月光打了一桶井水倒進去，泡好了，這才轉身看向施嫿的房間，那裡窗戶已經緊閉，顯然裡面的人也早已入睡。

他就這麼看了一會兒，然後勾了勾唇角，露出一絲幾不可見的笑意來。

今日把話攤開來說，至少在短時間內，那崔娘子不會再上門來了。

謝翎今日所謀，不過是施嫿的心軟罷了。

果然，第二日一早，崔娘子又來了，只是這回她再提說媒的事情時，被施嫿婉拒了。

「多謝嬸娘費心，只是舍弟年紀太小，尚未立業，我若成了親，他便無力支撐了，所以我的親事還是日後再說吧，讓嬸娘白跑一趟了。」

那崔娘子張了張口，還想再勸。

施嫿笑笑，道：「天色不早了，我還得趁早去醫館坐診，就不好留嬸娘了，希望嬸娘萬勿見怪。」

她話說得輕輕柔柔，又在情在理，崔娘子無法，只得苦口婆心地道：「姑娘也到年紀了，自己的事，要早早上心才是啊！」

施嫿頷首表示知道，又道了謝。

那崔娘子沒辦法，只能悻悻離開了。

施嫿送她到院門口，看著她的背影消失在巷子口，這才回過身來，卻見謝翎站在閣樓的窗前，她略微偏頭，別開目光，然後將院門合上，轉身進了屋子。

頭場考完之後，短短數日之內，頭場所有的試卷都已經彌封謄抄過，送入內簾，由房官閱卷。

因為閱卷時間緊，所以一般來說，頭場的考試是最為重要，也是最為關鍵的，一旦頭場不被取中，那麼後面兩場就是寫出花來，也是無力回天了。

卻說數位房官正在忙碌地閱卷，屋子裡安靜無比，只能聽見紙張翻動的窸窣聲，就在此時，角落處冷不丁傳來一聲拍案聲響，一人激動地道：「好！好！」

幾位房官都嚇了一跳，回過神來，一人轉頭衝著那角落裡拍案的房官笑道：「劉大人，莫把案桌拍壞了。」

其餘幾位房官也都發出了善意的笑聲。

有人問道：「劉大人，你這是看到了什麼絕世好文章了？」不怪他這麼問，有時候房官們閱卷時，看到好的文章句子，會情不自禁地拍案稱讚，這是常有的事情。

那被稱為劉大人的房官激動道：「這文章寫得好，寫得好啊！」

一人說道：「既然寫得好，你將他的卷薦了便是，送與嚴大人和張大人複審。」

那劉大人方才看了絕世好文章，興奮勁還沒過去，連連招手，道：「這文章是真的好！你們都來看看。」

其餘幾位房官都面面相覷，見他盛邀，不好拒絕，便紛紛聚攏過來，看那一份被劉大人極力稱讚的試卷。試卷被朱筆謄抄過，又稱為朱卷，一眼看過去，滿目紅色，幾人都凝神仔細看那文章。

聖人行藏之宜，俟能者而始微示之也。蓋聖人之行藏，正不易規，自顏子幾之，而始可與之言矣……

只看了這麼幾句，幾位房官便眼睛一亮，皆是讚道：「好！」

「果然好文章！」

「明破行藏，暗破惟我與爾，好！」

「汲於行者蹶，需於行者滯。有如不必於行，而用之則行者乎，此其人非復功名中人也。」

幾位房官一邊看，見到有心喜的句子，便將其大聲唸出來，聽者頻頻頷首，稱讚不絕。一人忽然道：「若以此人文章的水準，給他一個解元都不過分啊！」

那劉姓房官聽了，捋著鬍鬚頷首笑道：「我這就將這試卷薦上去！嚴大人和張大人慧眼，必定能取中。」

幾名房官皆附和應是。

劉姓房官將卷子仔細收好，寫上批語，蓋了名章，放在薦卷那一堆的最上面。

嚴沖正坐在案後，見了他來，道：「都閱過了？」

劉姓房官連忙回話。「是，頭場的試卷下官都批閱過了，此為薦卷，此為落卷，請大人複審。」

嚴沖聽罷，頷首道：「辛苦了。」

他說著，便將那一疊薦卷拿過來，看了看，眉頭微微一動，目光中閃過幾分驚訝，然後伸手把那一張朱卷拿起來，抖開，正是劉姓房官極力讚揚的那一份。

短短八百字，他卻看了很久，久到劉姓房官都站不住了，試探地問道：「大人，若無事，下官先去了？」

嚴沖抬起手來，一雙眼睛好似黏在了那試卷上，口中卻阻止道：「慢！你去將此人原卷調來一觀。」

調原卷，則說明這試卷十有八九會取中了！那劉姓房官心中一喜，拱了拱手，應答一句，便退下去調原卷了。

時間轉眼便來到九月，鄉試放榜的時間終於要到了。九月初九一早，許多士子們從四面八方趕來蘇陽城，等著隔日看榜。

放榜的前一日晚上，正、副主考官以及同考官都聚集在公堂，案桌上擺放著一疊朱卷，還有調過來查閱的原卷，比對一番，確認無誤之後，就要開始填榜了。

填榜是從最後一名開始填起，一書吏大聲唱中榜者的名字，一書吏填榜。

正主考官嚴沖將三份朱卷放在正中，道：「經本官與張大人商榷，多次複審，已確認此人為本次鄉試的解元。」

那劉姓房官瞄著看了一眼，面上浮現出些許抑制不住的喜色來，最上面那一張試卷，果然是他當初極力推薦的那一份！他推出了一個解元！

張姓副主考官點點頭，表示無異議。

嚴沖便擺擺手，道：「拆封吧！」旁邊立即有人遞了小刀上來，嚴沖接過，把那墨卷上的彌封小心拆了下來，卻見下面端端正正地寫了一個名字：謝翎。

嚴沖眉頭一挑，他對這名字有些熟悉，一時卻想不起來。

就在此時，旁邊傳來一個驚訝的聲音。

「竟然是他！」

「嗯？」嚴沖轉頭去看那說話之人，是一個同考官。

那人見了，連忙告罪。

嚴沖擺了擺手，好奇道：「你認得此人？」

那同考官拱手答道：「是，下官乃是蘇陽知縣，當初主持縣試時，謝翎便是案首，是以對他有些熟悉。」

嚴沖點頭道：「能寫出此等文章的人，倒也難怪。」

那蘇陽知縣又道：「若是縣試案首也就罷了，大人有所不知，此人後來參加府試與院試，也都是案首，且是在一年之內考過的。」

這下嚴沖確確實實被驚到了。「小三元？」

旁邊的幾位同考官也竊竊私語起來。

蘇陽知縣道：「正是，不只如此，他通過童試時，年僅十三歲。」

眾人都倒抽了一口氣，驚嘆聲四起。

嚴沖忽然像是想起了什麼，恍然道：「我想起來了！我見過此人，當時還問了他幾句。他十三歲就中了秀才，如今將將十六歲就能做出這等文章，真乃神童啊！」他捋著鬍鬚，又盯著謝翎的墨卷看了看，問那蘇陽知縣道：「你可知他師從何人？」

蘇陽知縣恭敬答道：「下官也問過他，他是董仲成先生的學生。」

這下所有人都愣住了。

嚴沖反應過來，看向蘇陽知縣激動地道：「你是說仲成先生？他在蘇陽城裡？」驚訝之意溢於言表。

蘇陽知縣連忙道：「是，下官還曾經去拜訪過他老人家。」

這時，旁邊的張姓副主考官問道：「嚴大人，這榜還填嗎？」

嚴沖回過神來，道：「填！怎麼不填！」

張姓副主考官猶疑道：「還填此人？」

嚴沖看了他一眼，眼神銳利，語氣淡淡地道：「張大人此話何解？解元我們早先便是商定好了的，這才拆的彌封，朝廷有規制，怎麼事到臨頭還能改？」

聞言，那張姓副主考官連忙道：「我不是這個意思，只是此人年紀才十六歲，如此年輕的解元，恐不能服眾。」

嚴沖不鹹不淡地道：「那我們批閱試卷時，是拆了彌封閱的嗎？朝廷也沒有規定，十六歲不能做解元。你我是看重文章才取了此人，別說十六歲，便是三歲小兒，如今也要取了。」

那張姓副主考官便不說話了。

嚴沖揮了揮手，便有人開始唱名，從第五名起。

「趙文歡……」

九月初十，桂榜放榜之日。

大多數士子徹夜不眠，聚集到了蘇陽城內，等的就是這一日。一早所有人都急不可耐地湧去了巡撫衙門那邊，等著放榜，有士子，也有看熱鬧的，可謂全城轟動。

不過，也有沒那麼激動的。

這一日，謝翎依舊在往常時間起來，等施嫿出來時，早飯已經做好了。

她站在門口看了看，謝翎正挽著袖子盛粥。

看見她來，謝翎便道：「阿九，吃飯了。」

施嫿沒答話，自從上次那件事過後，她便刻意與謝翎保持了距離，其實也就是不太搭理他，但是謝翎卻完全不在意，依舊如常，好似一團棉花似的，令施嫿無處可使力。

吃過早飯之後，謝翎一樣送施嫿去醫館。一開始施嫿拒絕了，哪知她一出門，謝翎仍舊跟在後面，怎麼說也不肯走，施嫿說得生氣了，他還會笑一笑，輕聲勸道「阿九，妳別生氣」，這樣一來，施嫿便連脾氣都發不出來了，她從來沒想過，謝翎竟然如此難纏。

時間一長，施嫿也就隨他去了，一樣不搭理他，但彷佛一直都是她單方面在執行，謝翎從未受到過任何影響，反倒是施嫿有些支撐不住了。她向來有心軟的毛病，而謝翎便牢牢地抓住了她的軟肋。

她漱洗之後，粥已經放了很久，不太燙了，施嫿端起碗，看謝翎不疾不徐地挾起一塊醬菜，就著粥喝了一口，實在沒忍住，開口問道：「今日放榜？」

聽見這問題，謝翎的眉眼微微彎起來，像是對於施嫿的問話十分欣悅一般，答道：「是，照理來說，今日是該放榜了。」

施嫿看著他，問道：「你不去看榜嗎？」

謝翎笑著答道：「不必看。」見施嫿眼中閃過幾分疑惑，才又接道：「這一次我是必中的。」

那語氣篤定得不得了，施嫿不禁又好氣、又好笑。「你是考官肚子裡的蛔蟲嗎？說中就中？」

謝翎卻笑道：「若不信，咱們來賭一賭？」

施嫿懶得搭理他，只是隨口道：「賭什麼？」

謝翎想了下，道：「就賭，若是我中了，妳以後不許再疏遠我，要和我說話。」

施嫿一下子沈默了，沒說話。

謝翎便端起碗來，自顧自地點頭。「嗯，就這麼說定了。」

早飯過後，施嫿收拾好碗筷，照常去醫館，謝翎跟在她身後。兩人穿過了城西，一前一後，不再如從前那般並肩行走。

清晨的朝陽自東邊升起，像是含羞帶怯的少女一般，悄悄望向繁華的蘇陽城。

等到了城北，還未走近懸壺堂，便聽見有鑼鼓聲響，大半條街都被驚動了，人們都爭相探出頭來，往那動靜傳來之處看去，只見十來個人手裡提著鑼，往那懸壺堂走。

有人高聲喊道：「叨擾了！林大夫！」

林家人連忙從堂內出來。

那敲鑼之人喊道：「問一聲謝老爺家住何處？」

林不泊還沒明白過來，迷茫地回問道：「謝老爺？什麼謝老爺？」

林家娘子立即滿眼驚喜，拉了他一把，語氣裡是掩飾不住的激動。「可是謝翎中榜了？」

那人笑道：「正是！我們幾個要去報喜，想問問謝老爺家住哪條街巷？」

還有人搶著高聲道：「謝老爺中了解元！咱們省裡第一名啊！煩請林大夫指個路，咱們一道報喜去！」

「哎呀！」林家娘子與林不泊、林寒水幾人俱是一臉驚喜，興奮激動之情溢於言表，簡直不知說什麼好了。

旁邊的鄉鄰也有聽見說解元的，連忙過來道喜。

還是林寒水先反應過來，對那幾個報喜人道：「我現在帶你們去。」他說著就步下臺階，領著一群人往城西的方向走，一抬頭，看見謝翎與施嫿站在街角沒過來，連忙喜道：「嫿兒！謝翎，你中了解元了！」

謝翎沒答話，反而走近施嫿，道：「阿九，妳看，咱們的賭要作數了。」

他臉上笑咪咪的，像極了一隻得逞的狐狸，施嫿竟無言以對，想說點什麼，那十幾個人已蜂擁過來，被喜氣洋洋的聲音給淹沒了。

「恭喜、恭喜！」

「恭喜謝老爺高中解元！」

「大喜啊！」

報帖是寫在一張大紅紙上面的，掛在懸壺堂正中央，上面寫道：捷報貴府老爺謝諱翎高中東江鄉試第一名解元，京報連登黃甲。

懸壺堂裡一派喜氣洋洋，林家幾人都十分高興。他們是看著謝翎與施嫿長大的，如今謝翎讀書算是有了成績，都由衷地感到欣慰。

林家娘子拿了錢，將報喜人打發走了，這才拉著謝翎的手，樂呵呵地道：「如今是舉人老爺了，爭氣！」

謝翎笑了笑，看向施嫿。

施嫿微微垂著眼，避開他的視線，少頃，才露出一絲幾不可察的笑來，被窗前的朝陽映得明豔而生動，就像開出了一朵小花。

因為是放榜日，巡撫衙門前被擠得水洩不通，萬頭攢動，恨不得把自己的眼珠子貼到那桂榜之上，仔細地看有沒有自己的名字。

時不時便聽到有人高喊。「中了！我中了！」

接著便是一陣喜氣洋洋的道賀聲。「恭喜石樓兄！」

「同喜、同喜！」

中榜者無不欣喜激動，唯有一人除外。

蘇晗站在人群之外，死死地盯著那桂榜末尾。

他身旁的劉奇驚喜道：「第八十九名，予明兄，你中了啊！恭喜！」

蘇晗滿臉陰沈散去些許，勉強扯出一個笑來。「多謝豐才兄。」

劉奇嘆了一口氣，道：「我今年又沒有中了，還得再等三年。」說著，不由得悲從中來。他眼睛一掃，忽然道：「予明兄，你看，你前面那一個，第八十八名，楊曄！」

蘇晗早就看到了！按理說，他原本覺得楊曄是不可能中的，原因無他，蘇晗與楊曄同窗數年，深知此人性格，懶惰無比，一看書就打呵欠，讓他背書就彷彿死了娘一樣，恨不得連學堂都不去，而這種人，竟然也中了，還壓了自己一名！

自從看到這個名字之後，蘇晗一口氣就梗在了喉嚨口，上不去、下不來，叫他難以忍受，他竟然輸給了楊曄那種蠢貨！

蘇晗憋著一口氣，又順著榜往前看，不多時，看到了晏商枝和錢瑞的名字，兩人也是前後名，錢瑞第四十二名，晏商枝第四十三名。

蘇晗的臉色登時就沈了下來。錢瑞能中還說得過去，他本就十分勤勉，但是晏商枝？一個月三十天，他有十五天不去書齋，還有十五天去了就是在睡覺，竟然也能中？

董夫子真的有那麼神？教出來的這種學生也能中舉，名次還都是前面幾名？蘇晗簡直覺得沒有天理了！

他氣了一陣後，定了定神，忽然想到，董夫子有四個學生，如今只中了三個，還有一個沒有中，且那學生還是在自己之後收的，想來也是一個不濟事的，到底不如自己。

想到這裡，蘇晗心裡總算是平衡了一點。

身旁的劉奇提議道：「予明兄，走，我們去看看這回的解元是誰。」

蘇晗有些不耐煩，這裡人多，他本就不想待了，但是劉奇推著他往前面走，兩旁都是人擠人的，也動彈不得，遂只能走上前去。

然後，他一眼便看見了最前面的那個名字，猛地睜大了眼睛，像是難以置信一般。

身旁的劉奇還在辨認。「謝翎，予明兄，這回的解元是一個叫謝翎的！奇怪，我怎麼覺得這名字很耳熟？」

蘇晗咬著牙，臉色難看得嚇人，道：「或許是你記錯了吧，我先回去了。」

他說著，也不管劉奇如何，轉身便擠出了人群，匆匆往蘇府走去。

第十三章

蘇晗臉色鐵青，一副要發怒的模樣，僕人們還以為他落榜了，生怕撞上去，連忙躲避。

蘇晗進了花廳，卻見蘇老爺和蘇夫人都等著他。

蘇夫人見他一頭是汗地回來，十分心疼，連忙招呼婢女拿面巾來，一邊連連追問道：「怎麼樣？可中了？」

蘇晗黑著臉，悶悶答道：「中了。」

蘇夫人撫了撫心口，大大地鬆了一口氣。

便是蘇老爺也十分高興，但見自己兒子一臉難看的神色，責怪道：「既然中了，你擺著這臉色是做甚？」

蘇晗依舊黑著臉。

蘇夫人倒是瞭解自己的兒子，覷著他的臉色，小心問道：「晗兒，你這是怎麼了？可是遇到了不順心的事情？」

蘇晗轉向蘇老爺，道：「爹，您老再想個法子，讓我拜回董夫子的門下吧！」

聞言，蘇老爺敏銳地察覺到什麼，問道：「怎麼回事？」

蘇晗恨恨地道：「董夫子的四個學生，鄉試都中了！」

蘇夫人小小地驚呼了一聲。「那董夫子竟然如此厲害？」

蘇晗緊接著道：「不只如此，他那個叫謝翎的學生，還中了解元！這次的鄉試榜首！」

驟然聽到這一句，蘇老爺一下子從座位上跳起來，一雙眼睛緊緊盯著蘇晗，追問道：「你說那學生叫什麼名字？」

蘇晗不解他爹反應為何這麼大，但還是答道：「叫謝翎。」

蘇老爺猛地看向蘇夫人。

蘇夫人自然也想起了從前的事，顯然也是小吃了一驚，但是很快她就反應過來，面上強作鎮定地道：「老爺，您這是做什麼？說不定只是同名同姓罷了。」

蘇老爺想了想，道：「那就派人去查一查，到底是不是同名同姓吧！若真是他的話，於咱們府來說，也算是一件好事。」

蘇晗皺了一下眉，問：「爹，什麼意思？」

蘇老爺不答。

蘇夫人卻是有些不自在，阻擋道：「有什麼好查的？別查了。」

蘇老爺看了她一眼，不耐煩地道：「妳懂什麼？婦人之見！妳知道一個解元意味著什麼嗎？有這等能耐，明年的會試，若是不出問題，他必然中得了進士！」

蘇夫人張了張口，卻是不敢再說話了。

蘇老爺揚聲叫來一個管事，吩咐道：「速去問問，這回鄉試的解元，那個叫謝翎的，究竟是什麼來歷，家住何處，年歲幾何？」

管事領命應聲去了。

蘇晗一臉莫名地問道：「怎麼？那謝翎與我們家有什麼干係不成？」

蘇夫人沒說話，避開了他詢問的眼神。

蘇老爺坐下來，喝了一口茶，才說道：「是有一點，不過是早些時候了，恐怕你不記得他。七、八年前，有一個小孩，是我一位已逝同窗的兒子，從邱縣逃荒過來，投奔我們家，那孩子就叫謝翎。」

蘇老爺這麼一說，蘇晗真的想起來了，問道：「他是不是還帶著一個女孩，一起住在咱們家，就在那西園裡面？」

「就是他。」蘇老爺點點頭，又嘆了一口氣，語氣有些懊惱。「早知他今日有如此成就，當初就不該那樣做。」他說著，不由得又看了蘇夫人一眼，生氣道：「誤事！」

蘇夫人雖然理虧，但並不是一個軟包子，遂道：「老爺這話我聽著實在委屈，為人父母的，不都是為了兒女計算？」

蘇老爺見她這副模樣，也罵不下去。

那廂蘇晗的心思卻活絡起來，道：「爹，既然我們家當初收留他，於他有恩，他如今作為董夫子的學生，又中了解元，若能幫我說幾句好話，勸一勸董夫子，說不定他老人家會願意再收下我。」

蘇老爺聽了，沈吟片刻，慢慢地道：「這法子是不錯，但是以那孩子的脾性，恐怕是不成的，當初他離開我們家，是有緣故的。」

蘇晗不死心地追問：「什麼緣故？」

蘇老爺沒回答。逼著一個小孩子交出他父親遺物的這種事情，怎好在自己兒子面前說出來？他向來好面子，便岔開話題了。「不過你不必擔心，我還有另一個辦法，必然叫他幫你。」

聽了這話，蘇晗頓時大喜，也不追問了。

倒是蘇夫人張了張口，想說點什麼，卻又沒說出來。

卻說那管事不多時就回來了，前來覆命。「老爺，打聽清楚了，那謝翎是七、八年前來蘇陽城的，不是本地人，原先被城北林家的懸壺堂收留了，後來又搬去城西清水巷子裡。家中沒有其他人，只有一個姊姊，名字叫施嫿，兩人相依為命，那謝翎今年十六歲了。」

聞言，蘇老爺一拍圈椅扶手，面上浮現出喜色。「好，果真是他！我就知道，虎父無犬子啊！當年他父親也是才學滿腹的人，這孩子竟然青出於藍而勝於藍，好！」

然而，一旁蘇夫人的臉色卻更難看了。

蘇老爺連忙向那管事道：「去請那謝解元過來府裡，不，還是我親自去吧！」

他說著，站起身來，整了整袍子，抬腳欲走。

忽然，蘇夫人叫道：「老爺！」

蘇老爺正滿心歡喜，聽了她這一聲，笑著轉過臉來。「還有什麼事？」

蘇夫人站起來，直視著他。「我以為不妥。」

蘇老爺皺了皺眉。「哪裡不妥了？」

蘇夫人直言道：「老爺此去，是想認回故交的兒子，攀個交情？還是想著妙兒的親事？又或者兩者皆有？」

蘇老爺被她說破了心中的打算，不由得有些尷尬。

倒是蘇晗聽得一頭霧水，不解地道：「什麼親事？爹，怎麼跟妙兒的親事扯上關係了？」

一說起這事，蘇老爺就氣不打一處來，指著蘇夫人高聲嚷道：「妳還敢提這事，妳自己心裡沒有數嗎？當初是妳說的，要將妙兒許配給妳表兄的三兒子，還將人請來了蘇陽做客，可是最後卻鬧成那樣！他死在哪裡不行？非得服五石散死在我的府裡！晦氣且不說，妳表兄那裡還要遷怒，壓了我三萬疋絲綢的貨，最後只能低價賣出去，血本無歸！」說到這裡，蘇老爺心痛得簡直要滴出血來，繼續憤怒罵道：「當年妳要是不作怪，就什麼事情都沒有了，那謝翎如今還好端端地待在我們府裡，當我蘇家的乘龍快婿！」

蘇夫人被他指著鼻子罵，臉色煞白，她顫著聲音道：「可當初的事情，誰能知道？那謝翎是逃荒來的，無父無母，誰家會把女兒就這麼嫁給他啊？老爺那時也同意了，如今翻起舊帳，是在指責我嗎？」

蘇老爺惱恨極了，高聲道：「那妳就閉嘴！」

蘇夫人不說話了，臉色慘澹。

蘇老爺冷哼一聲，陰沈著臉，甩袖而去，徒留蘇晗與蘇夫人站在花廳中。

過了好一會兒，蘇晗才低聲問道：「娘，那謝翎從前與妙兒有親事？」

蘇夫人愣了一下，像是才聽見他的話似的，回過神來，頹然道：「是，只是如今說什麼都晚了。」

蘇晗皺眉，他知道事情應該不妙，遂追問道：「娘，究竟是怎麼回事？」

蘇夫人嘆了一口氣，簡略地將當年的事情說了一番，不過有些事情，她到底沒有說，只是拉著蘇晗的手，眼圈微紅地道：「總之，當年他和你爹因為那塊玉珮鬧翻了，跑了出去，之後就再也沒有回來了。晗兒，是娘耽誤了你，你爹還心存僥倖，但是經過那事，謝翎必然記恨咱們，不可能會替你在董夫子面前說話的。」

蘇晗抿著唇，心情奇差無比。

蘇夫人又道：「不過你別擔心，娘那裡還有些私房體己，找些關係幫忙疏通疏通，請人向董夫子求個情，看看能不能有些眉目。」

蘇晗心中煩躁，但還是點頭道：「辛苦娘了。」

蘇夫人拿著帕子揩淚，又與兒子說了幾句，便起身往主院去了。

等到了房裡，蘇夫人從箱子裡拿出一個小木匣子，窗外的陽光照進來，只見那匣子裡，並排放著兩枚一模一樣的金魚翡翠。

她盯著那兩塊翡翠看了一會兒，猛地把匣子合上了。

謝翎去了淵泉齋，大概是因為今日放榜，董夫子居然也在。師兄弟四個人齊聚，謝翎到的時候，楊曄正站在窗邊，絞盡腦汁地思索著。

董夫子照舊坐在他那張巨大的圈椅裡，一手拿著書，一手舉著紫砂小茶壺，沒事喝一口，問道：「染於蒼則蒼，染於黃則黃，所以入者變，其色亦變，五入而以為五色矣，下一句是什麼？」

這是《呂氏春秋・仲春紀》篇，董夫子竟然破天荒地考起背書？謝翎有點吃驚。但見楊曄那模樣，九月了還急出一頭汗來，便明白了，夫子這是知道楊曄背書不勤了。

楊曄磕磕絆絆地背道：「故……故……」

董夫子抬起眼皮，淡淡道：「你就記得一個故字？」

楊曄縮了縮脖子。

董夫子放下書，依舊端著紫砂壺，看著他，語氣不威不怒。「我當初替你取了敬止兩字，說了什麼？」

楊曄垂頭，低聲答道：「夫子告訴學生，做人要戒驕戒躁，遇事則宜敬宜止。」

董夫子看著他。「如今中了個鄉試，你就飄起來了，那日後還有會試、有殿試，你又當如何？」

楊曄立即伏地跪下，額上冷汗滑落，懇切道：「是學生錯了，愧對夫子教誨。」

董夫子放下紫砂小壺，看著他，嘆了一口氣。「行了，記住為師的話，敬則退，退則止，莫要因此犯了小人。」

「是，學生謹遵夫子教導。」

董夫子道：「起來吧，背書去。我起先只以為你沒背《尚書》，卻沒想到你連《呂氏春秋》都背得磕磕絆絆。」他說到這裡，恨鐵不成鋼地道：「明年二月就是會試了，你去，把書都給我背好！」

楊曄忙不迭地道：「是、是，學生知道了！」

董夫子擺了擺手。「去吧！」

楊曄連忙一溜煙地走了。

董夫子抬頭看到謝翎，招了招手。「謝翎，你過來。」

謝翎依言過去行禮。「夫子。」

董夫子上下看了他一眼，竟然嘆了一口氣，道：「你真是叫我意外。」

謝翎恭敬道：「學生惶恐。」

董夫子「嗯」了一聲，笑道：「我教了這麼多年的學生，還是第一次遇見你這樣的。」

他想了想，似乎想說點什麼，最後卻又放棄了，只是道：「你做得很好，思來想去，我竟不知道能教你什麼了。」

這話說得太過鄭重，謝翎一驚，連忙道：「夫子——」

董夫子擺了擺手，示意他別說話，謝翎噤口，他才繼續道：「初時收你做學生時，我就有一種感覺，彷彿你本人與年紀並不相符，後來在長清書院講學時，你更是令我大吃一驚。」

謝翎嘴唇動了動。

董夫子看著他，道：「實話說，這回你中解元，實在我意料之中。」

「夫子料事如神。」

董夫子笑了一下，望著他，嘆了一聲。「你有這等才學，卻又拜在我的門下，也不知是福是禍。」

謝翎恭敬道：「能拜先生為師，是謝翎的運氣。」

董夫子竟搖搖頭，道：「日後的事，誰也算不到，再說吧！」話題就此打住了。

謝翎回到書案旁時，對面的楊曄正苦著一張臉，努力地記著書上的文章，看他那模樣，恨不得把書直接吃下去，說不定還能背得快一些。

見董夫子放謝翎回來，晏商枝三人都圍過來向他道賀。

錢瑞激動地道：「謝師弟，想不到你竟中了解元！真是厲害！」

晏商枝倒是拱了拱手，笑著望他。「恭喜師弟！」

謝翎笑笑，一一謝過。
楊曄也過來興奮道：「謝師弟，我也中了，第八十八名！你猜猜，第八十九名是誰？」
晏商枝道：「你還敢提？方才你在這裡大放厥詞，叫夫子聽見了，還不長記性？」
楊曄撇了撇嘴。
謝翎道：「第八十九名，是蘇晗？」
聞言，楊曄眼睛頓時一亮，猛地擊掌，讚道：「師弟真是料事如神！」

傍晚時候，謝翎依舊去了城北。
施嫿正在給病人看診，見他進來，只是抬頭看了看，沒說什麼。
倒是許衛笑嘻嘻地迎上去，拱手作揖。「恭喜謝老爺高中解元！」
謝翎笑了笑，道：「你爹沒訓你？」
這一句頓時讓許衛變成一個苦瓜臉。「翎哥別取笑我了，就是因為我爹在家裡叨叨，耳朵都起了繭子，這才來我姊這裡討個清靜的。」
因為謝翎考中了解元，林家人要幫他慶賀，所以晚飯便在懸壺堂用，席間極熱鬧，所有人都喜氣洋洋的，林老爺子還非要和謝翎小酌幾杯。
謝翎看了看施嫿，眼中詢問的意思極其明顯。
施嫿還沒說話，林家娘子便笑著勸道：「今日爺爺高興，嫿兒就讓他們喝幾杯吧！不妨事，若走不動了，讓寒水送你們回去！」

一旁的林寒水自然連連應聲。施嫿張了張口，她本想說「我什麼時候不讓他喝了」，但見謝翎眼神殷切地看過來，話便堵在了喉嚨口。她從前不許謝翎飲酒，皆因謝翎年紀小，飲酒有害無益，這事林家人都是知道的，所以如今才會幫忙勸說。

施嫿無奈，只能迎上謝翎的目光，道：「既然爺爺高興，你就陪他喝幾杯吧！」

這話一出，斟好酒的杯子便放在了謝翎面前，氣氛又熱鬧起來，所有人都大聲說著話，慶賀著、笑著，他們眼睛明亮，臉上洋溢著由衷的喜悅，彷彿被這氣氛感染了。

施嫿看著他們，漸漸地，也露出一點笑意來。

酒席一直到了夜裡才散了，謝翎跟著施嫿辭別林家，兩人提著燈籠，往城西的方向走。他們一如既往地穿過深夜的街道，橋頭柳蔭，經過繁華的城西街市，燈火映照在兩人身上，拉出了長長的影子。

謝翎跟在施嫿後面，他喝了些酒，腳步有些不穩，但是即便如此，他依舊認真地看著前面纖細的背影，專注無比。

脊背彷彿要被那一簇目光灼傷了，散發出熱意，施嫿抿著唇，頭也不回地走著。

那熱意就像是一點火星，漸漸蔓延，她依舊不回頭，彷彿毫無所覺一般。

直到，她轉過街角，倏然燈火熄滅了，施嫿終於停下來。街巷裡靜悄悄的，沒有光，也沒有人，安靜無比，與方才的街市像是兩個世界。

不知何時，身後的腳步聲也消失了。

施孋略停了一下，這才回過頭去，熟悉的身影不在那裡，謝翎不見了！

施孋心裡慌亂起來，她幾步奔出巷子，轉過街角，再次回到了那繁華熱鬧的街市，人聲嘈雜，燈火通明，只是依舊不見那個少年。

「謝翎！」像是有一隻大手，猛地抓住了她的心，施孋又喊了一聲。「謝翎！」

她的聲音在街市中傳開，引來幾人探首張望，施孋快走幾步，目光迅速地往四周探看，心裡不由得懊惱起來，明知道他今晚喝了酒，就不應該繼續與他生氣的。

施孋穿過人群，忽然聽見旁邊傳來一個熟悉的聲音。

「阿九！」

她的腳步猛然頓住，轉頭看去，只見謝翎站在一個店鋪的窗下，朝她看過來，明亮的燈火在他身後連成了一片，金色的光芒在少年淺青色的布袍上勾勒出一道細細的邊，他淺笑著，目光溫暖而眷戀。

那一瞬間，施孋心裡像是有一顆小小的石子，投入了平靜無波的心湖之中，驚起一絲漣漪。

漣漪很快散去，施孋看著他走近，問道：「你去哪兒了？」

謝翎舉起右手，笑道：「我給妳買了一樣東西，想著妳必然很喜歡。」

施嫿低頭朝他手中看去，只見那是一枚木製髮篦，她莫名覺得有些眼熟，髮篦上面刻著的花紋看似簡單，卻自有一種古樸的韻味。

施嫿沒動，謝翎便將她的手拉過來，將髮篦放在她的手中，道：「等以後有時間了，再給妳做一個。」

施嫿忽然想起來，從前謝翎給她刻過一個髮篦，上面雕的是燕銜桃花圖，十分漂亮，後來陳明雪離開蘇陽時，她將那髮篦作為信物送給了對方。

後來謝翎不見她用那髮篦，問過幾次，待知道送給了陳明雪，這才作罷。

這髮篦上刻著幾朵梅花，倒與從前那髮篦有幾分相似，施嫿靜靜地看著它。

謝翎輕聲道：「阿九，時候不早了，我們回去吧！」

巷子依舊如之前那般寂靜，只是此時多了一盞明亮的燈籠，照亮了四周，兩人並肩走著，腳步聲輕而緩，氣氛是難得的和諧靜謐。

開鎖的時候，依舊是謝翎提著燈籠站在一旁，他站得很近，近到施嫿能嗅到他身上傳來的酒香，混合著新墨香氣，淡淡的，卻無孔不入。

施嫿不安地往旁邊站，打開門，忽然聽見謝翎叫了她一聲。

「阿九。」

她拿著鑰匙的手插空，口中回道：「怎麼？」

「沒事。」謝翎笑了起來。「就想叫妳一聲。」

施嫿只當作沒聽到。因為謝翎左手提著燈籠，離得有些遠，她幾次三番都找不著鎖眼，便隨口道：「靠近些。」

「哦。」謝翎動了動，衣袍窸窣的聲音響起。

下一刻，施嫿便感覺到他靠了過來，手臂緊緊挨著她的肩背，溫熱的感覺令她差點跳起來，立即往旁退開，氣道：「你做什麼？」

謝翎聲音無辜，還帶了點委屈。「不是妳讓我靠近些嗎？」

「……」施嫿忍不住想揉眉心，道：「我是讓你把燈籠打過來些。」

聞言，謝翎頗有些失望，但還是應聲答應下來。「好。」他說著，果然依言照做。

施嫿總算是順利打開了鎖，推開院門，同時深深吐出一口氣來。謝翎靠得太近了，淡淡的酒香熏得她頭腦都有些發昏。

進了院子，謝翎把門合上。

施嫿走向屋簷下時，被他叫住了。

「阿九。」

施嫿回過頭來，只見他提著燈籠，站在臺階下，向她望來，眼睛被燈光照亮，像是星子一般，令人不敢直視。

「阿九，我喜歡妳。」

施嫿站在臺階上，回望著他，沈默像霧一樣瀰漫，過了片刻，她像是才醒過神來，什麼也沒有說，轉身進了屋子。

徒留滿院子靜寂，銀色的月光下，有微風徐徐拂過，少年提著燈籠，明亮的光芒將他的身影投映在地上，交織成一幅靜謐的畫。

第二日一早，施嫿漱洗完畢，便聽見院門被敲響了，有人在叫門。施嫿打理整齊之後，這才去應門，卻見外面站著一個中年男人。

中年男人堆著笑問道：「這可是謝解元家裡？」

施嫿點點頭，疑惑道：「您是？」

那中年男人連忙道：「我們老爺前來拜訪，請問謝解元可在家中？」他說著，側了側身子。

施嫿這才注意到他身後還站著一個人，那人身形略微發福，四方臉，穿了一襲綢緞袿子，看上去十分富貴。只看了一眼，施嫿便認出那人，即便是許多年不見，她依舊記得那張面孔。「蘇老爺？」

蘇老爺見了她，笑著上前，道：「好久不見，施姪女也出落成一個大姑娘了！敢問賢姪在家嗎？」

施嫿沒答話，她聽見身後傳來腳步聲，還有謝翎疑惑的發問。

「阿九，是誰來了？」

蘇老爺連忙高喊一聲。「賢姪，是我，你蘇世伯啊！」
「蘇世伯？」謝翎走過來，聲音冷淡。「哪位蘇世伯？」
施嫿讓開來，好讓他看清楚門口的人。
蘇老爺臉上帶著世故的笑，打量了一番謝翎，這才感慨道：「好些年不見了，賢姪，我愧對你父親啊！」他說著，眼眶中有了淚，道：「當年的事情，原是我的錯，鑽了牛角尖，賢姪你那日走後，世伯便十分後悔，怎麼能和你一個孩子生氣？所以立即派了下人去尋你們，只是找了大半夜，轉了半個蘇陽城也沒有找著。後來每每思及此事，世伯都覺得心中難過，實在有愧啊！」
蘇老爺一番心意抒發，唱作俱佳，聲音悔恨愧疚，還打著顫，可謂是十分賣力。
謝翎聽罷，也不說話，只是笑了一聲。
他不接話，蘇老爺便唱了一齣獨角戲，不由得十分尷尬，沒奈何下不來臺，只能繼續唱下去，表情更為懇切地問道：「賢姪，你可是還怪世伯？唉，也是世伯的錯，這些年來，每每想起此事，都寢不能寐，恐對不住你父親在天之靈，都是世伯的錯啊！」他邊說邊捶胸頓足。
謝翎還是不說話，空氣裡靜悄悄的，一絲聲音也沒有，尷尬的氣氛越來越濃。
蘇老爺臉上終於掛不住了，咳了一聲，試探地說道：「賢姪，多年不見，不如咱們坐下來，好好聊一聊？」

謝翎這回終於開口了，不軟不硬地道：「寒舍簡陋，無處下腳，擔心失了禮節，就不招待蘇老爺了。」

蘇老爺乾巴巴一笑。若謝翎還沒中舉，他還能端起長輩的架子，說他幾句，但是如今謝翎中了舉，不說解元，便是普通的舉人，那地位也與他們這種平頭百姓不同了。蘇家只是商賈人家，謝翎作為舉人，已是一隻腳踏入了官場中，可以見知縣而不必下跪，甚至平起平坐，相互稱兄道弟了。

如今看謝翎的反應，蘇老爺心中有了數，不由得又暗罵蘇夫人幾句，若非當年她唆使，如今怎麼會鬧到如斯難看的地步？

旁邊的幾戶人家傳來些許動靜，還有斷斷續續的說話聲，看樣子是都起了。蘇老爺算是撇下老臉不要了，牙一咬，聲音也略略提高了些，道：「賢姪，我知道你當年受了委屈，確實是我的錯，因為此事，我後悔了許多年，後來時常想起你父親，輾轉反側，不得安眠。今日得知你的下落，伯父十分欣慰，如今我是特意上門來賠罪的，你若原諒了伯父，伯父也算了卻了一樁心事，日後下去，也好有顏面見你父親啊！」

他聲音大，巷子裡又安靜，便顯得格外清晰，隔壁幾個院子都靜了下來，甚至有人開門出來看。

謝翎微微瞇了一下眼。

蘇老爺見他毫無反應，一狠心，一撩袍子下襬，就要往地上跪。

施嫿眉頭一蹙，周圍都有人家出來看了，要是讓他跪下去，日後謝翎的名聲恐怕便要傳壞了！她正欲上前阻止，謝翎的動作卻比她快，一手伸過去，將蘇老爺的手臂穩穩攙住。

謝翎微瞇著眼睛，笑了，淡淡道：「蘇老爺這說的哪裡話？怕是你想見我父親，我父親他老人家還不願意見你呢！」他聲音冷淡，一雙眼睛彷彿結了冰一樣，令人見了便心中發寒。

這樣一來，蘇老爺那兩條腿，是無論如何都跪不下去了。

但蘇老爺到底是個人精，他迅速調整了表情，眼角流出兩滴老淚，顫聲對謝翎道：「是，是我對不住你，當初你來投奔我，我卻沒有盡到做伯父的責任，你怪我也是應當的！你走失後，我每日都派人去尋找，數月不息，只是一直沒有找到你，謝兄若地下有知，恐怕對我也十分失望吧！」

出來圍觀的幾個鄰居這會兒都露出了恍然大悟的神情，彷彿得知了事情的真相似的，竊竊私語起來。

這時有人揚聲道：「這位老爺，謝翎是個爭氣的，如今中了解元，你也找到了他，算得上是一件大好事啊！」

聞言，蘇老爺連連點頭，喜不自勝地望向左右，道：「是、是，是好事，是好事啊！」

他正激動，卻聽謝翎冷不丁說了一句。

「我看不見得，蘇老爺當年謀我父親的遺物時氣勢逼人，其真情實感，更甚今日三分。」

聽了這話，蘇老爺臉色頓時一僵。

謝翎的聲音雖然不高，慢條斯理的，卻十分清晰，字字都入了眾人的耳中，一旁圍觀的鄰居冷不防聽到了這話，不由得都愣住了。

好半晌，蘇老爺才艱難地擠出一個乾巴巴的笑來。「賢姪，那、那怎麼能叫謀你父親的遺物？你這話未免太過誅心了些。當初我也是一時糊塗，那玉原本與我家大有淵源，這才提出向你買下來，只不過你那時沒有同意，我後來不是也沒有再提了嗎？」

謝翎只是笑了一下，盯著他看，慢慢地道：「公道自在人心，蘇老爺，我父親在天上看著你呢！」

聞言，蘇老爺頓時脊背一陣發涼，他下意識地張望，彷彿謝翎的父親謝流當真站在哪裡盯著他看似的。

謝翎不欲再與他多話，只是敷衍道：「今日我還有要事，就不留蘇老爺了，蘇老爺慢走。」他說完，就把院門關上了，順便將那些探究、好奇的視線一併擋在外面。

施嫿有些擔憂地道：「他還會不會再來？」

謝翎一笑，語氣篤定地道：「他肯定會來的。」

施嫿微微蹙眉。「蘇老爺若時常上門來，豈不是要糾纏許久？」

謝翎卻答道：「糾纏不了多久，這事情過幾日就會有結果了。」

他語氣肯定，彷彿知道了什麼似的，施爐不禁好奇地問：「何出此言？」

謝翎想了想，還是答道：「蘇默友當年向我索要那塊玉時，並不肯說緣由，今日觀他說話，他似乎並不知道那玉已被搶了回去。阿九，妳說，當初若不是他派人來搶，又會是誰來搶？」

施爐思索了片刻，反應過來，道：「是蘇夫人？」

「正是。」謝翎繼續道：「我們當年投奔蘇府時，蘇默友從未提起這玉的事情，所以必然是有人提醒了他，能提醒他的，只有蘇夫人了。」

施爐遲疑道：「那玉究竟有什麼秘密？竟然讓他們如此緊追不放？」

謝翎一笑。「誰知道呢？過幾日，大概就會真相大白了吧！」

其實他想到了更多，但都是些毫無緣由的猜測，譬如，當年蘇妙兒搶他玉時，脫口的那一句：他還偷我的玉！

那塊金魚玉珮是謝翎的父親留給他的，為何蘇妙兒會說是謝翎偷了她的？唯有一個解釋，就是蘇妙兒也有一塊相同的玉。

兩家故交，每家分別有一塊一模一樣的玉，真相已經呼之欲出了。謝翎只用了很短的時間，就想通了其中的關節，但是他現在還不想把這件事告訴阿九。

今天是放榜的第二天，謝翎不必去學塾，他還有更重要的事情要做，也是所有中了榜的舉人要做的，那就是參加巡撫衙門舉辦的鹿鳴宴，以慶賀新科舉人高中的宴會。

這一天除了新進舉人以外，正、副主考官、監臨、學政以及內、外簾官等都要出席，聚集一堂，而謝翎作為解元，是無論如何都要到的。

新科舉人到得差不多，互相寒暄打招呼，你來我往，整個大堂儼然一個應酬聚會。不多時，便有人道：「老師們來了！」

堂內安靜下來，果然見門口有十數人魚貫而入，皆是身著官服，正是主持鄉試的考官與監臨、學政等人。

所有的舉人都拜過之後，正主考官嚴沖捋著鬍鬚笑呵呵道：「諸位都入座吧！」

眾人謝過之後，這才紛紛落坐，鹿鳴宴正式開始了。

卻說角落裡坐著一人，神色鬱悶，看似不大愉快。

旁邊的人見了，不由得奇道：「予明兄可是心中有事？」

那人正是蘇晗，他今日本是不想來的，無他，只要看到楊曄那幾個人，特別是謝翎，他心裡就難受得很，彷彿一根魚刺卡在了喉嚨，不上不下，吞不進去、吐不出來。

但是無奈鹿鳴宴實在重要，可以說是新科舉人們踏入官場的一個象徵，尤其要來拜見正、副主考官及房官，所以蘇晗不得不來。

這時聽人問起，他才意識到自己的臉色過於差了，遂勉強笑道：「沒有，只是昨夜睡得晚了。」

他說著，目光不自覺往謝翎幾人看過去，卻見幾名房官正在與他們攀談說笑，氣氛其樂融融，嫉妒和怨憤的情緒霎時間在心底蔓延開來。

與謝翎他們說話的人中，正有蘇陽知縣，當初他們考縣試時，也是蘇陽知縣主持的，是以幾人不顯生疏，以表字相稱。

蘇陽知縣姓黎，字靜齋，他樂呵呵地稱讚了幾人的文章，又笑問謝翎道：「可有表字？」

謝翎答道：「年紀尚不到，還未取表字。」

黎靜齋便又稱讚了幾句「年輕有為」云云。

當初那位力薦謝翎試卷的劉姓房官忽然說了一句。「謝賢弟如此年少，可曾定下親事了？」

這一句問話，讓旁邊的楊曄幾人都愣住了。

倒是謝翎表情如常，答道：「不曾訂親，只是已有心儀之人了。」

聞言，幾名房官都頗有些遺憾，你望我、我望你，而後皆是笑了起來。

鹿鳴宴後，謝翎回懸壺堂接施嫿，兩人一同回去城西，才走進清水巷子，就見他們家院子門口站著幾個人，宛如門神一般，正翹首引領。

謝翎一眼便看見了最前面的蘇老爺，他停下了與施嫿的交談。

蘇老爺連忙迎上來，殷切地笑道：「賢姪回來了？」

謝翎牽起唇角，像是笑了一下，這次竟然不阻攔他了，道：「原來是蘇世伯來了。」這一聲「蘇世伯」，其態度與早上相比，完全是個大轉變，蘇老爺的眼睛頓時都亮了起來，笑容滿面地道：「我自下午時候便來這裡等著，總算把賢姪盼回來了！」

謝翎道：「怎好叫世伯在外面站著，若是不嫌棄，可入院小坐。」

蘇老爺聽罷，喜不自勝，一迭連聲地道好。

施嫿疑惑地看了謝翎一眼，不知他葫蘆裡到底賣的什麼藥？

一進院子，蘇老爺先是打量一番，而後嘆了一口氣道：「賢姪過得這般清貧，都是世伯的疏忽啊！」他說著，手一伸，連忙有下人上前來，將銀子遞到他手上。蘇老爺拉著謝翎，誠懇地道：「世伯心中慚愧，這兩百兩銀子，以賀賢姪此次高中解元。你們這院子太過小了，送往迎來十分不便，世伯那裡還有兩套院子，就在城南二大街上，三進三出，還算乾淨，就送給賢姪了。你們兩位搬去那裡住，咱們來往也方便些。」

謝翎不接那銀子，只是笑道：「蘇世伯說哪裡話？咱們原是世交關係，如何能收您的銀子？再者，姪兒如今已是舉人之身，官府也已撥了銀錢下來。說到院子，姪兒是個念舊的人，在這裡住久了，左鄰右舍也有了感情，就不勞蘇世伯操心了。」

聞言，蘇老爺不免有些尷尬，他很快便反應過來，連連道：「賢姪說得在理，不過日後若有需要幫忙的，還請千萬不要客氣！」

謝翎笑了一下，虛應下來，岔開話題道：「不知伯父今日駕臨寒舍，有何要事？」

蘇老爺沒想到他晚上會這樣好說話，腦中迅速地思索片刻後，決定打鐵趁熱，把那一樁最要緊的事情拿出來說，遂笑道：「實不瞞賢姪，確是有一樁大大的要緊事，而且與你我休戚相關，所以特意過來一趟。」

謝翎好奇道：「能讓蘇世伯如此看重，不知究竟是什麼要緊事情？」

蘇老爺裝模作樣地嘆了一口氣，道：「說來也是巧了，賢姪可還記得當初你父親留給你的那一塊玉？」

謝翎沈默了一下，道：「自然記得。」

蘇老爺擔心他想起舊事又會變了臉色，將他們掃地出門，於是連忙解釋道：「賢姪有所不知，原是世伯糊塗，那一塊玉是我夫人的陪嫁嫁妝，本來是一對，我將其中一塊送與你的父親，此事我夫人原是不知曉的，後來她有一日忽然問起此事，非逼著我向你討要那一塊玉。」他說著，又嘆了一口氣，自責道：「我那一陣子商行事情忙，昏了頭了，她又在家裡鬧，我這才向你討要。自你出走後，我便幡然悔悟，十分後悔，連夜派人去尋，只是尋了數月也不見你，如今想來，我著實對不住你的父親啊！」他假惺惺地說著，話裡話外卻把自己撇得乾乾淨淨。

謝翎面色平靜，配合著點點頭道：「如今伯父提起這事，難不成那玉中還有什麼玄機不成？」

蘇老爺連忙稱讚道：「賢姪果然不愧是中了舉的人，一下子就想到了其中關竅。這事情還是我今日回去才知曉的，我收拾舊時的書信時，意外找到了你父親的那一封信，這才想起了一件被我忘記的大事情。」

「什麼事情？」

「原來是當初我與你父親書信往來時，曾經約定了一件事情，當年你才滿月，我將這金魚玉珮送給你父親，以賀弄璋之喜，卻沒想到不日我家夫人便誕下了妙兒，可謂雙喜臨門，實在湊巧，這才與你父親約定，兩家結個秦晉之好，親上加親！」

聽到這裡，原本坐在一旁的施嫿忽然心中一跳，轉頭去看謝翎，卻見他的面孔隱在陰影之中，看不真切，只隱約覺得那眼睛是冷的，眉目是鋒利的，眼簾微垂，但因為燭光暗淡，所以蘇老爺並沒有發現。

少年略抬起頭來，與她的目光對視片刻，霎時間，原本眼底的冰冷如遇春風一般，迅速化開，他勾起唇角，然後轉向蘇老爺，道：「原來還有這種舊事。」

蘇老爺懊悔道：「這原本是大事，只是我年紀越大，許多事情都記不得了，若不是今日翻起那些舊書、信件，恐怕這件事不知要多少年才會被發現。」

謝翎笑了一下，眼底卻沒有絲毫笑意，意味深長地道：「世伯如今發現了也還不遲。」

蘇老爺一聽這話，頓時喜不自勝，眼睛裡都發出了光。

謝翎又道：「不過蘇世伯可否將那信件讓姪兒一觀，也好瞻仰先父遺筆。」

蘇老爺一迭連聲地道：「這是自然、這是自然！我今日正好帶來了，賢姪請看。」

不知他花費了多大的力氣，才把十幾年前的書信都翻了出來，還真叫他找到了。

謝翎接過那一封信打開來，信箋已經泛起了陳舊的黃，邊緣也被蟲子蛀咬過。

蘇老爺有些尷尬地道：「因為時間久遠，保管不甚妥當。」

謝翎沒有搭理他，只是垂眼迅速地閱讀著那一封信，上面的字跡有些熟悉，確實是謝父的手書。父親在信中答應了蘇老爺提出的「兩家共結秦晉之好」的請求，並以金魚玉珮作為信物，待兒女長大之後，便讓謝翎來娶蘇妙兒為妻。

謝翎的目光掃過那些熟悉的文字，目光喜怒難辨。

蘇老爺盯著他的臉看了半天，也沒有發現丁點兒端倪，心道謝翎此人當真是心思高深莫測。

謝翎看過之後，把信紙慢慢摺起來。「這確實是我父親的親筆手書。」

這時，蘇老爺心裡大鬆了一口氣，揣摩著這事大概已成了一半，遂一臉喜色地一迭連聲道：「好、好，那不知賢姪的意思是？」他故作猶疑。

謝翎笑了一下。「先父親口允諾的事情，作為兒子的必然要守信才是。」

這話一出，不知為何，一旁的施嫿心中忽然一跳，像是被什麼東西撞了一下似的，她忍不住去看謝翎。謝翎側著臉，依舊是之前那般表情，無喜無怒，看上去斯文溫和。

蘇老爺面上洋溢著喜意，連連道：「好、好！」

不等他再說什麼，謝翎話鋒一轉。「不過，姪兒還有一事想請託伯父。」
蘇老爺喜不自勝，一口答應道：「賢姪有話儘管說便是，伯父一定做到！」
謝翎笑了笑，抖了一下手中的信箋。「這信中寫了，一共有兩枚玉珮作為信物，如今信拿到了，玉珮也要拿到才是。」
他說到這裡，蘇老爺便知道了他的意思，遂答允道：「這有什麼？我這就派人回家去拿來，給賢姪一觀便是！」
謝翎點點頭，目光又落在那信上，躊躇道：「那這信……」
蘇老爺眼見事情已成，只當謝翎答應了這一樁親事，哪裡還管得了那信？痛快地揮手道：「這本就是你父親的手書，也一併贈與賢姪了！」
謝翎終於露出了他今天晚上第一個真情實意的笑容，道：「那就多謝世伯了。」
蘇老爺辭別謝翎，急著回蘇府去了，到了府裡，一路上腳步輕快，走路帶風，逕自去了花廳，逮著一個小丫鬟劈頭就問道：「夫人在何處？」
那小丫鬟連忙答道：「夫人在主院。」
蘇老爺便往主院尋去了，蘇夫人果然在與蘇妙兒說話。
蘇老爺一進門就道：「把那金魚玉珮給我取來。」
蘇夫人怔了一下，讓蘇妙兒先離開，而後疑惑地問道：「怎麼突然要看那個？」

蘇老爺這會兒心情不錯，便告訴她道：「是好事！妳還記得那謝翎？」

「記是記得。」蘇夫人突然反應過來，盯著蘇老爺問道：「老爺去找他了？」

蘇老爺往椅子上一坐，長舒了一口氣。「他如今中了解元，便是半個官老爺了，就算撇下這張老臉不要，我也要去找他。」

蘇夫人狐疑道：「他肯認老爺？」

蘇老爺笑了一聲，道：「起先不肯見，早上我去那裡時，門都沒讓我進，不過後來他大概是想通了，晚上的時候見了我不說，還客客氣氣的，我便乘機把當年那樁婚事說了說，他一口便答應下來了。」他說著，端起茶來喝了一口，滿意道：「事情就妥了。」

蘇夫人越發疑惑。「怎麼一日下來，變化竟如此之大？老爺不覺得有些不對嗎？」

聽了這話，蘇老爺頓時就不高興了，放下茶盞，瞪著她道：「有什麼不對的？他不過是一個十五、六歲的毛孩子，一時意氣用事，後來想通罷了。說白了，與我蘇府結親，那是大大的好事！妳是沒看見，他住的那個院子窮酸破落，我進去了都沒地下腳！他一個舉人，半個官身，怎麼樣也要有些錢財傍身才是。」

他說得有些道理，但是蘇夫人一時還是猶豫，謹慎道：「按理說來，他今日去參加了那鹿鳴宴，晗兒也去了，不如先問過晗兒，是不是發生了什麼事情，才叫他有這樣的轉變，我們心中也好有個底。」

她的謹慎在蘇老爺看來就是瞻前顧後、磨磨蹭蹭，遂不耐煩道：「婦人之見！當初便是妳攪黃了這一樁婚事，如今我費了九牛二虎之力才讓事情有了轉機，這是天大的好事，說不定日後咱們蘇府就能乘著這一股風飛黃騰達，妳卻說這事不妥，怎麼個不妥法了？他一貧如洗，答應這門親事，是圖咱們什麼？不就是為了錢？」蘇老爺一拍案桌，抬高聲音道：「我有錢！他有官身，我有錢，這麼互利互惠的一筆帳，妳怎麼就算不明白？」

蘇夫人張了張口，把心裡的話壓了下來，抿著唇，沈默片刻才道：「既然老爺決定了，我去拿便是。」

蘇老爺擺了擺手。「去吧，把那玉珮拿過來，我還得給他送去。」

蘇夫人進了內間，從櫃中拿出一個木匣子，打開來，藉著明亮的燭光，裡面果然是兩枚一模一樣的金魚玉珮。她猶豫了一下，只拿出了其中一塊，又將那匣子蓋上了，放回原處。

蘇夫人從裡間出來時，蘇老爺還在喝茶，看見她來，便問：「玉珮呢？」

蘇夫人將那金魚玉珮放在桌上。「就是這個了。」

蘇老爺看了看，覺得沒有錯處，便收了起來，站起身道：「我現在就去找他。」

蘇夫人皺了一下眉，覺得他太急切了，忍不住開口勸道：「老爺，這可是妙兒的終身大事，是不是再仔細斟酌斟酌？」

蘇老爺瞪了她一眼，罵道：「斟酌什麼？若晗兒這回考中的是解元，就沒有這麼多事了！」

蘇夫人一噎，話梗在喉頭，到底是沒有說出來，只能望著蘇老爺的背影消失在門外的夜色中，直到看不見了。

她心裡始終覺得有些不安，遂招來下人，吩咐道：「去請少爺過來。」

那下人去了，不多時，蘇晗便過來了。

「娘，這麼晚了，叫孩兒過來有什麼事情？」

蘇夫人連忙讓他進屋來，低聲問道：「你今日去參加鹿鳴宴了？」

蘇晗覺得莫名其妙。「正是，孩兒去了，怎麼了？」

蘇夫人又問：「你可見到了那個謝翎？」

聽到這個名字，蘇晗面上閃過幾分厭煩之意，但還是強按捺住，答道：「見到了。娘怎麼突然問起了他？」

蘇夫人沒有回答，只是問道：「他今日做了什麼？說了什麼？你都細細與娘說說。」

這下蘇晗是徹底不耐煩了，他原本對於謝翎中了解元便抱著一股嫉恨的心思，若非董夫子逐他出師門，現在解元是誰還未可知呢！今日又見那些房官和監臨，甚至正主考官都對謝翎青睞有加、態度熱絡，他心裡的嫉恨便大了起來，如今回到家來，他娘大晚上將他叫過來，居然劈頭蓋臉也是問謝翎！

謝翎、謝翎！謝翎到底有什麼好？不就是中了一個解元嗎？

蘇晗心裡煩躁無比，這一下子直接爆發了，高聲怒喊道：「有什麼好說的？我參加一個鹿鳴宴還得時時刻刻盯著他嗎？若不是他，說不定董夫子早就同意再次收我做學生了！」

蘇夫人不防蘇晗突然發脾氣，她怔了一下，才連忙安撫道：「晗兒，娘不是那個意思，你別多想！娘不問了，不問了。」

蘇晗紅著眼睛，惡狠狠地道：「別在我面前提謝翎了，煩得很！」他說完，便甩袖走出去了。

蘇夫人兀自站在房裡，怔怔的，不知如何是好。

蘇老爺帶著那玉珮，連夜乘馬車趕到了城西清水巷子，敲門時，心裡還熱呼呼的，覺得一樁心事快要了卻似的。

來開門的是謝翎的姊姊，蘇老爺盯著她看了兩眼，只覺得這女孩生得實在好，就是沒什麼表情，神態冷淡，不大討喜。蘇老爺進了院子，不見謝翎。

施嫿開口道：「他在廚房。」

蘇老爺這才進去。

施嫿站在院子裡，盯著他肥碩的背影，沒有動，她忽然生出了一種難受的感覺，彷彿自己親手栽下了一棵樹，日日給那樹澆水施肥，修枝剪葉，如今那樹長大了，開出了花，結了果，卻有旁人來說，這樹原本是他家的。

一想到這裡，施嫿心裡就更難受了。她沒去廚房，反而回到自己的房間，關上門，不聽、不看，在心底反覆告訴自己，謝翎如今是個大人了，他能作得了自己的主，如成親這種人生大事，不必自己在旁邊指手畫腳。

而且，他成親了，也是一樁好事。施嫿這麼想著。

蘇老爺揣著玉珮去了廚房，一進門便見謝翎正在灶前燒火，灶上的瓦罐裡還熬煮著什麼，咕嚕、咕嚕的，滿屋子飄香，蘇老爺頓時驚了，哎呀一聲道：「賢姪，怎麼是你在做飯食?!」

謝翎站起來，拍了拍手上的灰塵，沒答話，只是道：「世伯來了。」

蘇老爺連忙拿出懷裡的金魚玉珮，遞過去，口中道：「賢姪請看，這就是當年我與你父親約定親事的信物，賢姪也有一枚，想必十分熟悉。」

聞言，謝翎接過玉珮，舉起對著燭光看了看，忽然笑了。

蘇老爺見他笑，只以為他心裡滿意，便也跟著笑起來，笑過一陣後道：「賢姪這玉珮也看過了，不如我們現在商議商議？」他隱晦地暗指謝翎與蘇妙兒的那樁親事。

謝翎笑了一聲，卻道：「不急，今日天色實在晚了，我明天還得早起去學塾，遲不得。不如這樣，明天傍晚，我親自上貴府拜訪，世伯覺得如何？」

蘇老爺一想，也行，反正如今謝翎已經認下了這一樁婚事，不急在這一時半刻，遂道：「好、好！賢姪，那伯父就先回府了。」

謝翎嘴角帶著笑意，將他送到院門口，道：「世伯慢走。」

蘇老爺暈乎乎地出了門，才想起那玉珮還在謝翎手中，忘了拿回來，只是門已經關上了，他一想，罷了，明天再說也不遲，料想謝翎也不會反悔。在蘇老爺看來，與他們家結親對於謝翎來說，那是瞌睡就有人送上了枕頭，於謝翎有百利而無一害，他堅信謝翎會答應下來。

院子裡靜悄悄的，唯有牆角傳來蟲鳴，長一聲，短一聲。

謝翎回轉進廚房，湯已經熬好了，熱氣騰騰，裊裊升騰，香氣散發，整間屋子都瀰漫著一股香味，他用布巾包著，將湯罐端起來。

菜他早先便做好了，熱在鍋裡，沒叫蘇老爺看見，否則估計蘇老爺眼珠子都要掉下來，說不定會更加覺得這位賢姪平日裡過得忒可憐，連菜飯都要自己做。

謝翎慢條斯理地擺放好碗筷之後，這才走到施嫿的房間門口，敲了敲門，喚道：「阿九，吃飯了。」

過了片刻，門內傳來些許動靜，門開了。

施嫿站在那裡，淡淡地看著他。「人走了？」

謝翎點點頭，並不想多說，只是道：「我們吃飯吧！」

施嫿望著他，彷彿在發怔，直到謝翎疑惑地叫了她一聲。

「阿九？怎麼了？」

她這才如夢初醒一般，移開目光，道：「走吧！」

這一頓晚飯吃得施嫿食不知味，有些走神兒。

晚飯過後，謝翎依舊去溫書，他舉著燭臺，站在施嫿的門口叮囑道：「阿九，早些休息。」

施嫿點點頭，看著那一點昏黃的光芒漸漸移向閣樓的樓梯處。少年身形挺拔，肩寬腿長，幾乎將那光都遮擋住了，他已經長成一個大人了。

施嫿回身關上門，長長地嘆了一口氣。便是她自己，也不知道心中的難過是因何而來，為什麼嘆氣呢？

第十四章

第二日晨起，謝翎一早送施嫿去懸壺堂後，便往城南而去。他沒有回頭，自然就沒有看到施嫿站在臺階上，目送他遠去。

謝翎到了城南，卻沒有直接去學塾，而是往縣衙的方向過去了。

縣衙大門處站著兩個差役守值，見了人來，其中一個喊道：「站住，做什麼的？」

謝翎朝那人拱了拱手，道：「新科舉人謝翎，特來拜會黎知縣，還請兩位幫忙通報一聲。」他說著，拿出帖子來。

那兩個差役一聽說是新科舉人，連忙道：「原來是舉人老爺。」一人恭敬接過帖子，道：「稍待，我這就去替您通報一聲。」

不多時，那通報的差役回來了，道：「請謝老爺隨我來。」

謝翎站起身頷首。「有勞。」

那差役引著他進入後堂，黎知縣已在堂中等著了。兩人互相見禮後，黎靜齋笑呵呵道：「不想你今日會來，實在是意外。坐，快請坐！」他說完，又叫人奉上茶來。

兩人寒暄一陣，謝翎才道明來意。「實不相瞞，靜齋兄，我今日是為一事而來。」

黎靜齋見他提起正事，坐得端正了些，道：「請講。」

「是這樣的，靜齋兄可記得八年前，臨茂一帶大旱的事情？」

黎靜齋答道：「如何不記得，那一年大旱，不知死了多少百姓，聽說流民足有十萬之多，成群結隊，死者不計其數，餓殍枕藉。」

「我便是那時逃荒來蘇陽的。」

黎靜齋略微吃了一驚。「想不到謝賢弟竟然還有這等遭遇。」

謝翎笑了笑，道：「當年我聽從父親遺囑，帶著家傳信物，前來蘇陽投奔世伯，也是我命大，果然找到了那位世伯。」

黎靜齋點點頭，欣慰道：「這是好事。」

謝翎卻無奈地笑了笑。「若是好事，我今日也不會來找靜齋兄了。」

黎靜齋一聽其中還有隱情，便道：「可是出了什麼事情？」

「一日，世伯叫我前去，讓我交出父親的遺物，便是我一直戴著的家傳信物，乃是一枚金魚玉珮。」

黎靜齋皺起眉來，道：「你這世伯怎麼能做下這樣的事？向一介孩童索要父親的遺物，實在是過分了！你後來予他了？」

謝翎搖頭道：「當時我正在氣頭上，如何會肯？當下便趁著雨夜，帶著姊姊一同離開了世伯的宅子。後來的事情，靜齋兄恐怕想不到。」

黎靜齋果然追問道：「怎麼？發生了何事？」

「那蘇府不肯干休，竟連夜派了下人追在我們身後，將我姊姊打成了重傷，幾近瀕死，又搶走了那金魚玉珮。」

黎靜齋倒抽了一口氣，用力一拍案桌，怒道：「竟然有這種人？向兩個手無縛雞之力的孩童下手，簡直是畜生不如！」

謝翎向他拱了拱手，道：「我今日前來拜訪靜齋兄，為的就是這一樁事情。依靜齋兄看來，此事該如何判？」

聞言，黎靜齋捋著鬍鬚，思索道：「按照我大乾律法，搶奪他人財產者，應當歸還所搶財產，杖三十，徒兩年；霸占他人家產者，應當歸還所占財產，杖四十，徒三年。玉珮屬於你父親傳給你的遺物，也算是你僅有的家產了。」他說著，遲疑了一下，道：「不過你這事情時間久了些，恐怕不好判。」

「若有物證呢？」

黎靜齋聽了，忙道：「賢弟請說。」

謝翎從袖子裡拿出一枚金魚玉珮。「靜齋兄有所不知，昨日早上，那位世伯又找上門來了。」

黎靜齋打量著那塊玉珮，聽謝翎慢慢地說著。

「我這才知道，這玉珮原本有兩塊，一模一樣，先父曾與世伯約好，用作信物，以結兩家秦晉之好。」

黎靜齋立即想通了其中的關竅，恍然大悟道：「當年你逃荒來投奔，這人應該是嫌貧愛富，不願意將女兒許配與你，是以才做下這種喪心病狂的事情，如今見你新科高中解元，便又巴巴地找上門來，真是令人不齒！」他說著，語氣厭惡，臉上不由得露出幾分鄙夷來。

謝翎一笑，將那玉珮往前一推，道：「若真如他所說，這玉珮一共有兩枚。他昨日拿給了我一枚，他家中應該還有一枚，這算不算是物證？」

黎靜齋點點頭。「算，若能在他家中搜出來，這玉珮自然算是物證。」他捋著鬍鬚，又道：「我這就著人去，將那人拿回衙門來。」

聞言，謝翎笑了笑，拱手道：「一切就託付給靜齋兄了。」

黎靜齋笑著擺手，問清那人的住處名姓，便喚來差役，吩咐一聲。差役連忙領命去了。

謝翎又與黎靜齋寒暄幾句，這才告辭離開。

這日蘇老爺在家，一早起來心情十分不錯，坐等謝翎傍晚上門來談親事。

蘇夫人幾番欲言又止，最後卻什麼也沒有說。

上午還未過去，蘇老爺正在自家書房裡面看帳本，忽聞外面嘈雜，不由得皺起眉，暗道這些個下人越來越沒有規矩了，定要好好責罰一番。他揚聲道：「怎麼回事？」

門外有小廝進來，稟道：「老爺，外面有衙門的差爺來了，說是要找您。」

「衙門？」蘇老爺狐疑，放下帳冊起身。「莫不是又來催稅的？上個月的稅不是才繳了？」他語氣厭煩得很，但還是理了理衣袍出門，果然見五個差役站在院門口。

一人看見他，高聲喊道：「蘇默友？」

蘇老爺連忙應下，陪著笑拱手道：「幾位差爺好久不見，今日屈尊蒞臨寒舍，不知有何貴幹？」

打頭的差役道：「乃是公幹，請蘇老爺往衙門裡面走一遭。」他說著一擺手，道：「拿回去！」話一落，其餘四個差役便如狼似虎地撲上前，抓住了蘇老爺。

蘇老爺一臉愣怔，不知道發生了什麼事情，掙扎了幾下。

那差役不耐煩了，吼道：「老實些！若敢妨礙公務，回頭吃上幾板子，可別怪我們兄弟幾個不講情面！」

蘇老爺不敢再動，只能踉蹌地隨著他們走，連連追問道：「幾位差爺，這是做什麼？衙門裡面既然要拿我，也要給個章程出來啊！」

帶頭的差役道：「放心便是，等到了衙門，咱們縣尊大人自會給你一個章程。」說完，不再聽蘇老爺廢話，押著人就往縣衙去了。

等到蘇夫人接到消息趕過來時，人已押出府了。蘇夫人急得不行，吩咐下人道：「快去將少爺請來！」又一面派腳程快的人去縣衙打聽情況。

不多時，蘇晗急忙趕過來，而那派去打探消息的下人也回轉了。

「差爺們說老爺犯了事，昧了別人的家產，如今那人告上縣衙了。」

「家產？」蘇夫人愣了一下，道：「什麼家產？我們家何曾做過這樣的事情？」

倒是蘇晗腦子轉得快，追問道：「可知那告人的是誰？」

蘇夫人一迭連聲地道：「對、對，是誰告的？」

下人連忙答道：「差爺們說了，是一個叫謝翎的，乃是新科舉人。」

乍然聽到這一句，蘇夫人一時如遭雷擊，整個人都愣住了。

蘇晗氣得眼都紅了，破口大罵。「狗屁！我們何時昧了他的家產？他有什麼家產?!」

那下人被噴了一臉唾沫星子，低頭不敢吱聲。

蘇晗聽見身後撲通一聲，驚得回身去看，卻是蘇夫人一頭栽倒了！「娘！」

霎時間雞飛狗跳，好一片混亂，又是掐人中、又是叫大夫。

好在不一會兒蘇夫人便幽幽醒轉，一雙眼睛直直地看著上方的房梁，想起來今夕是何夕，猛地一把抓住蘇晗的手，驚慌催促道：「快去！快去我房裡！」

蘇晗扶著她，不解地問道：「娘要做什麼？」

蘇夫人來不及與他解釋，自己坐起來，匆匆忙忙地往房裡去，翻出那個裝了玉珮的匣子，打開一看，裡面只有一塊玉珮。蘇夫人拿著那玉，咬牙就要往地上砸。

蘇晗見了，連忙攔住她。「娘，您這是做什麼？」

蘇夫人眼圈發紅，顫著聲音道：「若非因為這玉，你爹今日如何會被抓去縣衙裡？」她哀哀道：「我早知道那謝翎不安好心，一勸再勸，你爹偏不聽我的，還作著乘龍快婿的夢呢！」

蘇晗皺著眉道：「您別哭，先與我說說，這究竟是怎麼回事？」

蘇夫人拭了淚，將事情仔細說了。

「我還道是什麼，原來是因為這事，您也太大驚小怪了些。」

蘇夫人急道：「怎麼說？」

蘇晗答道：「當年的事情，都這麼久了，誰知道？總不能他謝翎空口無憑，就能讓知縣給我爹定罪了吧？我們只與那知縣說，這兩塊玉原本就是我們家的，後來為謝翎所竊走，被我們發覺了，如今他倒打一耙，這不就沒事了？」

蘇夫人聽了，頗覺有理，連連點頭，大鬆了一口氣。「是娘方才著急了，沒錯，沒錯，這玉本就是娘當年的陪嫁之物，有單子在的，謝翎沒有證據！晗兒，我們去縣衙。」

蘇晗也露出一絲笑來，點點頭，眼裡閃過興奮。謝翎這下可算是要栽跟頭了！

蘇夫人帶著蘇晗，馬不停蹄地趕去了縣衙，他們想先見一見蘇老爺，但是被差役給攔住了，說不成，縣尊大人有過命令，不得私自見疑犯。

蘇晗道：「我父親尚未定罪，如何就不能見了？」

差役道：「所以我說是疑犯，再者，定不定罪，你說了不算，我說了也不算。」

簡直是油鹽不進！蘇晗雖然氣，但還是強自按捺住，道：「我是新科舉人，你們抓了我的父親，既不許我見他，那我見知縣總可以吧？」
那差役聽罷，略微訝異地打量他一眼，語氣緩和了些。「請兩位在此稍候片刻，容我去通稟大老爺一聲。」他說完，便進衙裡去了，過了許久才出來，一拱手。「請。」
蘇晗與蘇夫人被引著進了縣衙，卻沒有如之前謝翎那般去後堂，而是進了公堂。
蘇夫人有些不安，她一個婦道人家，還是第一次來這種地方。
倒是蘇晗拍了拍她的手，示意她安心。
眾差役上來，唱了堂威，接著從後面走出一個身著官服的人，正是蘇陽知縣黎靜齋。
因為蘇晗有舉人身分，黎靜齋對他還是客客氣氣的，問他來意。
蘇晗答道：「實不相瞞，在下是為我父親而來的，今日有差役來府中，說是我父親占了別人的家產，家父被捉拿回了縣衙。」
黎靜齋捋著鬍鬚頷首。「確有其事，不過此案還未來得及審。」
蘇晗拱手道：「大人，這事實在是冤枉啊！家父一介商人，向來守法，如何會侵占他人的家產？」
黎靜齋早先聽了謝翎說過來龍去脈，對這一家人有些不喜，此時又聽蘇晗喊冤，便道：「冤不冤枉，還得要審過才知道。你可知你父親侵占了誰的家產？」
蘇晗張了張口，差點要把謝翎的名字脫口而出，但是在那一瞬間，他忽然想起了什麼，話到嘴邊立即拐了一個彎。「回大人的話，不知。」

黎靜齋略一挑眉，一拍驚堂木。「帶疑犯蘇默友。」

「帶疑犯蘇默友！」唱喏聲傳開。

不多時，便有差役帶著人上來。

上午就被押來縣衙，雖然沒有受罪，但是也著實不好過，蘇老爺頗有些灰頭土臉的。

「爹！」

「老爺！」

蘇夫人一見他這般模樣，幾乎要落下淚來，若不是在公堂之上，她恐怕就要撲過去了。

蘇晗連忙攔住她。

蘇老爺被帶上來跪下後，黎靜齋才問道：「蘇默友，你可知是誰告你侵占家產的？」

蘇晗張了張口，還沒來得及阻止，蘇老爺就脫口怒道——

「還能是誰？不是謝翎那小子嗎？恩將仇報的龜孫子！」蘇老爺今天在衙裡琢磨了一上午，他再蠢笨也回過神來了，謝翎那小子作戲耍他呢！

「爹！」蘇晗急了，按照他和蘇夫人的計劃，那玉珮原本就是他們家的，跟謝翎沒有關係，他們自然不知道到底是誰告蘇老爺，這也是為什麼之前蘇晗不肯回答的原因。

黎靜齋點頭道：「說得不錯，確實是此人告你。」

蘇老爺瞪圓了眼睛，還要說話，卻被蘇晗阻止了。

「爹！聽縣尊大人說。」

黎靜齋看了他一眼，慢慢地繼續道：「今日一早，便有一個叫謝翎的舉人來，說蘇默友搶了他的家產，搶的是其父親傳下來的遺物，一枚金魚玉珮，可有此事？」

蘇晗答道：「大人，絕無此事！其中有隱情，還請大人容我們道來。」

黎靜齋答應道：「好，本官也不是那等偏聽、偏信之人，你且說來聽聽。」

蘇晗定了定神，說道：「大人有所不知，那謝翎從前在我們府裡住過一段時間，他是從邱縣逃荒過來投奔的，家父、家母心善，收留了他，只是此人手腳有些不乾淨，將我們家一對金魚玉珮偷了去，後為家父發現，斥責了幾句，他一時羞憤，便逃走了；不想今日他竟然恩將仇報，反倒告起我們，真是欺人太甚！請大人明察！」

黎靜齋聽罷，神色不動，緩緩道：「這麼說，謝翎是空口無憑地誣衊你們了？」

蘇晗道貌凜然地道：「沒錯！」

「既然如此，你們可有什麼證據，能證明這金魚玉珮是你們家的？」

蘇晗心中一定，立即道：「有！這玉珮原是家母當年的陪嫁物品，有陪嫁單子在此，請大人過目。」他讓蘇夫人拿出了陪嫁單子。

早有小吏上前，將那單子接過來呈給黎靜齋看。

黎靜齋掃了一眼，果然見到那上面寫著：翡翠金魚玉珮一對。

他沈吟片刻，捋著鬍鬚，問道：「這就是證據了？還有旁的沒有？比如這玉珮還有別的用途、說法？」

蘇老爺張了張口，表情焦急，想說點什麼。

蘇晗搶先一步道：「沒有了！這玉珮放在我們家多年，一直沒有用過。」

黎靜齋一拍案桌。「好，既然如此，你們各有各的理，本官實難抉擇，那就讓你們自己來辯一辯。來啊，請謝解元！」

蘇晗心裡微微一驚，但是很快就穩住了，只見門外進來一個人，正是謝翎！他目光如刀子一般，狠狠刮過對方的面孔。

謝翎只是輕飄飄地打量他一眼，然後朝黎靜齋拱了拱手。「見過縣尊大人。」

黎靜齋簡略地把方才蘇晗的話說了一遍，然後問道：「你可有話說？」

謝翎將目光投向跪在地上的蘇老爺，勾起唇角笑了一下。「還是讓蘇老爺來說吧！」

蘇老爺一臉慘澹，哪裡還能說什麼，他這才知道，為何昨日謝翎要那般做，就是為了給他們挖這個大坑，而他們竟然還跳了進去！

黎靜齋也看向蘇老爺，道：「既然如此，蘇默友，你來說說。」說完便一拍驚堂木。

蘇老爺驚得抖了一下，看看這個，又看看那個，只見自家兒子微向自己搖頭示意，蘇老爺定了定神，道：「回大老爺的話，那金魚玉珮確實是我們家的。」

黎靜齋摸了摸鬍子，道：「照你們這麼說，確實是謝翎信口雌黃，誣衊你了？」

蘇老爺點頭道：「正是！」

黎靜齋想了想，轉向蘇晗等人，道：「既然你們說這玉珮是兩塊一模一樣的，那就請你們把另一塊拿出來，給本官看一看吧！」

蘇老爺聽了，正想說話，蘇晗卻先一步上前，從懷裡拿出一枚金魚玉珮遞上，高聲道：「大人請看。」

黎靜齋卻不去看那玉珮，而是看著蘇默友的反應。

蘇老爺雙眼圓瞪，盯著蘇晗手中的那枚玉珮，跟見了鬼似的，瞠目結舌。「怎、怎麼……」

黎靜齋看見他這異樣的表情，結合謝翎之前的話，心中有底，故意問道：「怎麼了？蘇默友，你仔細看看，這玉珮是不是你們家的？」

蘇老爺用眼角餘光覷著，不敢正視，他無論如何都想不明白，為何家裡還有一枚這樣的金魚玉珮？他昨天不是已經拿給了謝翎嗎？雖然百思不得其解，但他還是喏喏答道：「是，回大老爺的話，這玉珮正是我家的。」他腦子飛快地轉著，瞬間便想通了自己兒子的打算，立即一迭連聲地補充道：「這玉珮一共有兩枚，昨天我將其中一枚送給了謝翎，以賀他高中解元之喜，但是萬萬沒想到，他今日卻恩將仇報，誣衊於我！大老爺，您可千萬要給草民作主啊！」蘇老爺說著，聲音懇切，語氣哀哀，泣血椎心。

便是黎靜齋都忍不住要為之動容。

蘇晗見了，心中更加欣喜，知道事已成，遂拱了拱手，激動地道：「請大人明察！」

黎靜齋摸著鬍鬚，轉向一旁的謝翎，語氣和緩地詢問道：「謝解元，你可有話要說？」

謝翎笑了一下，拱手道：「大人，我自然有話要說，不過在說之前，要請大人看一樣東西。」他說著，拿出一封信件，呈上前去。「請大人一觀。」

待一看到那封信，蘇老爺的臉色頓時變得慘白，一副如遭雷擊的表情。

蘇晗與蘇夫人都不解其意，只以迷茫的眼神看著那小吏接過書信，呈給黎靜齋。

黎靜齋打開信箋，一目十行閱過後，突然一拍驚堂木，喝道：「好你們一對父子，竟然敢矇騙本官！」他用力地將那一頁信箋拍在公案上，憤怒道：「這信上明明寫著，蘇默友願將剛出生的女兒蘇妙兒許配給謝流的兒子謝翎，兩家結秦晉之好，還把一對金魚玉珮分開，一家一枚，用作信物！」他說著，逼視著驚呆的蘇家父子，道：「如今到了公堂，竟然還敢作戲糊弄，本官看信口雌黃的是你們才對！」黎靜齋又是一拍案桌，指著蘇晗的鼻子罵道：「尤其是你！舉人之身，卻滿口謊言，其身不正，其行不義，簡直無恥之尤！」

他每罵一句，蘇晗的臉色就難看一分，等罵完之後，蘇晗面上的表情已經不能看了。他是作夢也沒有想到，謝翎手中居然還有這個殺手鐧！

而蘇老爺則是一臉頹然，慘澹無比。蘇家人全都啞口無言。

公堂之上，靜悄悄的。

黎靜齋拿著那封信，問蘇老爺道：「蘇默友，這信上說的可屬實？」

蘇老爺嘴唇動了動，眼神飄忽，不知該落在何處，半天不敢答話。

黎靜齋見狀，厲聲道：「速速從實招來！若是不招，叫你知道本官的厲害！左右！」

衙役們齊聲應道：「在！」

「此等刁民，將他給本官銬起來，先打二十板子再說！」

「是！」

眼看黎靜齋拿了籤就要往下扔，蘇老爺嚇得一迭連聲地磕頭道：「我招！我招！」

黎靜齋住了手，盯著他，道：「說！若有一句不實，罪加一等！」

蘇老爺磕得額頭淌血，連忙道：「是、是！回大老爺，那信是草民多年前與同窗來往寫下的，上面寫的句句屬實，那金魚玉珮也確為兩家信物，並無虛言。」

「這麼說，你們父子兩人之前確實是在糊弄本官了？」臉一沈。

蘇老爺的臉色難看無比，只能硬著頭皮道：「是，草民知錯了！」

黎靜齋又道：「繼續說。」

蘇老爺道：「八年前，謝翎前來投奔，我看在他父親與我是昔日同窗的分上，收留了他，只是年歲已久，我早已忘了當初在信中說過的結親一事，而謝翎也沒有提。直到有一日，我夫人卻突然說起這事，我這才記起當年的書信，夫人不同意這一樁親事，要求我將那一枚金魚玉珮收回來。」他說著，看向謝翎，只見對方微微垂著頭，聽得十分認真，表情平靜無比，彷彿是局外人一般，心中不由得又是恨、又是怒，嘴裡還得繼續道：「我本不欲做這等背信棄義之事，但是架不住夫人三番兩次催促，十分難纏，遂只能找到謝翎，向他商量，以三百兩銀子向他買回來這玉珮，豈料謝翎堅決不同意，我也並沒有為難他，只能就此作罷。」蘇老爺拱了拱手，看向黎靜齋，懇切道：「自此事後，謝翎就離開了蘇府，我派人尋了許久，卻不見他的蹤跡，便以為他已經離開了蘇陽城。大老爺，雖然我是做下了背信之事，但是我並沒有搶奪他的玉珮啊！請大老爺明察！」他說著，又磕了兩個頭，額角淌著血，看上去頗有幾分可憐。

黎靜齋摸了摸鬍子，點點頭道：「既如此，那這兩枚金魚玉珮，應該一枚在你們家，一枚在謝解元身上才對，可是今日一早，謝解元卻說，兩枚都在你們家，這又該做何解釋？」

蘇老爺一臉茫然，這也是他之前沒有搞清楚的地方，明明家裡只有一枚玉珮，怎麼一轉眼，就變成了兩枚？

倒是蘇晗鎮靜地上前一步，拱手道：「大人，您看，我們確實只有一枚金魚玉珮，已經放在您的公案之上了，您若不信，大可以去我們家中搜查一番。」

一旁的蘇夫人連連點頭，幫腔道：「是，是這樣！大老爺，我們家就這一枚玉珮，沒有再多的了。」

蘇老爺終於轉過彎來了，他明白了什麼，嘴唇動了動，到底是沒有說話。

黎靜齋又轉向謝翎，詢問道：「謝解元？」他自然是知道謝翎手裡還有一枚金魚玉珮，今日上午，他還清清楚楚地看過了，確實與蘇家的這一枚一模一樣。

謝翎突然笑了一下，從袖子裡拿出一枚玉珮，不疾不徐地道：「還有一枚在這裡，大人。昨日蘇默友前來寒舍，說起當年與我父親定下的那一樁親事，我便乘機向他索要了這一枚玉珮；若他府裡只有一枚金魚玉珮，那這一枚是從何而來？難道是憑空生出來的嗎？」

蘇晗卻敏銳地反應過來，立即辯駁道：「這玉珮是信物，我父親前去商議親事，自然是帶著去，又帶回了的，怎可能放你那裡？這分明就是你的玉珮！如今卻要來栽贓我們！」

聞言，謝翎笑而不語，黎靜齋又看向在地上跪著的蘇老爺，問道：「蘇默友，他說的可是真的？你昨日去拜訪謝解元，拿的是哪一枚玉珮？」

此時蘇老爺在腦中迅速地思索著，他昨天晚上帶人去時，那些下人都在院子裡，廚房裡除了謝翎和他的那個姊姊以外，並沒有別的人在場。想到這裡，他頓時精神一振，大聲答道：「回大老爺的話，草民昨日帶去的，正是您公案上的那一枚金魚玉珮，給謝翎看了之後，又原樣帶回了家中！」

這下事態急轉直下了，若是真如蘇老爺他們說的，那謝翎便是真的在信口雌黃誣衊人了，別說不能證明當年蘇家真的派人搶了玉珮，還有可能會因為誣告而吃上官司。

這時候，便是黎靜齋也不由得為他擔憂起來，在心裡斟酌著要如何想辦法不動聲色地替謝翎善後。正當黎靜齋有點發愁時，謝翎忽然開口了。

「大人，正如我之前所說，我手上的這一枚玉珮是蘇老爺昨日拿給我的。」

蘇晗聽了，立即步步緊逼道：「空口無憑，你且拿出證據來！若沒有證據，你這就是誣告！」謝翎轉頭，自來了公堂之後，終於正眼看了他，眼神銳利，若寒冰凍結，讓蘇晗心底一凜，反射性想要退開。

謝翎率先挪開了視線，轉而向黎靜齋拱手道：「大人，我現在距離公案有八尺之遠。」

黎靜齋一時不防他突然提起這個，先是愣了一下，再一打量，道：「是，確實如此。」

謝翎再道：「敢問大人一句，在我這裡，可能看得清楚大人公案之上的玉珮？」

黎靜齋不懂他葫蘆裡賣的什麼藥，但還是配合著吩咐一個衙役，道：「你去謝解元的位置，看一看，能否看清楚本官公案上的玉珮。」

那衙役聽了，領命上前，在謝翎的旁邊站了站，卻見那玉珮正好被籤筒和驚堂木擋住了，遂答道：「回大人的話，不能。」

在場幾人都是一臉茫然。

蘇晗忍不住脫口道：「你到底想說什麼？何必裝神弄鬼？」

謝翎卻慢慢地道：「蘇舉人此言差矣，我在陳述事實，怎麼就叫裝神弄鬼了？」

蘇晗冷笑道：「那你倒是拿出證據來，別扯那些有的沒的！」

謝翎沒有搭理他，兀自向黎靜齋拱手道：「大人，若我說得不錯，您公案上的那一枚玉珮，上面有一道裂紋，在金魚頭部的左側位置，呈半圓形，正好將金魚的左眼分開來。」

聽聞此話，黎靜齋連忙低頭，將玉珮拿起來，對著天光看了看，果然如謝翎所說，那金魚左眼處有一道不起眼的裂紋，如蛛絲似的，但是形狀、位置，都與他說的一般無二，絲毫不差！「沒錯，確實有一道裂縫！若是不對著光，恐怕都看不見！」

這話一說出來，蘇家三人都驚住了，他們千算萬算也沒有想到，狡辯了這麼大半天，最後竟然栽在這一條小小的裂紋之上！

那廂謝翎還在慢條斯理地道：「那一枚玉珮本就是我隨身配戴的，當年逃荒時，我不慎跌下山坡，玉珮在石頭上磕了一下，這才留下了一絲裂縫。大人，這就是我給的證據。」

蘇家三人頓時目瞪口呆，尤其是蘇晗，他今日這一番指黑為白的作為傳出去，恐怕素日竭力維持的好名聲要被毀掉了。

就在此時，卻聽蘇老爺一聲怒吼，紅著眼睛看向蘇夫人，罵道：「妳這毒婦！當初便慫恿我做背信棄義之人，後來竟然還向一介孩童下手，搶奪他的玉珮？如今害我至此，真是蛇蠍心腸！」他罵完，又不斷地向黎靜齋磕頭道：「當年的事情皆是由此毒婦所為，與草民毫不相干，求大老爺明鑒啊！」

聞言，黎靜齋又看向蘇夫人，問道：「妳可有話要說？」

蘇夫人的臉色慘澹無比，神情恍惚，張了張口，還沒有說話，蘇老爺就猛地跳起身來揪住她，左右開弓，幾個大耳光抽過去，直把蘇夫人抽得尖聲號哭、躲避連連。

蘇晗急忙上前去阻攔。

蘇老爺口裡還大聲叫罵道：「毒婦！當年若不是妳，何至於會發生這種事情？妳害得我啊！我要將妳休了！」

一時間，尖叫聲、哭喊聲、怒罵聲，混亂成一團。

黎靜齋一拍驚堂木，喝道：「肅靜！肅靜！像什麼樣子！」

眾衙役見了，立即唱起堂威，蘇家一家子這才消停，只是情狀有些淒慘。蘇夫人頭上的金釵、玉簪掉了不少，頭髮凌亂，臉頰紅腫，嘴角也被打破了，眼裡還流著淚；蘇晗為了勸架，也是十分狼狽。

黎靜齋思索一番後，才看向蘇夫人，問道：「妳可認罪？」

蘇夫人摀著臉，跪了下來，閉上雙眼，磕頭道：「民婦認罪。」

之後的事情，就不需要謝翎摻和了。

蘇夫人被判杖四十，蹲三年牢獄，而那一枚金魚玉珮，則歸還給了謝翎。

謝翎拿著玉珮，放在手心掂了掂後，走到蘇老爺面前，無視他與蘇晗仇視的目光，只是笑了笑。「蘇老爺，當年貴府的收留之恩，謝某不敢忘。」

蘇老爺被他擺了一道，心裡正冒火，但是礙於黎靜齋還在公堂上，不敢造次，只能扯了扯嘴角，皮笑肉不笑地道：「是嗎？」

謝翎笑了一下，拉過他的手，把那枚玉珮放在他的手心上，道：「謝某向來是有恩必報之人，這玉珮權當是謝禮了。再會，蘇老爺。」

他微微頷首，轉而大步離開了公堂，還沒出門，身後便傳來一聲清脆的破碎聲，像是什麼東西被狠狠砸在了地上。

謝翎只是輕輕勾了一下唇角，頭也不回地離開了。

傍晚時候，謝翎照例去城北懸壺堂接施嫿，卻不見她的人，只有林寒水和許衛在，他皺了皺眉，問道：「阿九又出診去了？」

不想林寒水兩人見了他，更加詫異，道：「你怎麼來了？」

謝翎有些莫名其妙。「我每日都是這個時候來的啊，寒水哥為何這麼問？」

許衛搶先一步道：「嫿兒姊已經回去了！她說你今天晚上有事，不會來接她！」

謝翎越發不解了。「我什麼時候說過——」他的聲音停住，驟然想起了昨天晚上他與蘇老爺說的話。按照他們商議的，今天傍晚，謝翎要去蘇府商議他和蘇妙兒的親事。

難道當時阿九在門外聽著？謝翎的唇角慢慢浮現一絲細微的笑意來，向林寒水兩人道：「我知道了，是阿九誤會了。」

林寒水摸不著頭腦。「誤會什麼了？」

謝翎卻只道：「寒水哥，既如此，我就先回去了。」不等林寒水答話，轉身匆匆走了。

許衛看著謝翎的背影消失在餘暉中，嘀咕道：「姊夫，翎哥今天是不是怪怪的？」那模樣，彷彿發生了什麼大好事一般，頗有幾分急不可耐的意味。

聞言，林寒水看了他一眼，笑道：「我不覺得他怪怪的，倒覺得你怪怪的。你說老實話，你今日是不是又到這兒躲你爹來了？」

許衛心虛地吐了吐舌頭，一溜煙地跑去了後堂，邊大喊道：「姊，姊夫他又欺負我！」

到了九月，天氣一日日涼了起來，所幸沒有下雨，等到哪一日開始下起了雨，蘇陽城就正式步入了深秋。

謝翎回到城西時，天色還沒有黑透。他回到家時，門上沒掛鎖，謝翎隨手一推門，推不動。謝翎愣了一下，還以為是卡住了，仔仔細細地打量了一遍門縫，還有門的下方，見沒有一絲異樣，他才又推了一把，還是推不動。

謝翎這才意識到，門裡面上了門，他被施嫿關在門外了。

謝翎沒作聲，轉頭敲了敲隔壁院子的門，不多時，便有人來應門，是沈秀才。

沈明真驚訝地看著謝翎，問道：「怎麼了？」

謝翎笑了笑，道：「明真叔，借您家院牆一用。」

沈明真雖然不解，但還是讓開來。「請進。」

謝翎道了一聲多謝，然後進了院子。沈秀才家的院牆與謝翎他們家的牆是挨著的，牆下種了一排橘子樹，還有一個用竹竿搭起來的瓜棚，看上去頗有幾分農家氣息。

院牆不高，上面長滿了青苔，謝翎把袍子下襬往腰帶裡一掖，退後幾步，然後小跑著往院牆衝過去，雙手攀住牆頭，輕輕一蹬，整個人就躥上了牆頭，接著回過頭來，朝目瞪口呆的沈秀才頷首笑道：「多謝明真叔了。」然後便縱身一躍，跳進了隔壁院子中。

徒留沈秀才站在原地，好一陣子才回過神來。

施嫿在廚房裡聽見院子有聲音，連忙出來察看，手裡還拿著瓢，看見謝翎，驚得瓢險些掉在地上，她下意識地轉頭去看院前的門。

謝翎故意笑道：「這門壞了，我竟推不開，只好從明真叔家的院子借個道了。」

這一瞬間，施嫿彷彿有一種做壞事卻被人揭穿了的窘迫感，她定了定神，強自鎮靜地道：「怎麼這麼早就回來了？」

謝翎笑笑。「事情談妥當了，我就回來了。」

施嫿的表情一怔，然後立即恢復如初，什麼也沒說，轉身進了廚房。

謝翎勾起一絲若有若無的笑意，也跟著進去了。

灶上正燒著菜，散發出陣陣的香氣，施嫿頭也不回地道：「不知你要回來，沒有做你的菜飯。」

謝翎隨手撿了幾根柴火扔進灶爐裡，笑盈盈地道：「不回來我去哪裡吃飯？」

施嫿將菜盛入盤中，淡淡道：「富貴如蘇府，竟然連一頓晚飯都吃不上嗎？」

謝翎依舊是笑著看她。「可是我只想吃阿九做的飯。」

施嫿終於抬起眼來，看了他一眼，十分冷靜，接著拒絕道：「自己做。」她端起菜碟就往隔壁屋子走，背影尤其堅決，毫不遲疑。

謝翎笑得眉眼都柔和下來，彷彿化作了水一般。

施嫿說不做就不做，謝翎只好捲起袖子，把醬菜罈子抱出來，打開蓋子的時候，發出了些許碰撞的聲音，不多時，身後傳來一個聲音。

「你在做什麼？」

謝翎回過頭，施嫿站在門口處，朝他看過來。謝翎笑著道：「挾點醬菜。」

「……」施嫿盯著那醬菜罈子看了一眼，心裡無奈地嘆了一口氣。「過來吃吧！」

謝翎一臉無辜地說：「阿九不是沒有做我的菜嗎？」

施嫿沈默片刻，才扔下一句。「多話，吃就是了。」她說完就走了。

謝翎這才慢條斯理地把醬菜罈子搬回原處，笑得如同得逞的狐狸一樣。

桌上有兩菜一湯，施嫿很明顯是做兩個人的菜，也就是說，即便她認為謝翎今天不會回來吃晚飯，也依舊做了他的分。

用飯時施嫿很沈默，雖然往常他們也不會在吃飯時說話，但今天氣氛明顯有些不同。

半晌，謝翎忽然叫了一聲。「阿九。」

施嫿抬起頭來看他，以眼神表示詢問。

謝翎望著她，笑著問道：「阿九覺得，我未來會娶一個什麼樣的女子為妻？」

施嫿仔細想了想，腦子裡一片茫然，但是她並沒有上謝翎的當，而是鎮靜地回答。「這是以後的事情，誰也不知道，怎麼問起這個了？」

謝翎依舊笑意不減。「阿九不好奇嗎？」

施嫿毫不避讓地直視他的雙眼，道：「比起這個，我更好奇的是，你為什麼會與蘇老爺言笑晏晏、談笑風生？」

謝翎思索了一下，才故意道：「大概是因為，昨天才知道蘇老爺是我未來的泰山大人？」

「人家又沒將女兒許配給你，怎麼連泰山大人都叫上了？」

謝翎驚訝地挑眉。「阿九如何知道？」

施嫿挾了一筷子菜，淡淡地道：「若是成了，蘇府必然會盛情挽留，你也不會連一頓飯都要跑回來吃。」

被一言戳破，謝翎有些悻悻地笑了，只是那笑怎麼看都透露著幾分欣慰。

施嫿這才回過味來，敢情這是謝翎故意的？遂不再搭理他，低頭吃起飯來。

第二日，謝翎仍舊送了施嫿去懸壺堂，路上叮囑道：「阿九，以後不要一個人回家，千萬要等我來接妳，我也會與伯父說，近期別讓妳出診。」

施嫿莫名其妙地看了他一眼，沒答應，只是問道：「為什麼？」

謝翎想了想，還是決定告訴她。「我將蘇默友送到官府了。」

施嫿驚了一下，詫異道：「怎麼回事？」

謝翎簡單地把昨天的事情說了說，施嫿這才明白，為何那一日謝翎對蘇老爺的態度會大轉變，原來是有謀劃的！如此心智——施嫿怔怔地想著，難怪他後來能將李靖涵扳倒。

「阿九、阿九？」謝翎喚了她幾聲。

施嫿回過神來，對上他詢問的視線，點點頭。「我明白了。」

九月過後，天氣逐漸變涼，謝翎也要準備參加明年的會試了。他越來越忙，清早便起，直到深夜才入睡。

就連楊曄也一反常態，勤勉起來，每日去書齋的時間雖然不算早，但是比起往常來，已經有了很大的進步，至少《四書》、《五經》終於背得滾瓜爛熟，看書也不打呵欠了，儼然一個積極上進的好青年。

晏商枝卻依舊是從前那副模樣，若從前一個月裡有十五天不來書齋，十五天來了書齋睡覺，那現在則是不來書齋的天數從十五天減少到十天，睡覺的時間也減少了些。

學齋一年到頭，終於有了讀書的氣氛。

卻說施嫿任懸壺堂的大夫已有一年，醫術也越來越為人稱道，加上模樣又長得好，竟然有不少病人搶著想給她作媒，施嫿每每哭笑不得，尤其是眼前這位大嬸，恨不得把她祖宗八代都問個清楚，家住哪裡？年歲幾何？家裡還有幾口人、幾塊地？生辰八字是多少？

施嫿一邊提起筆，一邊笑著道：「嬸嬸，我在寫藥方呢，分心不得，您莫問了。」

那大嬸意猶未盡地閉上嘴，等她寫好了方子，才又開始叨叨起來。

施嫿也不說話，只是微笑以對，果然沒多久，那大嬸就說累了，抓起旁邊的茶杯喝了一口，施嫿這才將手中的藥方抖了抖，晾乾些許，笑盈盈地道：「嬸嬸，我給您抓藥去了，麻煩稍等片刻。」

今日林寒水和林不泊都出診去了，懸壺堂就她一個人坐診，抓藥自然也是由她來，所幸病人不多，她還能應付得來。

施嫿正低頭抓藥，門外進來一少年，進門便問：「嫿兒姊，我姊夫今日不在嗎？」

施嫿抬頭一看，正是許衛，遂答道：「寒水哥出診去了，不過應該也快回來了，怎麼，有事情嗎？」

許衛道：「我爹讓我來問他點事，他不在，我就在這裡等他吧！」

施嫿點點頭，眼睛盯著手中的小秤，一邊答道：「好，你自己隨便玩吧！」

藥秤完了又分別包好，那大嬸付了診金和藥錢之後，又嘮叨幾句，這才走了。

許衛在旁邊聽見了，得意地笑著。「嫿兒姊天生麗質，這是第幾個病人想給妳作媒了？」

施嫿瞥了他一眼，笑罵他。「胡謅！」

等到傍晚時候，謝翎照例來接施嫿。

這幾日天氣不大好，快到十一月分了，有些寒涼，路邊橋頭的柳樹葉子早就落光了，堆積在地上，被冰冷的雨絲浸潤得柔軟，一腳踩上去，軟綿綿的，一絲聲音也無。

施嫿望著燈籠昏黃的光芒，然後抬頭，目光投向遠方的燈火闌珊處。今日她突然想起了很多事情，都是關於前世的，像是一池平靜的水被攪動起來，那些沈澱在池子底部的泥沙都翻騰上來，她輕輕吐出一口氣。

謝翎敏銳地轉過頭，開口說道：「阿九心裡有事。」他用的是陳述句。

施嫿與他對視一眼，然後別開視線，慢慢地道：「只是想到了一些事情……」她說到這裡，聲音頓住，那些話都堵在了喉嚨口，一個字都說不出來。

謝翎手裡提著燈籠，一邊耐心地等待著下文，好一會兒才問道：「什麼事？」

施嫿從茫然中回過神，搖搖頭。「沒什麼。」

她不願意說，謝翎也不再追問，燈籠暖黃的光芒映照在他清俊的面孔上，隱約流露出幾分失望之色。

施嫿自然有所察覺，她莫名生出幾分愧疚，就連她自己都不知道這種情緒從何而來，沈默片刻，她才慢慢地問道：「謝翎，你有沒有很害怕的事情？」

謝翎轉頭看了看她，似乎知道她的意思，少女的眼睛裡倒映著暖黃的光芒，卻帶著幾分茫然無措，令人心疼，他想了想，道：「沒有。」

施嫿愣了一下，看見謝翎笑了，眼神裡帶著溫暖的笑意。

「有阿九在，我就沒有害怕的事情。」

他的聲音輕柔，像是在說著十分動聽的情話，令施嫿的呼吸不由得一窒，她別過頭，不再去看那雙充滿笑意的眼睛，覺得自己問謝翎這種問題真是傻透了，他怎麼可能老實回答？

恰在這時，謝翎驟然停下腳步，施嫿莫名其妙之餘，只好跟著停下來，然後她看見謝翎收斂起笑意，認真地道：「我最害怕的事情，就是失去妳。」

輕飄飄的一句，卻彷彿重逾千斤，壓在了施嫿的心頭上，沈重之餘，卻莫名讓她有了一種著地的感覺，奇異地安心。

謝翎深深地望著她，嘴唇動了動。

施嫿下意識地別過視線，彷彿在逃避他接下來的問話。

過了一會兒，謝翎卻什麼也沒有問，只是道：「要下雨了，我們先回去吧！」

那一句話到了嘴邊，卻再次嚥了回去。阿九，妳如此不安，到底在害怕什麼呢？

學塾裡。

謝翎正在寫字，楊曄在旁邊腦袋搖來晃去地背書，嘴裡唸唸有詞。

晏商枝進來看見了，忍不住道：「你要背書也別在這裡背。」

楊曄撇了撇嘴，果然起身去了窗邊。

晏商枝又道：「今日上午我們去拜訪夫子吧？」

楊曄嘀咕道：「近兩個月不見，我都快忘了夫子長什麼模樣了。」

聞言，晏商枝似笑非笑地看了他一眼，道：「不急，等會兒夫子讓你背書的時候，你就記得住了。」

「……」楊曄咬了咬牙。

謝翎和錢瑞兩人都沒有什麼意見，一行四人便關上淵泉齋，離開了學塾。

董夫子的家在城南的最東邊，距離學齋約兩刻鐘的路程，等他們到了門口，錢瑞上前敲門，不多時門便被打開了。

出來的是董夫子的老僕，他是認得這些學生的，遂笑了笑。

錢瑞連忙拱手問道：「胡老，敢問夫子是否回來了？我們幾個有問題想要請教他老人家。」

胡老略側身子讓開，等他們進來後，道：「先生在書齋，你們隨老朽來。」

不多時，書齋便到了，董夫子家的書齋，他們幾個之前都來過一、兩次，比淵泉齋還大，上面掛了一塊匾額，寫著「洗墨齋」三個大字，字跡古樸周正，不知是出自何人之手。

幾人一進門，就聽見一陣琴音傳來，謝翎下意識地看過去，只見在北窗榻上，有一個身著深色衣袍的老人正盤膝坐著，背對著眾人，正是許久不見的董夫子。他彷彿沒察覺到有人進來，低頭撫弄著古琴。

窗邊放置著一個小小的香爐，裊裊青煙繚繞而起，隨著那琴音低一聲、高一聲，漸漸消失在空氣中。

窗外竹影婆娑搖曳，應和著叮咚叮咚的琴聲，令人聞之便心頭暢快不已。

過了片刻，董夫子的動作停下，琴聲也隨之停了下來。

胡老這才上前道：「先生，學生們來了。」

董夫子應了一聲，將古琴放下，然後從榻上下來。近兩個月不見，他的頭髮彷彿又花白了些，只是精氣神還在，一如謝翎初見他那般，氣質卓然。

董夫子一招手，笑道：「都站著幹什麼？難道是因為為師的琴技太過高超了嗎？坐，都坐。」

謝翎幾人紛紛入座，胡老捧了茶上來。

董夫子道：「我不在的這段期間，你們讀書上可遇到了什麼問題？」

於是幾個學生你望望我、我望望你，意思是誰先來？

最後錢瑞起身拱手施禮道：「夫子，弟子有惑。」

「欸。」董夫子擺了擺手。「有惑等會兒再解。」

「……」那您方才問什麼？當然，錢瑞是不敢反問的，董夫子一向如此，不按常理出牌，遂只能無奈地坐下了。

董夫子問道：「君子明五德，習六藝，你們有誰懂琴理？」

幾個學生頓時面面相覷。謝翎和錢瑞都不懂琴，又去看楊曄。楊曄抽了抽嘴角，他長這麼大，連琴都沒有摸過，更別說懂琴理了。最後幾人都望向晏商枝。

只見晏商枝稍稍欠身，道：「學生略通一、二。」

董夫子聽了，欣慰地捋著鬍鬚，道：「一、二足矣。」他說著，又轉向謝翎三人，問道：「你們呢？」

謝翎等人答道：「學生慚愧。」

這就是對琴理一竅不通了。董夫子也不惱，道：「不通也無妨，學一學就通了。」

於是，幾個學生越發面面相覷了。

尤其是錢瑞，更是一臉茫然。眼看會試在即，夫子不急著指點他們功課，反而讓他們去學琴，這是什麼道理？

謝翎卻知道，董夫子做每一件事情都是有原因的，遂答道：「學生明白。」

楊曄和錢瑞也跟著答應下來。

董夫子這才問起功課、學問上的事情。

這一問一答，一個上午一晃眼就過去了，董夫子留了他們用午飯。

直到下午，謝翎幾人才告辭離開，走的時候，每個人懷裡都抱著一把董夫子送的七弦古琴，還有一本琴譜。

楊曄苦著一張臉，抖了抖那薄薄的琴譜，道：「夫子這回是去了哪裡？怎麼突然想起這一齣來了？」

錢瑞也不明白，但仍道：「夫子這麼做，定是有他的道理。明修，你覺得呢？」

晏商枝聽了，「嗯」了一聲，答道：「是，不過是每日撥一撥琴弦罷了，夫子又沒叫咱們學伯牙、嵇康，有什麼為難的？」

錢瑞也連連點頭，道：「正是如此！讀書累了，閒暇時候學一學，也是可以的。」

楊曄雙眼頓時一亮。

謝翎抱著董夫子送的七弦古琴去了懸壺堂。

施嫿正在給一名病人抓藥，等事情做完之後，一眼便望見了謝翎懷裡抱著的東西，即便是隔著琴套，她也能認出來，不禁訝異地問謝翎。「這是古琴？」

「是。」

施嫿疑惑道：「哪裡來的？」

「夫子送的，說是讓我們學一學琴理。」

聽了這話，施嫿沈默片刻，才道：「你們夫子好雅興。」再兩個月就要會試了，竟然這時候讓學生學琴？也不知究竟是怎麼想的。

第十五章

既是夫子叮囑的，自然要學，吃過晚飯之後，謝翎便抱著琴去了閣樓，小心地將它擺放在書桌上，然後拿過那琴譜，仔細看了起來。

他一邊看，一邊輕輕撥動琴弦，認真地聆聽琴音的變化。

錚錚琴聲自寂靜的夜色中傳來，讓樓下的施嫿停下腳步，仔細地聽那聲音。

久違的、令人聞之便發自內心覺得愉悅的琴聲，一下、一下，穿過空中，送了過來。

施嫿這才恍然記起，從前，她也是極喜歡琴的。

寂靜的夜裡，琴音一聲一聲，透過閣樓的窗扇，絲絲縷縷地飄散開來。

這一夜，施嫿忽然又作起了夢。

她猶記得自己第一次接觸到古琴的時候，那年她才十四歲，之前待的那個戲班子倒了，後來她被班主賣到了歌舞坊，那是整個京師最大的歌舞坊，叫做瓊園。

十四歲的施嫿跪坐在竹蓆上，周圍有十來個與她一般年紀的女孩，大多是如她一樣被賣進來的，有著各種各樣的苦難身世，相同的是，所有的女孩都有一張漂亮的臉，在這個豆蔻年紀，已經綻放出驚人的美麗。

古琴上刷著光亮的桐油，七根細細的琴弦，觸感雖然冰冷，但是觸碰時會發出極其沈靜雅致的聲音，施嫿第一眼就喜歡上了這一種樂器，在此之前，她已學過琵琶、長笛和錦瑟、箜篌等樂器，但無論哪一種，都不能給施嫿帶來如古琴這般的感受，如同靜水長流。

施嫿醒過來時，眼角還帶著未乾的淚痕，她有些驚奇地輕輕拭了一下眼角，不明白自己為何竟然哭了，今天的夢裡難得沒有李靖涵，也沒有那一場刻骨銘心的大火，只是一些久遠的往事而已，算不上噩夢。

施嫿擁著被子坐起來，萬籟俱寂的夜裡，唯有風聲在窗邊呼嘯而過，她又想起了方才夢裡的琴音，心裡忽然生出一種強烈的衝動。

她已經許久沒有這樣衝動了，重活了一世的施嫿，一向都是冷靜的，但是現在，她只想再去彈那一首曲子。

施嫿披衣而起，點亮燭火，推開了門，外面一絲光亮也沒有，此時大概是三更時候，謝翎的屋門緊閉，應該已經睡下了。

施嫿舉著燭臺，摸索著上了樓梯，進了閣樓之後，她一眼便看見了書案上的古琴，用琴套包裹著，靜靜地躺在那裡，彷彿等待著被人奏響。

燭臺昏黃的光芒輕輕顫動著，一如施嫿此時的心境，她幾乎是懷著欣喜而忐忑的心情，打開了琴套，整張古琴便這麼暴露在她的面前。

施嫿伸出一隻手，輕輕劃過琴弦，悅耳的琴音傾瀉流出，她細細地感受著琴弦微小的顫動，然後將右手放了上去，輕輕一撥，優美的琴音在深夜裡流瀉出來。

此時樓下，緊閉的屋門輕輕被打開了，謝翎站在門口，望向樓上那一扇小小的閣樓窗戶，昏黃的光芒在夜色中顯得溫暖無比。

琴音嫋嫋，如泣如訴，縱然優美，卻太過於哀傷了些。謝翎就站在門口聽著，眉頭緩緩地微蹙起來，夜風吹拂而過，寒涼沁骨，他卻像是沒有絲毫感覺一般，就這麼站在門口聽完了一整首曲子。

直到樓上傳來一聲輕微的響動，閣樓窗內的燭光漸漸消失，黑暗籠罩，施嫿下樓了。

謝翎退了一步，將門悄悄地合上，然後站在窗前，耐心地等待著，看那一點昏黃的光走到了對面的屋子窗前，停下，緊接著被吹熄了。

日子平靜地滑過，恢復如初，只是謝翎現在回到家中，除了讀書之外，還多了一樣事情，練琴。

施嫿聽著那叮咚叮咚的琴音，雖然不成曲調，卻也十分悅耳，不過一連聽了小半個時辰，就是再悅耳的聲音也變成了一種折磨。

她實在是忍不住了，拿著燭臺上了樓梯，就見謝翎一手舉著琴譜，一手撥弄著琴弦，正襟危坐，一本正經地彈奏著，彈一首亂七八糟、聽不出來是什麼的調子。

看見施嫿上來，他愣了一下，才道：「阿九怎麼來了？」

施嫿掃了那張古琴一眼。「還沒學會嗎？」

聞言，謝翎頗有些困擾地皺起眉來。「是有點難。吵到阿九了嗎？」

施嫿深吸了一口氣，道：「讓我來試試。」

謝翎聽了，眼睛倏然一亮，然後站起身來，將位置讓給了施嫿。他望著施嫿在古琴前坐下，雙手平平抬起，慢慢地放在琴弦上方，整個人的氣勢漸漸變了，彷彿與那張古琴融為了一體似的。

「咚！」

纖白的指尖輕輕撥弄琴弦，潺潺的琴音如清泉一般流淌出來，在這寂靜的小閣樓中迅速傳開，令人忍不住屏氣凝神細聽，生怕錯過任何一個微小的琴音。

少女微微垂著眼，動作輕且緩，優美無比，彷彿一株正在盛開的花，案桌上的燭光輕晃，暖黃的光暈映照在她的面孔上，更襯得她膚色如雪，整個人彷彿在發光一般。

謝翎緊緊盯著她，眼底是無法掩飾的癡迷。

琴音泠泠，緩慢而悠長，一曲罷了，餘音猶在，叫人回不過神來。

施嫿放下手，靜坐片刻，她沒有解釋自己為什麼會彈琴。

謝翎也沒有開口問，唯恐打破了這靜謐的氣氛。

過了許久，她才起身道：「古琴與旁的樂器不同，本是以絲附於木上，中間無品無柱，以長弦振動，琴體發音，聲音徐緩而悠遠，所以聲音十分小。」她說著頓了頓，才繼續道：

「所以古琴並不適合作為大庭廣眾之下的娛人之器，只可修身養性，涵養性靈，於是古琴也成了古時候士君子們的修養之物。」說到這裡，施嫿忽然笑了，道：「你們夫子實在是一個妙人。」她笑罷了，才道：「你來試試，我教你彈。」

謝翎坐下之後，將雙手放在琴弦之上，詢問性地看向施嫿。

不料施嫿卻搖搖頭，道：「不對。」她上前一步，握住他的手肘，輕輕往上托起。「手肘不可太過靠下，與手腕齊平，或者略高於手腕，肩也要放平。」

謝翎聽了，照做著問道：「阿九，是這樣嗎？」

施嫿點點頭，又道：「撫琴之時切記，左手吟揉綽注，右手輕重疾徐，只須品透了這兩句，彈琴便是一件十分簡單容易的事情了。」

「……」謝翎又看了看指下的七根長弦，古琴的構造確實是很簡單，琴身上只有七根弦，但是容易不容易，就不知道了；不過既然阿九說容易，那就容易吧！

這時，施嫿滿含鼓勵地看了他一眼。「你試試？」

於是謝翎收回目光，心中定了定神，開始撥下第一根弦，聲音緩慢悠遠，顫音不絕，緊接著他一連撥到第三根，到第四根弦的時候，被施嫿按住了手。

「不對。」

謝翎抬頭，疑惑地問道：「哪裡不對？」

施嫿側過身，就著琴略微彎下腰，伸出指尖在琴弦上面撥了一下。明明這麼簡單的一個動作，但是發出來的琴音卻與謝翎撥的全然不同，聲音更加寧靜自然。

施嫿解釋道：「運指之時，由深而淺，由重而輕，由急而緩，手指末節要推搖不動，以肘力送之。」

謝翎聽罷頷首，又照著做了一遍。「阿九，是這樣嗎？」

施嫿還是搖頭。「不對。」她想了想，索性捏住謝翎的手指，往琴弦上一點，道：「感覺到了嗎？」

因為她微微俯下身，長長的髮絲便自肩頭垂落，滑到了謝翎的手腕上，帶來微涼的癢意，少女的手掌纖細，按在他的手背上，兩者相襯，在暖黃的燭光下散發出濛濛的微光，看上去十分的賞心悅目。

被那隻纖白的手握著，謝翎心裡不由得顫了顫，表面上卻不顯，一本正經地點頭道：「感覺到了。」

施嫿又問：「感覺到了什麼？」

阿九的手指好軟。這話在謝翎的腦子裡一閃而過，幾乎要脫口而出，話到了嘴邊才硬生生忍住，他若真說出來，怕是算盤要落空了。

於是謝翎強自鎮靜，答道：「手指撥弄琴弦時，動運極堅，不可拖泥帶水。」

施嫿點點頭，心中頗有幾分孺子可教之感，遂繼續道：「因琴聲餘音較長，所以奏琴之時，即便是曲調急連，也仍須聲聲明晰，字字停勻，不可響成一片。」她說著，鬆開了謝翎的手，在旁邊彈奏起來，聲如松風陣陣，流水潺潺，指尖動作如行雲流水一般，賞心悅目。只是簡單的一曲調子，施嫿停下來，再次讓謝翎嘗試。

儘管謝翎努力地記下她撥弄琴弦的動作，但畢竟是初學者，真正彈奏起來的時候，還是頗有些力不從心，時常出錯。

施嫿也不生氣，她一向有耐心，對古琴如此，對謝翎也是如此，兩者相加，一練琴就練到了深夜時分，直到燈油快要燃盡。施嫿簡直是手把手地教導，謝翎也甚是有悟性，很快便摸到了竅門，令她欣慰不已。

夜已經深了，因為燈油快要燃盡的緣故，燈光暗淡許多，模模糊糊的，叫人看不真切，施嫿這才直起身道：「今天先睡吧，明日還要去學齋。」

謝翎點點頭，正欲去拿燭臺，只見火苗突然跳躍了一下，忽閃後，竟然滅了。黑暗霎時間侵襲，將整個閣樓都掩沒了，唯有幾縷月光隔著窗紙投射進來，清輝淡淡。

滿室靜寂，施嫿愣了一下，才回過神來，沒有了燈光，他們怎麼下樓？

樓梯是木梯，非常陡峭，平常都需要扶著一側的牆壁才能下去，就這樣還需要小心翼翼，更別說沒有了燈光，他們難道要這樣摸黑下樓嗎？

謝翎很快便開口道：「阿九，妳等等，我下去拿燭臺來。」

「別！」施嫿下意識阻止道：「你一個人下去太危險了，我與你一起下去。」

謝翎似乎想了一下，道：「也好。」

他的身影在朦朧的黑暗中轉過身，走向了樓梯處，然後喚道：「阿九，過來這裡。」

月光所能照到的地方非常有限，僅僅只是窗前的那一小片而已，到了案桌這邊，大半都已經隱沒在黑暗中了。施嫿慢慢地朝著謝翎聲音傳來的方向走去，她努力地睜大眼睛，試圖辨別謝翎此時所在的位置。

突然，腳下不知絆到了什麼，她整個人一下子失去了平衡，往前跌去，恰好撲入一個溫暖的懷抱中，耳邊傳來謝翎的聲音。

「小心！」

清淡的新墨香氣瞬間將施嫿包裹住，沁入呼吸之中，使她的臉莫名燒了起來，讓她差點跳了一下。她迅速站直了，急急道：「我方才被什麼絆了。」

她的聲音裡難得有了一絲慌張，儘管她自己也不清楚這慌張從何而來。

不過謝翎的聲音卻有些意味深長了，他笑著道：「我知道。」

「……」施嫿沈默。

「阿九，右邊再過去三步是樓梯口，我先下去，妳再過來。」聽施嫿答應下來，謝翎便收回了手。

腳步聲輕輕響起，施嫿能感覺到他走了一步，兩步，在第三步時停下。此時謝翎應該距離她有兩臂之遠的距離，但是任施嫿睜大了眼睛，也看不清楚對方究竟站在哪裡，她只能模模糊糊地朝著他的方向，問道：「謝翎，你停下了嗎？」

謝翎「嗯」了一聲，又喚她。「阿九，過來。」

施嫿試探著往前走了一步，在完全漆黑的環境下行走，就像是驟然失去了雙眼，即便是這麼一小步，也讓她極其沒有安全感，尤其是方才還被絆了一跤，若是再不小心一腳踩空，謝翎又在樓梯口站著，說不定兩人都要一同滾下樓去。

施嫿有點緊張地伸出了手，試探著向前摸索著，她走了三步，卻仍舊沒有碰到謝翎，心裡不由得慌了起來，她不是走錯方向了吧？下一步就是樓梯了嗎？

想到這裡，施嫿猛然停下腳步，小聲問道：「謝翎，你在哪裡？」

很快地，謝翎的聲音響起，近在咫尺。「阿九，這裡。」

一隻手很快抓住了她摸索的手，用力握住，那一瞬間，施嫿慌亂無措的心竟然奇異地安定下來，她沒有再掙扎。

「我先下去，叫妳時，妳再過來。」

施嫿點點頭，不過她很快就意識到謝翎在黑暗之中看不見她，於是應答道：「好，我知道了，你小心點，別摔下去了。」

「嗯。」謝翎就這樣握著她的手，走下了臺階。因為臺階很高的緣故，所以他只下了一級臺階便停了下來，道：「阿九，妳來。」

施嫿一手扶住牆壁，一手抓住謝翎，慢慢地走了下去，清淡的墨香又出現了，如影隨形地籠罩著她，因為樓梯窄，謝翎又靠得很近，施嫿幾乎能感受到自他那邊傳來的些微暖意，將那墨香都烘得有些暖了。

空氣靜默得沒有一絲聲音，在這種極致的寂靜下，施嫿隱約能聽見一點什麼聲響，撲通、撲通，似乎是謝翎的心跳聲。施嫿微微低頭，她覺得有些訝異，人的心跳聲為何能這麼響？甚至能聽得清晰無比。

「阿九，我們到樓下了。」

直到謝翎的聲音傳來，施嫿的腳終於踩到了實地，她長長地舒了一口氣，道：「快去休息吧，明日還要去學齋。」

謝翎答應一聲，轉身出了屋子。

施嫿望著他的身影消失在門口，這才轉身走向自己的房間，在手指碰到門之時，她忽然停下腳步。

撲通、撲通。

心跳聲還在，原來不是謝翎的，而是她的。

淵泉齋裡一片安靜，此時正是上午時候，謝翎正在專注地看著書，他修長的手指按在書頁上，翻過書頁，發出輕微的動靜，緊接著，旁邊傳來一聲長長的呵欠。

楊曄半瞇著眼，眼角都有淚流出來了，然後長嘆一口氣，強撐著睜了睜眼皮，試圖讓自己的視線清晰一點，重新回到書上面。

一旁的晏商枝見了，不由得出言取笑道：「看你這模樣，昨夜難道是去做了梁上君子嗎？」

楊曄一聽，頓時惱羞成怒，也不犯睏了，強打起精神反駁道：「誰做梁上君子了？」

就在此時，旁邊又傳來了一聲打呵欠的聲音，兩人都愣住了，轉過頭去看，一時彷彿見了鬼似的，因為打呵欠那人，正是錢瑞！

楊曄稀奇地叫道：「師兄，你昨夜也沒有睡好啊？」

錢瑞頗有些窘迫，拿著書解釋道：「是，昨夜看那琴譜直到三更，還是看不明白。」

楊曄頓時像是找到了知己，一拍大腿道：「師兄，我也是！我娘聽說夫子送了一張古琴，當天就去請了琴師來教！要我說，那古琴的聲音軟綿綿的，有什麼好聽的？回去叫我看書還不算，現在看完了書還得逼著我聽那琴師彈琴，不聽夠一個時辰不讓我睡覺，要不然我今日也不會這麼睏。」

錢瑞道：「夫子這麼做，必然是有道理的，我們只需要勤勉些，照著做就是了。」

楊曄苦著一張臉，道：「如今我只盼著，能早日學會一首曲子，回頭將那琴師早早打發走。」他說著，轉頭看向謝翎，問道：「怎麼樣？師弟學會了沒？」

謝翎抬起頭，終於將目光從書上移開，望著他，含蓄而矜持地道：「會點皮毛罷了，不過，我覺得學古琴很好，夫子是對的。」見楊曄張了張口，還想說什麼，謝翎又慢悠悠地道：「師兄不要妄自菲薄，彈琴是一件非常簡單容易的事情，認真學習，以師兄這等聰明才智，就如背書一般，應該很快就能學會了。」

「……」聞言，楊曄像是被揍了一拳。

天氣越來越冷，過了兩日便下起雪來，鋪天蓋地的雪從下午開始，一直到晚上都不見停，紛紛揚揚的，如同有人在空中撒鹽一般。

寂靜的長街上，唯有兩個行人。施嫿打著燈籠，謝翎一手撐著傘，一手小心地護在她身後，以免路上滑倒了。

雪花撲簌簌地下著，打在油紙傘面上，像是往上面拚命地撒豆子似的，發出的聲響，嘈雜而清脆。

施嫿與謝翎兩人藉著燈籠的微光前行，她朝僵冷的手指呵了一口熱氣，道：「今夜肯定有大雪。」

謝翎看了看天色，贊同道：「大概是後半夜的事了，這雪不會停的。」

施嫿擔憂地問道：「這樣大的雪，明日還要去學齋嗎？」

「不去了，在家裡溫書也是一樣。」

施嫿點點頭，兩人過了橋，雪已經沒到鞋幫的地方，一腳踩上去，咯吱作響。

街上潔白一片，看上去十分漂亮。就在此時，施嫿一腳踩深了，驚叫一聲，冰冷的水立刻將厚厚的布鞋浸濕了，她連忙拔出腳來，但整隻鞋子已經濕透了，上面沾著雪水和冰渣，凍得她一個哆嗦，沒一會兒，腳已經麻木，沒了知覺。

「阿九。」謝翎低頭看了看，道：「我揹妳走吧！」

施嫿搖搖頭。「你的鞋也濕了，忍忍就行，還是先回去吧！」

她說著，試探性地往前面走一步，因為擠壓的緣故，布鞋裡的水霎時間湧了出來，冰冷的感覺如同密密麻麻的針扎著皮肉一般，疼痛不已。

謝翎拉住她，道：「還有一段路程，雪越來越大了，等會兒更加不好走。」他的語氣不容拒絕，緊跟著二話不說，將傘往施嫿的手中一塞，便彎下腰去，道：「阿九，來。」

少年雖然骨架還未完全長成，但是已經初具一個成年男子的模樣，肩闊腿長，看上去十分堅實有力。

施嫿猶豫了片刻才趴了上去。

謝翎托著她，輕而易舉地直起身來，穩穩地往前走去。

鼻尖滿是淡淡的新墨香氣縈繞，還有下雪時特有的冷冽寒氣，混在一起，撲入了呼吸之中，再也無法分辨。

施嫿趴在謝翎的肩上，一手舉著傘，一手持著燈籠，兩人小聲說著話。

少女的聲音綿軟輕柔，簡直能爬到人的心底深處去，混著那墨香和新雪的氣息。

少年背上揹著人，順著長街往前走去。

大雪簌簌地下著，一刻也不曾停歇，將整個蘇陽城都淹沒在這一片白色之中。

長街安靜，沒有人聲，兩旁的店家也都提前打烊了，唯有淡淡的燈火光芒，從門窗處透出來，映照在兩人身上，拉出了長長的影子，那影子依偎在一起，彷彿永遠也不會分離。

第二日一早，施嫿起來時，外面果然已是一片銀裝素裹，白雪皚皚，後院的棗樹都被壓斷了不少枝幹，凌亂地落在地上，可見這一場雪之大。

施嫿呼出一口氣，見屋簷下的石磨上堆滿了一層厚厚的白雪，她忍不住一時興起，抓了一團捏在一起，做成一個橢圓的大雪團，又將小雪團捏實了，放在那大雪團上面，最後搓了兩根長長的雪棍插上去，赫然是一隻活靈活現的小兔子。

施嫿玩得正高興，卻聽身後傳來謝翎的聲音。

「阿九，吃粥了。」

「來了！」施嫿小心地將兔子放到石磨上面，匆匆離開。

等吃過飯再過來時，卻見謝翎站在那石磨旁邊，手裡還捏著幾團雪。

她好奇地走上前去，不由得失笑，卻見原本的小兔子身邊，又蹲坐著一隻小狸貓，半歪著頭，滴溜溜的眼珠盯著那小兔子看。

施嫿忍不住笑了起來，她打量著那隻雪做的小狸貓，好奇道：「這眼睛是什麼做的？」

「是蓮子。」謝翎攤開右手，手心果然還放著三、四粒烏黑的蓮子。

施嫿頓時來了興致，她揀了兩粒蓮子，小心地按在了兔子的頭兩側，整隻兔子立即變得鮮活起來，栩栩如生，十分可愛。

謝翎見她喜歡，抓起一團雪又開始玩起來。兩人又做了不少小動物，如還未長大的孩童一般，玩得興致勃勃、不亦樂乎，很快地，石磨上就擺了各式各樣雪做的小東西。

施嫿的手指凍得僵冷，她呵了一口氣，道：「進屋去吧，別凍著了。」

謝翎看了看，只見那石磨邊緣的位置，施嫿之前做的小兔子歪倒在一邊，他伸手拿了起來，走向了自己的房間，將它端端正正地擺放在窗臺上，退了兩步打量一番，這才滿意地離開了。

下雪的天氣雖然惡劣，卻不太冷，真正冷的是雪融化的時候，人往外面站一會兒，冰冷的空氣直往脖子裡鑽，不出片刻，整個人都會冷得透透的，骨縫裡都冒著寒氣。

這一冷，就從十一月分一直冷到了年關。

大年三十這一日，謝翎沒有去學齋，和施嫿兩人去了東市，買了不少年貨，又去了一趟懸壺堂，送些臘肉給林家人，這才回去城西的院子。

遠處傳來一陣鞭炮聲，熱烈而響亮，緊接著，左鄰右舍紛紛響起了鞭炮聲，兩人不約而同地往窗外看去，只見院子裡，鵝毛般的雪花依舊灑落，彷彿永遠不會休止。

年關過去，轉眼就到了宣和三十年，冬去春來，花謝花開。

這一日的清晨，高高的院牆上面有朝陽灑落，初春的陽光明媚無比，令人心情都不自覺地跟著明朗起來。

院子裡，十七歲左右的少女正端著木盆從廚房裡出來，院牆下種著一排菜苗，在清晨的空氣中支著三、兩片碧綠的小葉子，嫩生生的，看上去精神抖擻，葉片邊緣還殘留著昨夜的露水，晶瑩剔透。

少女的袖子半挽起來，露出一雙皓白纖細的手腕，她端著木盆，細心地將水傾倒在菜苗旁，就在此時，屋裡傳來一個少年的聲音，模模糊糊的，像是喊了一聲「阿九」。

少女清脆地應了一聲。「欸，怎麼了？」

謝翎推開窗戶，站在那裡，探頭問道：「我的髮帶呢？」

施嫿的一雙眼睛正眨也不眨地盯著那菜苗，試圖分辨出它比昨天長高了幾寸，頭也不回地答道：「你在門後看看，是不是掛在那裡？」

謝翎倚在窗邊，支著頭，目光一瞬也不瞬地看著施嫿，不動作，一會兒後嘴裡道：「沒找著，妳來替我看看吧！」

「哎呀！」施嫿無奈，只得放下木盆，匆匆進了謝翎的屋子，拉過門一看，立即好氣又好笑地道：「不是在這裡嗎？」

謝翎輕輕一笑，接過髮帶，隨手綁好。

施嫿問：「中午回來吃飯嗎？」

謝翎想了想，道：「恐怕回不了，晏師兄說要帶我們幾個出去。」

施嫿點頭道：「再過不久你們就要進京參加會試了，出去散散心也好。」

「下午我再過去醫館接妳。」

施嫿剛想說不必了，卻見少年微微傾下身來，眼睛微亮，向她這邊靠過來，轉瞬間，他清俊的面孔靠過來，讓施嫿心中莫名一跳，竟然生出了幾分緊張，聲音都險些變了調。「怎麼……」話還未說完，謝翎伸出手指在她臉上點了點，然後輕輕一擦，露出一絲得逞的笑意。

「這裡，沾了東西。」

施嫿下意識看過去。「什麼？」

謝翎握緊了手，藏入袍袖中，笑著直起身來，道：「我先出門了，遲了的話，晏師兄要笑我了。」他說罷，腳步輕快地離開了。

徒留施嫿站在原地，方才被謝翎摸過的臉頰，總覺得有些滾燙的錯覺。

謝翎一邊走，一邊想起阿九方才呆呆的表情，不由得笑了起來，像是偷到了蜜一般，放在心裡反覆地回味著那絲絲縷縷的甜意。

又過了幾日，會試在即，謝翎必須動身前往京師參加考試了。

這一日，董夫子將四個學生都叫近前來，語重心長地道：「我教了你們這麼些年，做文章是沒有什麼大問題了，但是需要記得一點，為人行事，也是一門學問，日後做人做事，要謹慎小心，不可狂妄自大，凡事三思而後行，無論做什麼，必要無愧於天，無愧於人，無愧於己，可都聽明白了？」

謝翎四人齊聲答道：「謹遵夫子教誨。」

董夫子揮散了眾人，獨獨叫住謝翎，他將茶盞放下，捋著鬍鬚，面上浮現出猶豫之色，良久之後，才開口道：「楊敬止並不是令我最頭痛的學生，比起他來，謝翎你倒是令為師更不知如何是好。當初收你做學生實屬意外，我收學生，最多只收四個，當初我讓蘇晗回去之後，便空出了一個名額，蘇晗這學生我教不了，但是他家裡有人與我有些交情，為免到時候來說情，我便索性把這個名額先占滿了，這才挑了你出來。你很勤奮努力，這是我樂於見到的，並不後悔收下你做學生。」

謝翎垂頭道：「學生心中十分感激先生。」

董夫子看著他，過了一會兒才慢慢地道：「我活了這麼多年，教了不少學生，你的性子是我最摸不準的。」他說著，頓了頓，忽而問道：「你還沒有字吧？」

謝翎拱手道：「是，學生尚未有字。」

董夫子摸著鬍鬚，道：「聖人不慚於景，君子慎其獨也，我便為你起一個字，慎之，望你慎終如始，常以為戒。」

謝翎長長一揖，恭敬道：「多謝先生賜字，先生教誨，學生必然謹記，不敢或忘。」

「好。」董夫子想了想，道：「過幾日你和他們幾個入京趕考，切記要互相扶持，不要生了齟齬，可知道了？」

「學生明白。」

董夫子擺了擺手。「去吧！」

謝翎這才告辭離去。

師兄弟各自回家收拾行李，次日準備啟程前往京城參加春闈。

謝翎回到自家院子時，就見施嫿站在屋簷下，手裡捧著什麼東西，似乎有些為難，遂喊了她一聲。

施嫿回過頭來，道：「回來了？」

謝翎應答一聲，將目光投向她手中，問道：「這是鳥兒？」

施嫿答道：「是屋簷下的小麻雀，掉下來了，正想放回去呢！」

謝翎抬頭看了一眼，果然見那屋簷的瓦片縫隙裡，露出半個麻雀窩，他道：「我來吧！」

謝翎去後院搬了梯子來，爬上去之後，朝施嫿伸手道：「給我。」

施嫿將小麻雀遞過去，口中道：「今日下學這麼早？」

「夫子讓我們回來準備，明日啟程去京師。」

京師。

這個字眼冷不丁地鑽到施嫿耳中，她的心不由自主地跳了一下，很快便冷靜下來，道：「從蘇陽到京師，大概要多少日程？」

謝翎小心地將麻雀放進窩裡，一邊答道：「聽晏師兄說，我們走水路，不過半月多的路程。」

小小的麻雀蜷縮起來，張著鳥喙，細聲細氣地叫了幾聲，嫩生生的，謝翎看了一會兒，覺得沒什麼問題了，才道一聲。「放好了。」沒聽到施嫿的回答，他下意識地低頭看去，只見她的目光落在地上，像是沒有什麼目標，在出神發呆一般。謝翎下了梯子，盯著她看了看，輕聲道：「怎麼了？」

施嫿像是被嚇了一跳，猛地回過神來。「啊？沒事。」

謝翎望著她的眼睛，不語。

施嫿抿了抿唇，道：「我只是想起了一些事情。」

謝翎很直接地問她道：「與那些噩夢有關嗎？」

施嫿避開他詢問的目光，不自覺地握緊了梯子，躊躇道：「我有些擔心。」

「擔心什麼？」

施嫿回視他，眼中難得地帶著幾分徬徨和茫然。「我不知道。」

她忽然不知道讓謝翎去參加科舉，是不是正確的選擇？這輩子事情的發展還是和上輩子一樣嗎？

已。

隨著年紀越長，她夢到李靖涵的次數並沒有減少，反而越來越頻繁，令她心中猶疑不已。

李靖涵已經是太子了，聖寵正隆，如日中天，而三皇子尚未出頭，這時候謝翎入京，考中功名之後，入了太子的青眼，那麼謝翎還會不會如上輩子一樣，拒絕太子的招攬？

萬一他最後入了太子李靖涵的麾下呢？

只要一想到這個可能性，施嫿就覺得如芒刺背，令她忍不住打了個寒顫。

她是想李靖涵死，可謝翎是她一手帶大的，她不想看著謝翎被拖累。

施嫿想得漫無邊際，忽然感覺到自己冰冷的手落入一片溫暖之中，回過神來，卻是謝翎捧著她的手指，低頭望向她。

「阿九，妳在擔心什麼？」

我擔心你。施嫿不自覺地握緊了手指，張了張嘴，卻什麼也說不出來，最後仍只是化作一句。「我不知道。」

謝翎的眼中閃過幾許失望，他低頭看著面前的少女，眼神像是三月的春風一般溫暖，忍不住伸出手去，以手指輕輕觸碰她瓷白的側臉。施嫿仍舊有些出神，像是在想著什麼難解的事情，一時間竟然沒有察覺。

謝翎得了好處後，飛快地縮回手，彷彿什麼也沒有發生過一般，道：「我去收拾行李了。」語氣淡淡，表情從容而冷靜，好似他剛剛真的只是隨手做了一個微不足道的動作而已，淡定得完全沒有引起施嫿的懷疑。

但是即便謝翎面上再如何冷靜無波，他略微急促的腳步卻暴露了一切。

呀的一聲，門被合上了，在安靜的院子裡發出不輕不重的聲音。

第二日，施嫿很早就起來了，初春的天氣還很冷，屋門一打開，凍得她一個激靈，睏意散了大半。她呵出一口氣，白色的熱氣在清晨中嫋嫋散開。

門外站著一個身形挺拔清瘦的少年，施嫿一驚，道：「怎麼站在這裡？」

謝翎微垂著眼，沒答話。

施嫿心裡無奈，問他。「站了多久了？」

謝翎這才動了動，看向她，搖頭道：「沒多久。」

凍得鼻尖都紅了，還沒多久？施嫿心裡好氣又好笑，道：「進屋。」

謝翎看了她一眼，才慢慢地抬腳進了屋子。溫暖的空氣從四面八方襲來，將他包裹起來，謝翎覺得鼻子癢癢的，打了一個小小的噴嚏。

施嫿心裡嘆了一口氣，叮囑道：「等著。」

她進了廚房，很快便生起火，熬了些薑湯，這其間謝翎緊緊跟著她，彷彿一個小尾巴，片刻都不肯離開，簡直是吃定了施嫿。

她無奈地道：「你老跟著我做什麼？」

謝翎老老實實地答道：「此去數月，山高水遠，想現在多看看妳。」

就像一個戀家的孩子，還未出門，便已十分地不捨。施嫿半晌無語，最後只能指了指椅子，道：「坐好。」

謝翎依言坐著，看著施嫿忙碌，一雙眼睛彷彿黏在了她身上，片刻都不肯挪開，那目光猶如一雙手，令施嫿感到不安。

這時候謝翎偏偏還認真地道：「阿九，我會想妳的。」

施嫿臉上莫名一熱，抬起頭來，看了他一眼，淡淡地道：「想我做什麼？想你的會試就是了。」

謝翎側了一下頭，道：「阿九比會試重要。」

「閉嘴。」施嫿頗有些狼狽地轉開臉，逕自去揭灶上的瓦罐蓋子。安靜的廚房中，只能聽見柴火燃燒時發出的聲音，還有罐子裡熬煮的咕嚕聲，空氣靜謐，過了一會兒，施嫿才道：「路上要小心，你第一次出遠門，若是有不知道的，問一問師兄他們，可知道了？」

「知道。」

施嫿叮囑了幾句，謝翎都一一答應下來。

用過早膳之後，謝翎便要離開了，少年站在屋簷下，忽然伸出手來，道：「阿九，髮帶掉了。」

施嫿低頭一看，只見他修長的指間，果然有一條梧枝綠的髮帶。她頓了片刻，才伸手接過那髮帶，道：「低頭。」

謝翎應聲垂下頭來，施嫿踮起腳尖，仔細地替他將那髮帶綁好了，頭頂忽然傳來鳥兒啾啾鳴叫，她下意識地抬頭，果然見那隻小麻雀探著頭，圓眼睛裡充滿了好奇，朝下方張望著。

少年揹上行囊，踏著晨露，離開了清水巷子，漸行漸遠。

施嫿收拾著東西，忽然覺得平日裡不大的院子如今空落落的，往日她做點什麼，謝翎都會拿著書，坐在簷下，或者窗邊，兩人偶爾說說話，又或者默契得一個字都不必說，時間便過得很快。

如今謝翎走了，施嫿總覺得不太習慣，像是缺了點什麼。簷下的小麻雀嘰嘰喳喳地叫著，或許是餓了，施嫿想了想，搬來梯子，抓了幾粒麥子，擱在那麻雀窩旁邊。

天色還早，她卻覺得無事可做，索性拍了拍身上的灰塵，鎖好院子，往城北醫館去了。

施嫿到醫館時，恰逢林老爺子打開門，見了她便笑道：「嫿兒來得這麼早？」

施嫿笑著點點頭。

林不泊的聲音從門內傳來，道：「謝翎今日出發了？」

施嫿答道：「已經去了。」

不多時，便有病人上門，懸壺堂又開始忙碌起來。

如今施嫿與林寒水的醫術俱有小成，即便是林不泊出診了，他們兩人也能獨當一面，懸壺堂的大夫多，醫術又好，病人都願意過來這裡。

只是今日，施嫿頗有些心不在焉，給病人看診的時候倒是不曾有問題，一旦她略微空閒下來，便不自覺地想到離家的謝翎。

施嫿手裡拿著筆，在紙上勾勾畫畫，林寒水在一旁見了，想了想，還是試探道：「嫿兒，妳若是心中有事，不如先休息一會兒？」

林老爺子也道：「今天中午病人不多，嫿兒忙了一上午，恐怕是累了，還是休息一會兒吧！寒水，你去坐診。」

聞言，施嫿心裡頗為慚愧，她倒不是累，只是心思不自覺就會想到謝翎身上去。她與謝翎相依為命這麼多年，還是第一次分開，謝翎也是第一次出遠門，施嫿總是有些擔憂。

施嫿憂心忡忡，神思恍惚了一天，傍晚回到清水巷子時，暮色微暗，只見自家院子門口站了一個人，她心裡先是一跳，驚喜湧了上來，下意識間，一個名字即將吐出來，等那人轉過身，她又把話嚥了回去。

原本的喜悅霎時間如潮水一般散去，徒留下幾分微不可察的悵然。

施嫿清了清嗓子，那人聽見便迎了過來，熱情地笑道：「施姑娘回來了呀？」

施嫿認得她，是崔娘子。

這崔娘子從大前年開始，便頻頻上門作媒，施嫿推了幾次，哪知崔娘子越挫越勇，絲毫不畏險阻艱難，屢敗屢戰，勢必要一舉拿下她的婚嫁之事。

施嫿忍不住揉了一下眉心，換上一副溫婉的笑臉，向迎上來的婦人道：「崔娘子可是找明真叔有事情？」

崔娘子笑瞇了眼，嗔怪道：「妳這孩子，我找沈秀才做什麼？我找妳呢！」

施嫿心裡無奈，道：「您找我什麼事情？」

崔娘子笑咪咪地道：「是大大的好事！等我進院子裡與妳細說。」她說著，便往施嫿的院門口站了站，一副要入內詳談的架勢。

眼看是躲不過去了，施嫿只得強笑著，將她請進院子裡。

崔娘子打量了一圈，照例先是一番誇讚道：「施姑娘好會持家，嘖嘖，這院子裡打掃得比我家裡的屋子還乾淨呢！」

這話施嫿聽了沒有五回也有六回了，只是笑笑，接著單刀直入地道：「這麼晚了，崔娘子有什麼事情要找我？」

於是崔娘子掩唇一笑，道：「去年我來時，妳說要供妳弟弟讀書，還不願成家，如今妳弟弟去參加會試了，妳也該想一下自己的終身大事了才對。施姑娘如今也有十七、八了吧？要我說，這事正是火上眉毛啊！蘇陽城沒有哪家姑娘過了十七、八歲還未嫁的，說出去都要惹人指點笑話！等這好年紀一過，好人家可就不好說了，那時候，什麼阿貓、阿狗都能對妳挑挑揀揀，身價一降再降，好身分的人家說不上，差一點的，日子又哪裡過得舒坦？作為女孩子，還是早早擦亮眼睛，嫁個好人家，相夫教子，方得圓滿，妳說是不是這個理？」

施嫿幾番張口欲言，還未來得及插話，就被崔娘子一把抓住手，親熱地拍了拍。

崔娘子語重心長地道：「妳也算是嬸娘看著長大的，家裡困難，父母早早就去了，妳一個女孩，小小年紀拉拔著弟弟，還要供他讀書，實在是不容易。去年嬸娘給妳說了城北的一個秀才家，妳不肯，如今那秀才早成了親，媳婦都懷上了。嬸娘思來想去，還是想著妳，覓了好久，又幫妳看中了一家，是城東王老二，他家裡原是世代做屠戶的，有一對兒子，小兒子與妳年紀相仿，長得也是十分俊秀，與妳啊，最是相配不過了！」她一番連珠炮似地說完，又笑著道：「到時候妳弟弟再考中個功名，妳也成了親，正是雙喜臨門啊！」崔娘子拍著施嫿的手，登時笑成了一朵花，簡直合不攏嘴。

施嫿知道她說的那家人，王老二的老母親曾經來醫館瞧過病，老人家病得走不動路了，也沒個人幫忙扶，起先施嫿還以為她老人家孤家寡人，哪知一問才知道，是兒子摳門兒不肯管，兒媳又小氣吝嗇，兩個孫子一個好賭，一個整日遊手好閒，偌大一家子，竟讓老母親一個人住在老破房子裡。

眼看崔娘子把那家人誇上了天，施嫿憋了半天，忽然道：「崔娘子，我娘說不定還沒死呢！」

崔娘子臉上的笑頓時僵了一下，像是一隻被捏住脖子的鴨子似的，看上去頗有些滑稽，她尷尬地張合了一下嘴。「啊？」

施嫿抽回自己的手，十分真誠地笑道：「我老家在邱縣，說不定我娘親也為我備著一門親事呢！婚嫁這種大事，我人小、年紀輕，自己作不了主，還是得聽我娘的。回頭若真是我娘給定下了，俗話說得好，一女不嫁二夫，到時候崔娘子謝媒禮拿不成倒是其次，若是砸了您老媒人的金招牌，可就麻煩大了。」

崔娘子完全沒想到這一件事，她被施嫿堵得說不出話來，憋了一會兒，才追問道：「那妳娘究竟給妳定了親事沒有？」

施嫿笑道：「我這就去信問一問她，若是沒定，我再告知您一聲。」

崔娘子啞口無言，只得離開了施嫿家的院子。

施嫿看著婦人的身影消失在巷子口，這才長長地舒了一口氣，把院門合上了。

十數日後，京師碼頭，此時正是早春三月，船隻來往絡繹不絕，河道上擁擠不堪，碼頭上前來運貨的人們更是嘈雜一片，又有幾條船靠岸了。

接船的人都紛紛湧上前去，這時，人群中爆發出一聲驚呼。

「哎呀！不長眼的東西，你踩著老娘的腳了！」

那踩人的是一個小廝打扮的少年，連連道歉。「抱歉，大娘，我不是故意的！」

他才道歉完，身後的人流湧過來，令少年不由自主地隨著人群往前走，他抬頭一看，前面是一艘裝滿貨物的商船，便知道錯了，在人群中往回擠，一雙手宛如兩根槳，拚命地在人海中划動。

好不容易從人群中擠出來，小廝長舒一口氣，有些後怕地回頭看了看，嘴裡小聲念叨著。「陳家客船、客船。」早春的天氣尚有些寒意，他卻擠出了一頭汗，認命地在人群中穿梭，尋找著那艘陳家客船。

正當小廝懷疑今天到底是不是船到碼頭的正確日子時，忽然聽到了一個聲音。

「這裡人好多啊！」

緊接著，另一個聲音道——

「這裡是京師最大的碼頭，來往船隻每年都有十萬條以上，人當然多了。」

小廝立即轉過頭去，見後來說話的人是一個身著藍衣的青年，氣質卓然，面容俊朗，十分眼熟，他連忙擠開人群奔過去，高聲喊道：「少爺！少爺！」

因為他聲音大，那藍衣青年還被嚇了一跳，轉過頭來。

藍衣青年身旁一位個子稍矮的青年道：「晏師兄，這是你家的下人？」

一行人正是來京城參加會試的謝翎四人。

晏商枝看著面前滿臉喜色的小廝，有些頭疼地道：「怎麼大呼小叫的？」

小廝嘿嘿笑了一聲。「少爺好久不見，越發精神了！」

「別拍馬屁了。」晏商枝道：「先回家去再說。」

小廝忙道：「少爺請！馬車在後面候著呢！」他一邊引著幾人往前走，一邊陪著笑道：

「這幾位公子是少爺的同窗吧？叫小的四兒就好。」
楊曄不由得笑著調侃道：「那你前面是不是還有個大兒、二兒和三兒？」
小廝嘿嘿一笑，道：「公子猜得不錯！爹娘取名不講究，四兒也挺好的。」
正說著，馬車到了，車伕見了他們連忙跳下來。
四兒道：「少爺和幾位公子先上車，時候不早了，大劉，你趕車穩當些。」
那車伕憨憨地答應了，等四個人上車坐定，便舉起馬鞭一吆喝，馬車慢慢地駛動起來，順著長街往前面跑去。
待馬車停下來的時候，謝翎聽見外面傳來些許人聲，緊接著，一隻手撩開了車簾。
四兒笑嘻嘻地道：「咱們到家了，少爺和幾位公子請下車吧！」
下車之後，謝翎抬頭看了看，只見面前是一座朱門大宅，上面掛著一塊匾額，上書「晏府」兩個大字。
就在此時，大門裡有幾個下人簇擁著一名婦人出來，那婦人穿著頗是講究貴氣，看見晏商枝一行人，面上立即笑開了花，上前抓住他的手，眼裡立即便盈滿了淚。
「孩兒，你總算回來了！」
晏商枝笑了笑，叫了一聲母親，母子兩人說了幾句話，晏商枝便介紹謝翎三人，道：「這幾位都是我的同門師兄弟，我在信中與您說過的。」
晏夫人一迭連聲地道：「娘知道、娘知道。」

謝翎三人分別與晏夫人見了禮。

晏夫人笑道：「都先進去，時候不早了，路上都餓了吧？舍下已備好了菜飯，你們先用了午飯再說。」

到了下午時候，晏老爺回來，晏夫人與他商量一陣，晏老爺想了想，道：「讓他們去鼓東街的院子備考吧，那裡清靜，再派兩個懂事的下人過去就行了。」

晏夫人心有不捨，道：「自己府裡不能住嗎？」

晏老爺低聲道：「國公府那邊的事情定下來了。」

晏夫人聽了，立即明白過來，問道：「是哪一日？」

「三月初七。」

會試在三月初八！晏夫人哎呀一聲，皺起眉來，道：「這麼巧？那明雪丫頭肯答應？」

晏老爺卻道：「恐怕未必，不過這事說不清，既然國公府和恭親王都定下了，想必她會想通的吧！」他說著，又問：「明雪丫頭最近沒來府裡吧？」

晏夫人嘆了一口氣，道：「最近沒來，說起來她也是我看著長大的，從前常常跟在商枝後面打轉，我們也沒看出來什麼。上回我在信中給商枝說了這事情，他回信時一字未提，後來明雪丫頭過來，我都不敢見她。這種事情，我們怎麼插得了手啊！」

晏老爺卻道：「現在也別插手了，商枝回來的事情，先別透露出去，一切等會試之後再說。」

晏夫人點點頭。「我心裡有數，這就吩咐人去打掃院子，那邊清靜，這樣也好。」她這麼一想，也不覺得不捨、心疼了，連忙叫來下人，派人去打掃院子，務必要在今天下午打掃乾淨，讓少爺和幾個同窗都住過去！

晏府的下人動作很快，上面吩咐下來，到了傍晚時候，就有人來回稟了，請晏商枝一行人過去。

院子雖然不大，但是供他們四個讀書人住還是綽綽有餘，每人一間屋子，都是相鄰、緊挨著的，晏夫人又特意讓人打掃出一間書房，他們將帶來的書籍都擺好，四張桌子分立兩側，這場景竟和蘇陽城的淵泉齋有些相仿。

此時距離會試只剩下不過七、八日，所以謝翎等人哪兒都沒去，就在書房裡溫書，討論文章，每日有小廝專門從晏府送飯食過來，進出俱是輕手輕腳，連氣都不敢出大了一聲，生怕驚擾了書房裡的人。

隨著時間漸近，晏夫人嚴令警告，不許下人多嘴，無論什麼事情都不能說，下人們自然是無有不應，而鼓東街的院子，也真的沒有聽到外面的半點風聲。

第十六章

三月初七是個好日子，宜訂盟、祭祀、嫁娶、納吉。京城裡許多人都知道，恭親王今日要娶妃了，娶的是陳國公的嫡次女，端的是一樁大好姻緣。

恭親王正妃去世多年，正妃之位一直空懸，世人皆知，他對前王妃十分癡情，是個值得託付終身的好男人，這回陳國公府的嫡次女，是撞上了好運。

一路吹吹打打，熱熱鬧鬧，大紅花轎到了恭親王府前，轎簾一掀，裡面卻空空如也，唯有一個做工精緻的鈞窯細瓷美人瓶，端端正正地放在花轎裡面，新娘子早就不知所蹤！

這下圍觀賀喜的眾人都愣住了，轎伕和喜婆臉色慘白，跟死了爹娘一樣，立即撲通一聲跪倒在地。

恭親王站在轎子前，望著跪了一地的送親下人，面沈如水，眼底晦暗幽深，半晌才開口道：「美人瓶本王已收到了，回去問問你們國公老爺，什麼時候把王妃給本王送過來？」

眾人愕然，一時間鴉雀無聲。

那喜婆腦子轉得快，連連磕頭，大著膽子答道：「王爺既然收到了，老婦這就去回稟國公爺！」

這一問一答，圍觀眾人雖然不解，倒也聽明白了，原來這一場都是說好的！但是更多的人卻不容易被糊弄，開始暗地裡揣測起來。

消息傳到國公府時，陳國公差點氣得當場厥過去，他大手一揮，怒吼道：「反了天了！都去找！哪怕是把京師掘地三尺，也要把她給我找出來！」

國公夫人也被嚇住了，囁嚅道：「這……這去哪兒找啊？」

陳國公猛地回頭盯著她，語氣森森地道：「妳說呢？她逃婚，是想去找誰？」

國公夫人一時噎住了。

陳國公哼了一聲，轉而看向下人們，高聲罵道：「都愣著做什麼？要我請你們動彈嗎？去找啊！」

下人們一哄而散，戰戰兢兢地尋人去了。

陳國公瞪了國公夫人一眼，冷冷道：「妳教的好女兒！哼！」說罷，便拂袖而去。

徒留國公夫人跌坐在椅子上，愣怔半晌，掩面哭了起來。

此時，晏府所在的街道街角，位置十分偏僻，那裡堆放了不少雜物，旁邊停著一輛不起眼的馬車，車簾是放下的。

過了一會兒，一個小丫鬟往這邊走過來，衝著車裡小聲喊道：「小姐、小姐，是奴婢！」

車簾掀開，露出一張清麗秀美的面孔，少女穿著大紅的嫁衣，天光照進來，將那鮮豔的紅色照得耀眼，金絲繡成的花紋折射出炫目的光，將少女的臉頰襯得如染雲霞。

少女睜大眼睛，露出幾分希冀的光來。「綠姝，妳看到他了嗎？」

綠姝有些不忍，但還是硬著頭皮答道：「沒有，小姐，他們都說表少爺還沒有回來。」

眼裡的光暗了下去，少女搖搖頭，聲音淡淡地道：「不，他們在騙妳，明天就是會試了，表哥肯定回來了。」

就在此時，一旁有一個女子的聲音響起。

「既然妳什麼都知道，他不肯見妳，為什麼還要做這種事情？」那聲音裡帶著恨鐵不成鋼的意味。「明雪，誰給妳的膽子？竟然敢逃婚?!」

綠姝慌忙回過身去，只見一個作婦人打扮的女子走過來，身後還跟著幾名下人，女子眉目凌厲美麗，若是細看，便能發現她與車上坐著的陳明雪有三分相似。綠姝急忙行禮道：「大小姐。」

陳明好冷冷地看了她一眼，又望向車中的陳明雪，姊妹兩人四目相對。

陳明雪不避不讓地道：「我自己給的膽子。姊姊，我又不是不與那恭親王成親，怎麼就叫逃婚了？」

她的聲音輕飄飄的，像是一蓬無處著地的柳絮，陳明好一下子就心軟了，眉頭蹙起，上前一步，道：「明雪，晏商枝他就有那麼好嗎？值得妳這樣做？妳知不知道，妳今日所為，會毀了自己的！」

陳明雪微微側了一下頭，竟然笑了起來。「他是很好。」

聞言，陳明妤看她的目光裡都是不能理解。

笑意漸漸淡去，陳明雪繼續道：「他唯一的不好，就是不喜歡我罷了。」她的杏眼一下子盈滿了淚，望著陳明妤，道：「姊姊，我沒想別的，我就是……就是很久沒見他了，想看看他，讓綠姝代我看看他，告訴他，我今天要嫁人了。」她蹙著眉，緩緩地搖頭，固執地為自己辯解。「我沒有想別的，什麼都沒有想。」

陳明妤看著她，沈默了許久，才嘆了一口氣，輕聲道：「雪雪，與姊姊回去吧！」

聞言，陳明雪的眼淚湧了出來，眼前的一切都變得模糊起來，她聽見了自己的聲音，輕輕答道：「好。」

傍晚時分，餘暉自院牆上落下，在地上灑下一串串光點，書房裡安靜無比，只能聽見書頁翻動的聲音，就在此時，一直坐著的晏商枝忽然站了起來，將北面那一扇窗打開。

楊曄見了，疑惑道：「你在做什麼？」

晏商枝在窗前站了一會兒，問他們。「你們可聽見了什麼聲音嗎？」

楊曄側耳細聽了片刻，只有幾隻鳥兒啾啾而鳴，聲音清脆好聽，遂道：「鳥叫聲嗎？這幾日一直都有，怎麼突然這麼問？」

晏商枝搖搖頭。「不是鳥叫聲，像是鼓樂之聲。」

「鼓樂？」楊曄奇怪地道：「我怎麼沒有聽見？師弟，你聽見了嗎？」

謝翎凝神聽了半晌，也道：「沒有聽見。」

楊曄遂笑著打趣晏商枝。「莫不是什麼仙樂，只有你一個人能聽見？」

晏商枝沒搭理他，在窗前聽了片刻，那聲音又消失了。這只是一件小事，或許真如楊曄所說，只是錯聽罷了，但是不知為何，他心中仍舊有一些介意。

等到了小廝們來送晚膳的時候，晏商枝隨口問道：「下午時候，這附近有人在奏樂嗎？」

那小廝張了張口，正欲答話，一旁的四兒一邊擺放筷子，一邊答道：「今天是有戶人家嫁女兒，可是吵到少爺了？」

晏商枝道：「吵倒是沒有，只是偶然聽見了。」

四兒鬆了一口氣，連忙道：「那就好！少爺和幾位公子明天就要參加會試了，夫人千叮嚀、萬囑咐，這時候可千萬不能出岔子。」

晏商枝笑道：「你倒是操了不少心。」

四兒嘿嘿一笑，這事情便算是輕輕地揭過去了。

二月底，整個大乾朝所有應試的舉人們都紛紛趕來了京師，現在是宣和三十年三月初八，會試第一天入場。五更時分，所有的士子們都擠在了禮部貢院，等著入場。入場與鄉試一般無二，只是更為嚴格，貢院前鴉雀無聲，兩側均有官兵把守，氣氛肅穆而威嚴，令人情緒不自覺地便緊繃起來。

等到所有的士子們入場完畢，已經是晚上了。這一次的會試主考官由內閣大員元霍大人擔任，另有三名副主考官，皆是由進士、翰林出身的大學士以及一、二品大員擔任，分別是曹勉、竇明軒與范飛平，更有十八名同考官，稱為十八房官，皆是出身於翰林院，協助批卷。

第一場四書三題由當今天子親自命題，是日深夜時分，督查院派稽查大臣陪著禮部侍郎，攜題匣前往禮部貢院，擊鼓至三響，貢院龍門才緩緩開啟，鼓聲之中，由正主考官元霍帶頭，另三名考官跪迎題匣。

此時，所有人不得踏入貢院內，禮部侍郎就在臺階下站著，將題匣交給元霍，道：「辛苦元閣老了。」

元霍身為內閣大員，如今已年過半百，鬚髮皆白，好在精氣神尚算不錯，他緩緩頷首，將題匣接過來，道：「婁侍郎慢走。」

貢院龍門又緩緩合上了，元霍捧著題匣，疾步往堂前走，三名副主考官緊緊跟著，不敢落後半分，等到了正堂，屏退其餘人，元霍拿了鎖匙，將題匣打開，裡面有一卷紙，便是天子欽定的第一場四書考題。

元霍交與三人看了考題，道：「將堂門都封了，請房官來寫題。」

「是。」

及至深夜子時，第一場的考題才發放到各個考生的手中，所有人都精神一振，拿著考題開始思索起來。

號舍中，謝翎伸手撥了撥燈芯，燈光瞬間亮了起來，他低頭去看那考題，一邊沈思，一邊磨著墨，直到那墨磨得發亮了，這才停手，拿起筆來，在宣紙上落下第一個字。

大堂內，此時坐著三個人，正是此次會試的三名副主考官。空氣沈默良久，坐在右邊的曹勉開口道：「我以為，這次的考題略有不妥。」他只說了個不妥，接下來就沒話了。

竇明軒慢慢地喝著茶。

反倒是一旁的范飛平道：「曹大人覺得何處不妥？」

曹勉含糊答道：「題意未免窄了些。」

范飛平直言道：「可是元閣老寫的那一題，狗吠？」

曹勉聽了便道：「既然范大人脫口便能說出來，應該也覺得如此？」

范飛平笑了，不答反問道：「曹大人，怎麼當時不說？」

曹勉嘆了一口氣，道：「雞鳴狗吠相聞，而達乎四境，而其有民矣，這題從中取這狗吠兩字，不瞞范大人說，便是我也覺得思路困窘啊，這叫我如何與元閣老說？」

范飛平理解地點點頭，他們都是出身翰林院，作過的文章沒有一千，也有八百，不說曹勉，便是他看了那題，也覺得難以作答，遂道：「說不定能有人作出驚豔之作呢！」

兩人相視苦笑。

沒想到一旁的竇明軒放下茶盞，語出驚人道：「我看元閣老的狗吠這一題，雖然十分難答，但是若這種題目都能作出驚人之作，恐怕到時候一甲、二甲不在話下。」他站起身來，一哂道：「難一點也好，才能分出高下嘛！兩位大人說呢？」

走出號舍時，謝翎的步伐有些輕鬆，他抬頭看了看天空，三月陽春，陽光明媚，等待放頭牌的時候，他看見了晏商枝，正站在角落向自己招手。

晏商枝上下打量他，笑道：「看來慎之這一次胸有成竹啊！」

謝翎回視他，笑笑道：「師兄不也是如此？」

兩人皆是一笑。左右張望，不見錢瑞和楊曄，錢瑞做文章向來謹慎仔細，當初鄉試也是，硬生生拖到放第三次牌，清場的時候才出來；而楊曄做文章，向來是有一句、憋一句，鄉試的時候尚能應付，會試恐怕就有些吃力了，估計也要等到第三次放牌才會出來。

晏商枝道：「到時候我再派下人在這裡等著他們兩人。」

謝翎點點頭。

兩人正說著話，忽然，旁邊傳來一個聲音，驚道——

「謝解元！」

原本有二、三十名士子都等著放牌，極少有人說話，便是說了，也壓低了聲音，這一聲「謝解元」叫出來，幾乎是引起了所有人的注意，二、三十人都一起轉頭，朝這邊看過來，動作極其一致。

待看清楚角落裡站著的謝翎和晏商枝兩人，都以為晏商枝是所謂的謝解元。解元雖然聽起來厲害，但是每次鄉試，每個省分都會產生一名解元，大乾朝一共有十三個省分，於是就有十三個解元，一旦聚集到了這貢院裡，似乎也不足為奇了。

大多數人都是看了幾眼，便準備回過頭去。

謝翎見到一個青年人過來，欣喜地衝他拱手施禮。

「在下趙持，表字一鳴。」

謝翎聽了，也拱一拱手，回禮道：「謝翎，字慎之。」

於是所有人都驚了，剛剛回頭的那些人又猛地轉過頭來，彷彿不敢相信自己的眼睛似的，盯著謝翎使勁看了幾眼。解元是他？沒聽錯吧？

緊接著，晏商枝也笑著拱手道：「晏商枝，表字明修。」

那趙持興沖沖地道：「去年在巡撫衙門舉行的鹿鳴宴，在下見過兩位，只是恐怕兩位不記得我了，沒想到今日竟然見到了，真是緣分！」

說緣分是假，攀交情倒是真。鄉試一共出了一百名舉人，這一百名舉人都能參加次年的會試，也就是說，這趙持還與另外九十幾個人有緣分。

當然，這話只是客套搭訕，做不得真。

謝翎和晏商枝兩人與他寒暄起來，趙持與他們笑談幾句，忽而問道：「兩位覺得這次的考題怎麼樣？」

他這一聲問出來，原本所有在注意這邊的考生們都豎起耳朵，準備仔細聽聽他們的見解。解元嗎？自然要比尋常考生厲害才對，最好再說一說題意，破題思路，如何承題等等，那就再好不過了。

豈料謝翎老老實實地道：「難。」

趙持愣了一下。

旁邊有人嗤地一聲冷笑起來，道：「還是解元呢！」

謝翎朝那嗤笑的方向看了一眼，是一個臉型瘦長的書生，他沒搭理對方那句話。

趙持愣過之後，又問道：「慎之賢弟覺得哪一題難？」

謝翎沒答話，反倒是晏商枝笑道：「都說各有所長，做文章也是如此，他覺得難的題，一鳴兄或許不覺得難，他覺得不難的題，一鳴兄或許覺得難，這有什麼可比較的？」

謝翎點點頭。

趙持這麼一想，確實如晏商枝所說這般，遂不再追問，正欲說起別的話題時，方才出言嗤笑的人忽然又說話了。

「難便是難，易便是易，哪裡還有這麼多彎彎曲曲？既然身為解元，便應該比旁人更多些學識，我們做得出的題，他要做得出，我們做不出的題，他也要做得出才是！」

這話十分尖酸刻薄，卻是在說謝翎這個解元名不副實了。

趙持頗有些尷尬，畢竟這事情是因他發問而起的，倒給謝翎招來了譏諷，真不知該如何是好。

旁邊的幾十個士子見了這番場面，便知道有熱鬧可看了，原本因為在號舍中熬了三天有些萎靡的精神，頓時又振作了起來，探頭探腦地朝這邊張望，各個都豎起了耳朵。

卻見謝翎倒是不卑不亢，被嘲笑了一頓也不生氣，只是朝那人拱了拱手，心平氣和地道：「請教這位兄臺名姓。」

那人倨傲道：「梓州劉午陽，字元才。」

謝翎道：「敢問這第一場的考題，劉兄覺得哪一道最難，哪一道最容易？」

那劉午陽倨傲道：「若要請教我，我便說一說，最難的是狗吠那一題，最容易的，是周有八士那一題。」

聽了這話，旁觀的數十位士子皆是暗自點頭，說明劉午陽的話為大多數人所認同的，他們亦覺得如此。

想不到謝翎卻道：「恰恰相反，在下覺得狗吠那一題最容易，而周有八士那一題，是本場中最難的一題。」

這話一出，所有人頓時都愣住了。

那劉午陽率先反應過來，挑眉道：「既然謝解元這樣說，在下願聞其詳。」他說著，面上露出令人不舒服的諷笑來。

謝翎不理會他，道：「狗吠這一題取自〈公孫丑〉，其全文是，夏后、殷、周之盛，地未有過千里者也，而齊有其地矣；雞鳴狗吠相聞，而達乎四境，而齊有其民矣。地不改辟矣，民不改聚矣；行仁政而王，莫之能禦也。」

他說得慢條斯理，劉午陽卻笑道：「《四書》誰不會背？這種題目，題意極其狹窄，叫人難以下手，謝解元既然說它容易，還請為我解惑。」他說著，毫無誠意地隨意拱了拱手。

謝翎看了他一眼，忽而道：「師者，傳道受業解惑也，我既不是閣下的老師，又怎麼能為閣下解惑？」

那劉午陽一噎，眼睛都瞪大起來，但是又不想放過謝翎，遂咬著牙道：「子曰，三人行，必有我師，若謝解元真能為我解惑，便是拜你為師，我也心甘情願！」

讀書人，最是崇奉天地君親師，民性於三，事之如一。父生之，師教之，君食之。非父不生，非食不長，非教不知生之族也，故壹事之。

所以劉午陽當眾說出這句話時，引來了圍觀士子們的騷動。謝翎明顯只有十六、七歲，而劉午陽已是年近而立了，若真的要他拜對方為師，怕是都喊不出口。

而這位被稱為謝解元的少年人，真的能夠令劉午陽心服口服，心甘情願地拜他為師嗎？

所有人的面上都帶著興致勃勃，伸著脖子朝這裡張望。

謝翎彷彿沒有看見似的，沈默地思索著。

劉午陽原本一顆心還有些提著，見他這般模樣，反倒是安心不少，語氣譏嘲道：「怎麼？謝解元為何不說話了？在下還等著你為我解惑呢！」他格外咬重了「解惑」這兩個字。

謝翎抬起頭來望著他，神態平靜無比。

劉午陽卻被這一眼看得心裡猛地一突，心道：來了！

果然，謝翎開口道：「方才劉兄是說，狗吠此題，題意狹窄，讓人無從下手，可是以在下拙見，這題意分明開闊得很。雞犬之聲相聞，自國都以至於四境，此句說的是民居之稠密也，而物又有以類應者，可以以雞鳴狗吠，以觀齊地之俗也，辨物情可以觀國俗，睹物產可以驗民風，齊國疆域之廣闊，民眾之富裕，人口之稠密，盡在這雞鳴狗吠之中，又怎麼能說無從下手？」

他一句一句，字字明晰，有理有據，圍觀的士子們聽完之後，大多數人頓時茅塞頓開，如醍醐灌頂，甚至有激動的，當場撫掌稱讚起來。

「這等立意，當真是叫人想不到啊！」

「以小見大，實在厲害！」

還有人懊悔道：「可惜我當時想破了頭也想不到這裡來，早知道，唉！」

另有人也跟著道：「我還道這題是哪位考官出的，狗吠兩字，能寫出什麼東西來？硬生生憋出來一篇自己也不知所云的荒唐之作，如今聽謝解元一席話，勝讀十年書啊！」

「不愧是解元！」

站在一旁的劉午陽一張臉白了又青、青了又紅，分明是三月間，他卻覺得頭頂的太陽火辣辣地照下來，渾身冒汗，很快便濕透了鬢角。他現在只想找個地方一頭鑽進去，好不必面對叫人如此尷尬的境況。

身後左右的目光一道一道，彷彿在戳著他的脊梁骨，令劉午陽無比難堪，偏偏他剛剛把話說得擲地有聲，唯恐旁人聽不到似的，沒想到反轉來得如此之快。

劉午陽一頭一臉都是汗，僵在那裡，兩耳嗡嗡直響。

這時有人小聲道：「方才這位劉兄是不是說，若是謝解元能為他解惑，他便向對方執弟子禮？」

「沒錯，是這麼說的。」

「我聽見了。」

「我也聽見。」

劉午陽望著謝翎那一張臉，分明是未長成的少年，他的嘴張張合合，喉嚨卻像是塞了一團棉花似的，無論如何都開不了口。他向來是個極其自負的人，可憐他年近而立，竟然要當眾向一個年紀只有他一半大的少年執弟子禮，口稱對方老師，這叫他以後如何自處？

劉午陽現在是追悔何及，那些細微的人聲如同一根根針似的，扎得他冷汗直流。

正當他咬緊牙關，拱起手來，膝蓋顫顫欲彎之時，謝翎忽然開口了。

「方才只是戲言，劉兄不必放在心上。」

他剛剛說完，便聽遠處有人道「放牌了」。

這一下引起了所有人的注意，也顧不得去看劉午陽了，各個都伸長了脖子往那方向看去，果然見幾名小吏分開人群朝這邊走來。

劉午陽這時長舒了一口氣，四下張望一眼，見大多數人都沒有注意到自己，連忙往角落裡藏去，直到所有士子都離開了，他才如同作賊一般，最後一個溜出了貢院的門，唯恐被人看見，又提起方才的事情來。

卻說頭場考過之後，所有的試卷都被送入彌封所開始謄抄朱卷，待朱卷謄抄完畢，又馬不停蹄地送往內簾批閱，十八名房官早已嚴陣以待，取了卷子就開始批閱起來。

整個內簾房只能聽見試卷翻動時的聲響，在所有人都專心致志地批閱試卷時，忽然，一名房官聽見旁邊傳來一個聲音問道——

「這些都是落卷？」

房官連忙抬頭，只見竇明軒站在案桌旁，指著那一疊試卷問。房官忙起身拱手行禮，道：「回大人的話，這些正是落卷。」

竇明軒擺了擺手，道：「我看看，你繼續批閱。」

那房官才坐了回去，拿起筆繼續批卷，不多時，卻聽竇明軒「咦」了一聲，伸手將其中一張卷子拿起來詢問。

「真是落卷？」

房官不得不再次擱下筆，看了看他手中的卷子，見上面以藍筆塗抹了，遂答道：「回大人，確是落卷。」

竇明軒冷笑一聲，將那卷子抖了抖，遞給他看，道：「這等絕妙文章也被打入落卷，你倒是給本官好好說道說道。」

那房官聽了，心裡一跳，連忙雙手接過試卷，仔細看了起來，越看臉色越白，分明字字珠璣，錦繡文章，不知自己當時怎麼迷了心竅，竟然給標了藍，他連忙躬身道：「是下官眼拙，昏了頭了，還請大人恕罪！」

竇明軒倒是沒再說什麼，只是慢慢地叮囑道：「這些卷子，都是士子們寒窗苦讀十數年的成果，須得仔細批閱；要知道，所有的卷子可是會送到禮部磨勘複查，最後發還給考生的，若不能叫人心服口服，這罪，你擔不起。」他說得意味深長。

那房官心裡清楚，從前會試便出過這樣的事情，有士子的試卷被「誤殺」，一怒之下，憤而告了上去，引起了當今天子的注意，特意命人複查落卷，果然發現了不妥，當時上至正、副主考官，下至十八房官，各個都吃了掛落兒。

所以竇明軒這一叮囑，令那房官額上見了汗，連連點頭。「是、是，多謝大人提醒，下官必定謹慎仔細，不敢怠慢！」

竇明軒點點頭，指了指方才搜出來的那張落卷，道：「再仔細看看。」

所有的薦卷都送上去了，四名主考官正襟危坐，開始查閱。

坐在最旁邊的竇明軒在一堆試卷裡翻檢了片刻，目光微凝，將其中一張卷子抽了出來，又看了一遍，而後遞給正主考官元霍，道：「閣老大人，您看看這一份試卷。」

元霍聽了，便將那卷子取來，舉得遠遠地，半瞇著眼從頭看到尾，然後慢騰騰地說了兩個字。「不錯。」他說完，便將那卷子遞給另外兩名副主考官，道：「你們也看看。」

范飛平躬身，雙手接過卷子，他不看別的，第一眼便去看那篇狗吠。

物又有以類應者，可以觀齊俗矣。夫狗，亦民間之常畜也，乃即其吠而推之，其景象果何如耶？辨物情者，所以觀國俗，睹物產者，所以驗民風……

苟使民居寥落，安能群吠之相呼，倘非萬室雲連，豈必村龐之四應也哉！

「好！」范飛平意猶未盡地放下卷子，眼睛發亮地對元霍建議道：「大人，此卷可取。」

元霍頷首，慢慢地道：「可取、可取。」

卻聽一旁的曹勉忽然道：「怎麼竇大人一下便翻出了這張卷子？」

曹勉這話一問出來，空氣便安靜了一瞬，這話確實問得敏感了些，范飛平也跟著看過去。

卻見竇明軒不慌不忙地答道：「說來也是巧，這卷子本是我在搜查落卷的時候發現的。」

聞言，幾人都愣了一下。

元霍眉毛一動，轉頭看他。「這卷子本是在落卷裡面的？」

竇明軒坦言道：「正是。不瞞幾位大人，我本也是不相信，後來揀了這卷子，讓同僚再仔細批閱，方才翻檢，也是想看看這張卷子最後到底有沒有被薦上來，這才讓曹大人誤會了。」

曹勉聽完不說話了。

倒是元霍又拿起卷子，仔細讀了一遍，叮囑道：「讓房官批卷時，再小心仔細些，不可馬虎。為朝廷掄才典選，這些人日後都是國之棟梁，豈是小事？」幾人都應是，元霍這才將那卷子放下，道：「此卷可取。」

這一聲，算是最後拍板了。

曹勉和范飛平都沒有意見，而薦了這張卷子的竇明軒，更是沒有意見。

只是他們沒想到，現在沒有意見，到了日後填榜之時，這一張卷子，卻引起了幾位主考官之間一場激烈的爭執。

九天時間，說長不長，說短不短，對於尋常百姓來說，不過是一晃眼就過去了，而對於迢迢千里趕來京師應試的士子們來說，卻是十分漫長的一段時間。

這九日的大多數時間，他們都是在禮部貢院的號舍裡面度過的，有人覺得度日如年，有人覺得時間匆匆，各人滋味只有各人知道了。

三月十六日，會試的最後一天，上午放了頭牌，午後又放了第二批牌，大批士子們從貢院裡面湧出來，望著外面明媚的春光，都各自鬆了一口氣，彷彿重見天日一般。

謝翎師兄弟四人是一同出來的，互相見了，都是相視一笑。

晏商枝更是揮手笑道：「走，收拾收拾，咱們到百味樓喝酒去！」

這個提議得到了楊曄的大力支持，便是錢瑞也難得放鬆了些，謝翎自然沒有什麼意見。

一行四人回了鼓東街的院子休息片刻後，趁著時間尚早，在晏商枝的帶領下，往東市的百味樓去。

京城的東市比蘇陽的東市大上許多，認真算起來，得三個蘇陽城拼湊在一起，才能與京師的一個東市勉強相提並論。

百味樓是京師十分有名的一個酒樓，每年旺季除了年底臘月之外，便是這三年一度的會試季了。

晏商枝等人一到百味樓，便有酒樓夥計迎了上來，一雙活泛的眼睛在他們身上一轉，便知是此次應試的士子，不敢怠慢，滿臉堆笑地問道：「幾位客人可訂了雅間？」

晏商枝道：「沒有，現在訂可還來得及？」

那酒樓夥計連忙笑道：「巧得很，正好剛剛有一間空了出來，雖然小了些，但是位置還是不錯的，幾位客人往這邊請。」他說著，躬身引著一行人往樓上走去。

路過一個雅間時，裡面傳來人聲，高聲說著話，就在此時，那雅間的門開了，有人走出來，與謝翎等人打了一個照面，那人登時愣住了，正欲再退回門裡去時，裡面的人卻眼尖，有那嘴快的已脫口喊道——

「謝解元！」

謝翎抬頭望過去，只見是一名不認識的人，他禮貌地衝對方一頷首，目光落在那開門的人身上，略微挑了一下眉，不知是不是該為對方覺得倒楣了。那人竟然是當初會試第一場，放頭牌時出言羞辱他的劉午陽。

雅間裡立即有人迎出來，熱情地拱手邀道：「幾位同年請了，相逢即是有緣，我們這裡還有幾個虛位，幾位不如進來一同暢談一番？」

雅間裡也傳來附和之聲，顯然還有不少人。對方態度實在殷切，姿態又十分有禮，若是他們一行人就此走了，恐怕日後會落人口實。謝翎與晏商枝對視了一眼，對那人頷首道：「既然如此，那我等就叨擾了。」

那人忙道：「怎麼會？快請入座。」

待四人進了雅間，才發現裡面的空間很大，為了迎合這些讀書人，擺設也甚是雅致，左右牆壁兩側放著長條案，十數人相對而坐，右邊這一側空出來四個位置，剛好夠謝翎四人入座。

雅間內安靜了片刻，之前邀請謝翎一行入座的那人起身拱手道：「在下姓孔，名佑霖，表字文海，還未請教幾位同年名姓。」

聞言，謝翎幾人皆報了名姓和表字，雅間內又響起一陣寒暄，每個人都熱情地說著客套話，彷彿多年不見的舊友一般，十分熱絡。

酒過三巡，謝翎總覺得有人在看自己，他敏銳地抬起頭來，對上一雙眼睛，是個二十來歲的青年書生，坐在他的正對面，穿著葛色的袍子，模樣雖然文氣，只是看人的目光有些銳利，無端給人一種自負的感覺。他顯然是在打量謝翎，眼神中帶著幾分品評的意味，謝翎並不是很喜歡這人，遂略一頷首，便別過頭去，與晏商枝說起話來。

孔佑霖高聲道：「閒話也說過了，今日咱們是以酒論詩，酒既然已經上了，那麼就該說說詩了，各位說是不是？」

孔佑霖顯然是這一場宴會的發起者，在這一群士子中頗有幾分威望，他一說完，便有不少人附和。

「文海兄說得是。」

「好！」

「誰先來作一首？」

孔佑霖還沒說話，便有人提議道：「今日咱們這裡一共有兩個解元，不如由他們起個頭，各位覺得如何？」

這話一出，便有人立即附和道：「倫達兄說得有理！」

「不錯、不錯，一個謝解元，一個顧解元，咱們這個詩會當真是人才輩出啊！」

謝翎下意識地往對面那人望去，只見他面上帶著微笑。

孔佑霖也覺得這提議甚好，便向那人開口問道：「寒澤兄以為如何？」

那人笑著，道：「在下悉聽尊便。」

孔佑霖十分滿意，又望向謝翎，詢問道：「慎之賢弟覺得呢？」

謝翎頷首。「可以。」

孔佑霖很是高興。「那就請寒澤兄先來，咱們以酒會詩，不如以酒為題，如何？」

聞言，那位顧解元便站起身來，向謝翎拱了拱手，道：「肅州顧梅坡，表字寒澤，獻醜了。」

雅間裡一片安靜，沒有一絲聲音，眾人都屏息等待著他開口。

顧梅坡背著手，踱了幾步，忽而停下，開口吟道：「不惜千金買寶刀，貂裘換酒也堪豪，一腔熱血勤珍重，灑去猶能化碧濤！」

他聲音一落，立即有人大聲呼道：「好！」

「好一個灑去猶能化碧濤！」

「寒澤兄高才！」

「好詩！好詩啊！」

「不愧是寒澤兄！」

讚聲一片，顧梅坡矜持地笑了笑，拱手道：「諸位過獎了。」他說完，便看向謝翎，道：「慎之賢弟，請。」

雅間內又恢復一片寂靜，所有人的目光都朝謝翎看過來，似乎想要看看他究竟能做出什麼樣的詩來。

謝翎不慌不忙，站了起來，衝左右拱手，坦言道：「在下於詩文一道不甚擅長，今日作一首，讓諸位見笑了。」

這時孔佑霖朗聲笑道：「慎之賢弟不必自謙，請。」

謝翎頓了頓，腦子裡開始思索著，片刻後，他的目光落在了對面的牆上。這雅間本就是百味樓老闆為了迎合應試的舉人士子們特意安排的，所以無論是桌椅，又或是擺設，都頗得文人墨客們喜歡，牆上還掛著一幅畫，畫上是一個老叟，正坐在一葉扁舟之上釣魚，腳邊還擺著一個酒罈子和一個碗。

謝翎開口慢慢地吟道：「一蓑一笠一扁舟，一丈絲綸一寸鈎，一曲高歌一樽酒，一人獨釣一江秋。」

顧梅坡下意識地轉過頭去，目光落在了謝翎身後的那幅畫上，不只是他，很多人都記起了這幅畫，它就掛在進門左邊的牆上，幾乎在場所有人都看過它。

空氣安靜片刻，忽然一個聲音響起來，伴隨著擊掌聲。「好！好詩！」

掌聲一下一下，打破了這寂靜。

謝翎循聲望去，見鼓掌之人竟然是顧梅坡。

所有人都回過神來，咀嚼著謝翎方才吟的四句詩，又看向那幅畫，只覺得無比貼切，寥寥幾句，便將這畫中的意境描寫得淋漓盡致，不可謂不高明。

稱讚聲此起彼伏，謝翎與顧梅坡對視片刻，皆從彼此的眼中看到了棋逢對手的意味。

過了片刻，顧梅坡慢慢地唸道：「一人獨釣一江秋。」他唸完便呵地笑了，道：「慎之賢弟實在是過謙了，若這都叫做不擅長作詩，那我等豈不是成了那目不識字的白丁了？」

聞言，謝翎笑笑，謙虛道：「哪裡，不過是取巧罷了，遠不及寒澤兄的那句灑去猶能化碧濤。」

兩人互相捧了幾句，這一回合打了個不相上下，也算是過去了。

孔佑霖又道：「既然寒澤兄和慎之賢弟都作了詩，接下來誰來？」

此時便有人推舉道：「請季華兄來！」

「季華兄，請！」

直到夜幕四合的時候，桌上的酒已不知過了幾巡，眾人都是喝得一身酒氣，神志清醒者寥寥無幾，更不要說楊曄這個貪杯之人了，他面色通紅，兩眼恍惚，要不是錢瑞托著他，恐怕整個人都要滑到地上去了。

晏商枝雖然也喝了幾杯，但是顯然他酒量不錯，眼神清明，對謝翎道：「我們先回去吧！」

其餘的人也三三兩兩地告辭了，走起路直晃悠，醉態不輕，同鄉認識的幾個人，拽得拽、扶得扶，相偕著離去，雅間裡很快便空了，唯餘一片杯盤狼藉。

謝翎他們幾個準備出門的時候，卻見對面的顧梅坡慢慢地站了起來，他雖然也喝了不少，但是與晏商枝一樣，除了臉色有些發紅，看起來如沒喝過酒一般。

他叫住謝翎，拱了拱手，道：「後會有期。」

謝翎望著他，過了一會兒才回禮。「後會有期。」

兩人對視片刻，謝翎微微頷首，轉身離開了。他有一種強烈的預感，此人日後若非友，必為敵。

暮春三月間，夜晚還有些寒涼，尤其是在京師這種北方，一出百味樓，冷風撲面而來，吹得人面皮發冷，原本有些混亂的思緒也瞬間清明起來。

楊曄更是凍得一個激靈，從錢瑞的肩上支起頭來，迷迷糊糊地道：「喝……喝完了？」

晏商枝道：「沒有，還有三罈酒沒開封呢，您再來點兒？」

楊曄的眼睛都沒張開，聽了連連擺手，道：「不、不成了，不喝了、不喝了。」

錢瑞和謝翎都笑了起來。

錢瑞道：「不喝了，師弟，回去了。」

聞言，楊曄張開眼睛，看了看四周，醉醺醺地道：「走、走，回去。」

一行四人順著長街往鼓東街的方向走去，一路上兩旁店鋪林立，人群熙攘，燈火通明，天已經完全黑下來了，帶著寒意的夜風吹拂而過，叫人不由得一顫，腦子清醒許多。

華燈初上，整個東市燈火通明，將京師的夜空都照亮了，繁華如斯，冠蓋滿京華。

謝翎望著那些遙遠的燈火，忽然想起了他與阿九每日走過的城西長街，竟與眼前這條街十分相像。他不自覺地轉頭看過去，身邊卻空空如也，一種悵然忽而湧上心頭。是了，阿九不在這裡。

遠處的夜幕之上，寒星熠熠，兀自閃爍著，謝翎一邊走，一邊盯著它看，心思已經飄到了遠在千里之外的蘇陽城，腦中想著，阿九現在在做什麼呢？這時候她應該已經離開醫館，往城西家的方向走了。

此時的她是否也與他一樣，正望著天上的這一顆小小星子？

遠在千里之外的蘇陽城，施嫿路過城西的街市，往清水巷子走去，燈籠光芒暖黃，卻顯得有些昏暗，兩側的人家傳來說話的聲音，婦人的呼喚、孩童的嬉鬧，還有絮絮的談話聲，越發顯得巷子裡清冷。

施嫿走過空盪盪的巷道，到了自己家門前，推開院門，空氣中瀰漫著早春植物生長時特有的清新氣味，和著夜風吹拂過來。

院子裡靜悄悄的，門窗緊閉，漆黑一片，施嫿將門上了閂，然後往廚房走，照例開始準備做飯，打水淘米洗菜，水聲在安靜的空氣裡顯得十分清晰，讓人心中無端生出幾分清冷寂寥來。

太安靜了，謝翎離開了半個月，她還是覺得有些不習慣，太靜了，彷彿此間只有她一個人。過了許久，她開始背起醫書。「尺寸俱浮者，太陽受病也，當一、二日發，以其脈上連風府，故頭項痛，腰脊強。」施嫿將切好的菜放入碗中，口中繼續背道：「太陽病，發熱，汗出，惡風，脈緩者，名為中風。太陽病，或已發熱，或未發熱，必惡寒，體痛，嘔逆，脈陰陽俱緊者，名為傷寒。」

背到這裡，她的聲音戛然而止，倒不是不會背了，而是施嫿霎時間覺得，空氣竟然如此安靜，靜到她甚至能聽到有水聲不知從哪個角落傳來，一滴一滴落下，發出一聲聲輕響，整間房子彷彿獨立於世界之外，寂寥冷清。

施嫿在案前站了一會兒，她忽然聽見那些水聲漸漸響了起來，連成了一片，這才恍然回過神來，原來是下雨了。

今春的第一場雨，終於姍姍來遲了。

都說春雨貴如油，小雨一連下了幾日，農人都趕緊趁著這個時機播種翻地，整個蘇陽城都籠罩在濛濛的煙雨之中，眺望遠山時，雲霧翻湧，猶如仙境。

到了第六日的時候，天氣才終於放晴，施嫿坐在窗下給病人問診，明媚的陽光透過窗紙灑進來，將整個大堂映得亮堂堂的。

等送走了病人，林不泊才想起了什麼似的，開口道：「嫿兒，過一陣子，我要去徐州購買藥材，妳去不去？」

「買藥材？」施嫿有些吃驚，她沒想到林不泊會忽然與她提起這個。

林不泊解釋道：「去徐州時，會路過臨茂邱縣，妳小時候不是邱縣的人嗎？要不要順便回去看看，家裡可還有人在。」

施嫿過了好一會兒才反應過來，是的，她的故鄉在邱縣，到如今，她已有很久沒有想起這個地名了，一眨眼就是這麼多年過去。

邱縣現在還有些什麼呢？

二十七日的清晨時分，寒露尚重，到處都瀰漫著濛濛的白霧，施嫿穿著一身青色的男式布衣，將頭髮梳了起來，看起來頗有幾分翩翩少年的俊俏模樣。

便是林家娘子都笑嘆道：「可惜了，嫿兒要是個男兒身就好了，我若有個閨女，都想嫁給她。」

林不洎笑她。「說什麼胡話呢？外面寒氣重，進屋去吧！」

林家娘子不肯，與林寒水夫婦站在懸壺堂的門口，看著他們上了馬車，一路順著長街往蘇陽城門口駛去。

官道兩旁都是田地，薺菜青青，農人在其中忙著耕種，遠遠望去，如細小的螞蟻一般，頗有趣味。

施嫿已經很久沒有出過遠門了，當初她是和謝翎坐著馬車到了蘇陽，從此就再也沒有離開過，如今謝翎去了京師，只剩下她一個人了。

想到這裡，施嫿心中不禁生出幾分孤寂之感來。謝翎已經長大了，像是一隻雛鷹的翅膀終於長成，飛往天際，此後他的人生即將踏上新的路途，開啟嶄新的一卷，而她或許就會在蘇陽城，在這個煙雨江南中，慢慢過完這漫長的一生。

施嫿從未想過去京師，那兩個字被人提起時，她都會覺得一陣心悸，隨之而來的是巨大的恐慌。關於那一場大火以及太子李靖涵的噩夢已經糾纏了她近十年，直到如今，她仍舊沒有勇氣去正視它。

或許有朝一日，等李靖涵死了。

不過，那一天要什麼時候才會來臨呢？

施嫿漫無邊際地想著，她一路上走神兒得厲害，看在林不洎眼中，卻是她思鄉情切的表現，為了舒緩她的情緒，林不洎主動與她說起從前出遠門時的事情，漸漸地，施嫿也沒有時間去想那些有的沒的了。

馬車一路走了十來日，非常順利，就連老天爺都很給面子，一滴雨都不曾下過，連日天氣十分晴朗，適宜趕路。

林不泊以手遮住明媚的陽光，向遠處眺望，忽而道：「嫿兒，臨茂省到了。」

聞言，施嫿立即往外看去，只見前面是一大片農田，綠油油的，兩側俱是高聳的青山，這十幾日趕路過來，入目之處，全部都是或深或淺的綠色，看得人都麻木了，所以施嫿盯著前面看了半天，也沒有看出點什麼來，大概是因為她離開得太久的緣故。

進入臨茂省之後，林不泊便向遇見的人問路，又走了三日，前面出現了一個小鎮，施嫿終於看到了她覺得眼熟的地方。

「伯父，前面就是邱縣了。」

林不泊聽了，「啊」了一聲，道：「到了啊？」

施嫿笑道：「是。」

林不泊打量著前面那個小鎮。「妳家就住在這鎮子上嗎？」

「不是。」施嫿解釋道：「還要再走個十來里路，才到我們的村子。」

林不泊應了一聲，道：「那就去你們村子。」

施嫿搖頭拒絕了。「不必了，伯父，我自己去便可以，那邊都是小路，馬車過不去的。

您先去徐州吧，到時候我自己回蘇陽便可以了。」

林不泊聽了這話，下意識地拒絕道：「這怎麼行？我既然帶著妳出來，就得帶著妳回去；再說了，妳一個女孩子，一個人上路多危險。」

施嫿笑道：「伯父不要太小看我了，我九歲時便從這裡逃荒出去，走到了蘇陽城，怎麼長大了反倒不安全了？」

林不泊還是不答應。

施嫿又勸道：「這裡是我自小長大的地方，還有認識的父老親戚，伯父放心便是。」

林不泊想了想，嘆了一口氣。「我出來時，妳伯母便與我說，妳主意正，輕易勸不動妳，我還道不信，如今看來，還是妳伯母瞭解妳啊！」

施嫿笑笑，眨眨眼道：「伯母疼我。」

林不泊也笑著搖頭，拿出一個小包裹，道：「這裡面是一些銀錢，妳且拿著，切記莫露了白，叫人看見了，萬事小心謹慎，我到時候從徐州回來，就來接妳。」

施嫿思索片刻，搖頭道：「伯父不必來了，五、六月間就是梅雨季節，天氣潮濕，藥材不好保存，您還是直接趕回蘇陽，路上別耽擱了。」

聞言，林不泊猶豫許久，見施嫿堅持，只得答應下來。

兩人說話間，馬車已經緩緩駛入了邱縣，施嫿與林不泊道別，拿起自己的包裹行李，從車上跳下來，笑著道：「伯父，路上小心。」

林不泊探出頭來，仔細叮囑道：「妳也要多加小心，萬事保重，有事記得寫信回蘇陽。」

施嫿答應下來，揮了揮手，道：「伯父一路順利。」

林不泊看著她，點點頭，放下了車簾，馬車轔轔往長街盡頭駛去，很快便消失在拐角處，不見蹤影。

第十七章

施嫿站了一會兒，抬頭看了看天色，此時正是上午時分，陽光明媚。

這時，有人大著膽子上來問道：「這位小哥，是哪裡來的？」

因施嫿穿著男裝，所以那人沒認出來。她笑了笑，道：「我是梧村的，剛從隔壁縣走親戚回來。」

那人聽了，覺得無甚新鮮事情可以打聽，頓時有些失望，只是隨意與施嫿寒暄幾句，便轉身走開了。

施嫿緊了緊肩上的包裹，然後轉過身，朝記憶中梧村的方向走去。

都說近鄉情更怯，施嫿卻沒有這般的感覺，興許是因為，梧村距離她太過遙遠了些，她上輩子九歲離開了這裡，直到死去時，都沒有再回來過，等她重生了之後，只在梧村待了短短一個晚上，第二日又與鄉親父老們開始逃荒，來去匆匆。

直到如今，邱縣梧村於她來說，只是一個普通的名字罷了。

四月間，太陽烘曬得植物散發出清新的氣味，沒多久，施嫿就找到了幾分熟悉的感覺，這感覺很奇妙，就像是原本只有一星半點兒的模糊記憶，隨著腳步往前，漸漸變得清晰，將那些殘缺的記憶一一補齊。

她深吸了一口氣，加快腳步，轉過山坳，一個小小的村莊便出現在遠處，梧村到了。

梧村依山而建，在施熾的記憶中，村子裡生長了許多槐樹，每到四、五月，槐花開得很旺，雪白雪白的，兄長常常帶著她去爬樹摘槐花，回到家裡，娘親會做槐花餅和槐花飯，那都是很遙遠的記憶了。

如今施熾走在小徑上，只覺得那個村子十分熟悉，又十分陌生，記憶裡的槐花已經開了，她甚至能聽見孩童打鬧時發出來的嬉笑聲，還有大人們呼喝的聲音，可是她已經不認得村子裡的人了。

很快便有人發現，村子口來了一個陌生人，孩子們伸頭探腦地張望，滿眼都是好奇，這個人是來做什麼的？

有孩子大著膽子問她。「小哥哥，你是貨郎嗎？」

不等施熾回答，他們便七嘴八舌地說開了。「貨郎賣的是什麼呀？」

「他不是貨郎，他沒有挑擔子！」

「可是他揹著包袱，說不定東西就在包袱裡！」

「不對，那麼多東西怎麼可能裝在包袱裡？」

「那你問他！」

「我才不去！」

「……」

孩子們既大膽又害羞，嘻嘻哈哈地奔跑著打鬧，他們也不跑遠，追追打打地跟在施𡠾身後，好似一串小尾巴，又像是在看熱鬧和新奇，不肯散去。

施𡠾忍不住微笑了一下，循著小徑，往自己家的方向走去，所幸她還記得路。

施𡠾的家在村西的位置，和村子之間隔著田地和半個山坡，所以其他人家都住得近，唯有他們家要遠一些。

孩子們追追打打，跟在她後面跑，小徑兩旁的野草已有齊腰深了，因為無人打理，野心勃勃地想要霸占了這一條小徑。

村西很快就到了，施𡠾也看到了自己家那座熟悉的院子，不，已經不能說是熟悉了，屋子年久失修，屋頂早已破破爛爛，瓦片脫落，到處都是凹陷的洞，屋頂甚至長滿了荒草，屋側的草棚子也已塌了。

處處面目全非，若說還讓施𡠾有些印象的，就只有門前那個裂了縫的大石磨了，縫隙裡長著青苔，滿院子裡的雜草足足有人的腰身高。

這一切與施𡠾的記憶相差甚遠，她在院門口站了許久，直到那些孩子們用古怪的目光望著她，望著這個外來的、陌生的貨郎，他們小聲地議論起來。

「他怎麼了？」

「我覺得他想哭。」

「呸呸，他是大人啦，怎麼會哭？你以為他跟你一樣嗎？」

「就是嘛，你們看。」

施嫿驚訝地抹了一下臉，若不是天氣晴朗，她幾乎以為這是下雨了，她確信自己沒有難過的情緒，可是為何會有眼淚呢？

或許是因為那些已經逝去，印象模糊的記憶吧？

久別重逢，故地卻已物是人非事事休。

記憶中熟悉的痕跡已經完全不見了，施嫿轉過身來，陽光刺入她的眼睛。院子的斜對面就是山坳，是離開梧村的必經之路，許多年前，她的哥哥揹著竹簍，不顧施嫿的呼喊，義無反顧地走過那個山坳，離開了梧村。

時隔多年，施嫿早已不恨他了，只是如今想起，唯餘茫然。人生如此漫長，又有誰不會離開呢？只是或早或晚的事情罷了。

她忽然想起了遠在京師的謝翎，終有一日，謝翎也是要離開的。

施嫿沒有驚動任何人，梧村的孩子們只知道村裡來過一個奇怪的大哥哥，他在村西那座荒廢的屋子站了好久，還掉了眼淚，然後又走了。

施嫿去了縣裡，找了一家客棧住下，邱縣是個很小的縣城，客棧也甚是簡陋，不過施嫿並不嫌棄，當年逃荒的時候，她什麼地方沒睡過？

客棧裡，寒燈如豆，天雖然黑了，但是距離睡覺的時間還有點早，施嫿撥了撥燈芯，燭光又漸漸亮了起來，她從包袱裡翻出了一本醫書，就著那燈光開始看起來。

她看得很認真，等到回過神的時候，忽然想起，今天已經四月十四日了，明天，會試應該就要放榜了才對。她慢慢地合上書，有些出神。

不知謝翎現在在做什麼？

京師，放榜前夕，禮部貢院大堂裡的氣氛僵持，幾個主考官站的站、坐的坐，表情肅穆，明顯是發生爭執。

填榜的房官就站在案桌後面，不敢吱聲，等著這些考官們討論出個子丑寅卯來，才敢往榜上填名字。

曹勉把手中的朱卷往桌上一放，道：「若論才學，我覺得此人更好，范大人，您說呢？」

范飛平點點頭，道：「曹大人說得有理。」

竇明軒也慢慢地推了一下手中的朱卷，道：「這人的卷子，諸位大人都看過的，當時都同意點他做會元。」

「當時是當時。」曹勉有點不耐煩地道：「一山更有一山高，竇大人沒聽過嗎？」

竇明軒寸步不讓。「曹大人手中那張試卷，才學有餘，深度尚且不夠，區區以為不能點做會元。」

曹勉瞪著一雙眼睛。「你——」

竇明軒一副軟硬不吃的樣子。

曹勉又去看范飛平，問道：「范大人以為呢？」

范飛平是和稀泥的一把好手，聽了這話，「哎呀」一聲，道：「私以為，兩份卷子都有其獨特之妙處，若真要比較，還是沒法子比，都說文無第一，武無第二，不好說啊！」

全是廢話！曹勉簡直想翻白眼了，耐著性子道：「可會試就是如此，一場考試總不能出兩個會元。」

范飛平哈哈一笑，道：「曹大人說得也是，那就請閣老裁決嘛！」

曹勉一下子不說話了，所有人都把目光投向在太師椅上坐著的元閣老，等著他開口發話。

元閣老微微閉著眼，一副老神在在的模樣，聽了這話，睜開眼睛，對上眾人的目光，看了一圈，他才開口道：「彌封拆了嗎？」

曹勉答道：「已經拆了。」

元霍問那填榜的房官，道：「其他人都填好了？」

那房官答道：「回閣老的話，都填好了，只有會元和亞元尚未定下。」

元霍又問：「都各錄了多少人？」

房官連忙答道：「按朝廷規制，南卷取一百六十五人，北卷取一百零五人，中卷取三十人，如今中卷已取滿了。」

很明顯，竇明軒和曹勉起爭執的這兩份卷子，分別一份是南卷，一份是北卷，而為什麼起爭執，也非常明顯。

竇明軒是南方人，而曹勉則是北方人。文人之間，也是有派別的，分為南派和北派，自古時起，兩方便有爭端，雖說沒有擺到明面上來，但是暗地裡的爭鬥和偏見還是存在的，文人相輕，自古有之。

曹勉緊張地抓了一下那朱卷，表情有些陰沈。

此時元霍開口道：「卷子拿過來，再仔細看看。」

聽了這話，曹勉和竇明軒一同上前，各自將手中的卷子推到元霍面前，道：「閣老請看。」

元霍低頭，眼睛半瞇起來，拉長了距離看，旁邊有小吏連忙端著燭臺湊上去，好叫他看得更清楚些。

他一邊看，一邊喃喃唸道：「謝翎，東江省慶州府蘇陽縣人，宣和二十九年解元。」

曹勉的心一下子就提了起來，立即看了竇明軒一眼，卻見對方眼觀鼻、鼻觀心，臉上什麼表情也沒有，只一味地沈默，這沈默更是令曹勉心中焦灼。

此時元霍又唸道：「顧梅坡，古陽省肅州府慶安縣人，宣和二十九年解元。」他唸到這裡，就停住了。

曹勉抬頭看向他，只見元霍正捋著鬍鬚，盯著那兩份卷子，面上的神色若有所思。

過了一會兒，元霍才慢騰騰地道：「這兩份卷子都不錯，不相上下。」

聽了這話，曹勉心裡越發忍不住了，恨不得直接開口喊。您老就給個痛快話，到底點誰做會元啊？

元霍又沈默了片刻，才伸出指頭點了點，道：「就這份卷子吧，宣和三十年的會元。」

曹勉心裡一下子就喪氣了，抬頭去看元霍點中的那張卷子，隔得遠，卷子又都是朱筆謄抄過的，他一時看不太清楚，耳邊響起小吏的唱名聲。

「亞元，謝翎，東江省慶州府蘇陽縣人。」

「會元，顧梅坡，古陽省肅州府慶安縣人。」

曹勉的眼睛一下子就睜大了，難以置信地看向元霍。

元霍已經放下那兩份卷子，道：「成了，請孔大人過來蓋印吧！」

填榜之後，有專門受欽命的鈐記大臣帶著印來，在榜上蓋禮部大印，只等明日一早張貼於禮部貢院的門外，昭告天下。

直到那印都蓋好了，所有人紛紛來恭賀曹勉，畢竟曹勉薦出了一名會元，當然值得恭喜，但是他的表情還未調整過來，因此顯得有些滑稽。他之所以寧願尋求范飛平的意思，也不願意問元霍，其原因就是因為，元霍元閣老，他原本是南派出身的文士！

直到榜都寫好了，曹勉也沒想明白，怎麼元霍竟然願意點一名北方的士子作為會元？

外面的長廊中，竇明軒跟在元霍身後，走了幾步，才叫一聲。「閣老。」

元霍停下，詢問性地望向他。

竇明軒直視他的目光，道：「我並無任何私心，那謝翎的文章確實比顧梅坡的要好，並不是因為他是南方士子才薦他，但最後閣老卻點了顧梅坡做會元，我只是想問一問，可是為了避嫌？」

「不為避嫌。」元霍轉過身來，坦然道：「兩人都是解元，正如我之前所說，他們才學相當，甚至我與你一般，更欣賞那個叫謝翎的學生，只是有一件事，你忽略了，他太過年輕了些，如今才十七歲。」他說：「對於這位學生來說，現在就點他做會元，不見得是一件好事。」見竇明軒怔了一下，元霍又道：「也不知究竟是誰薦他做的解元，若是當初他鄉試就遇上我，恐怕連解元都做不上，鋒芒露得太早，可惜。」他說了一句可惜，又嘆了一聲，對竇明軒道：「若非你一力薦他，甚至不惜與曹勉起了爭執，恐怕這次杏榜之上，都不會有他的名字。」

直到元霍走了以後，竇明軒才反應過來，臉上浮現出若有所思的神色。他倒是沒有注意到元霍考慮的問題，如今仔細一想，卻又覺得不無道理，確實，太早踏入官場，對於那位學生來說，不是一件好事。

他心中隱約有些贊同元霍的做法了。

四月孟夏，天色還未全亮，遠處遼闊的夜空中零星點綴著幾顆星子，這一日有些不同尋常，乃是會試放榜日。

清晨時分，禮部貢院門口就擠滿了人，場面頗為震撼。

楊曄咋舌道：「這人真多啊！」

可不是，一眼望去，黑壓壓的全是人腦袋，摩肩接踵，都擠在貢院前面，周圍全是車馬嘶鳴，人聲鼎沸。

錢瑞看了一會兒才道：「這、這如何能進得去？」

楊曄的嘴角抽了抽。「擠進去？」

謝翎看了看，才道：「先等等再說，榜還未放，擠進去也無用。」

聞言，晏商枝拿著摺扇敲了敲手心，道：「我們去茶樓坐坐。」

貢院對面有一個茶樓，平常時候，這茶樓生意冷清，沒幾個客人，等到了放榜之日，茶樓的生意便好了起來，連位置都沒有了。

茶樓小二忙得腳不沾地，晏商枝拉來一個，那小二連連擺手。

「客官莫見怪，沒有座了，沒有座了！」

晏商枝道：「我昨日訂了位置，如何就沒有了？」

那小二愣了一下，連忙問清了晏商枝訂的座位之後，一邊道歉，一邊引著幾人往樓上去。

等到了雅間，四人坐定，茶便送上來了。

謝翎端起來喝了一口，他們這個雅間位置很好，靠在窗邊，正對著貢院大門，能夠十分清楚地看見貢院放榜的高牆。他掃了一眼四周，說是雅間，其實就是拿幾個屏風將一間大屋子隔開來，是以左右的交談都能聽個大概，人聲嘈雜無比。

但是在這嘈雜聲中，右側的雅間則是顯得十分安靜，安靜得令他不由自主地分散了些注意力在那邊，片刻後，終於有一個男子聲音傳來。

「還未放榜？」

另一個聲音答道：「沒有，五更才放榜。」

後面這聲音平常得很，但是聽在耳中，總覺得莫名有一種小心翼翼的恭敬態度，謝翎仔細聽著。

之前那個男子聲音道：「嗯，等著。」

後面那人還想說點什麼。「您——」

「來了。」男子的聲音打斷他。

與此同時，謝翎下意識地轉頭朝貢院的方向看去，只見裡面出現了沖天的火光，火把在微亮的天光中顯得極其醒目，一道洪亮的鐘聲傳了出來，有人從貢院裡出來，將人群如潮水一般分開，人們頓時激動起來，瘋了似地朝前面湧去，彷彿要撲向那些火把。

為首的幾人手中拿著杏黃的大紙，貼在了貢院的東牆之上，上面寫著斗大的四個字：禮部貢院。

楊曄和錢瑞皆是屏住呼吸，便是晏商枝都凝神朝那邊看去。

楊曄低聲道：「放榜了。」

霎時間，整座茶樓彷彿都安靜下來，所有人的目光都投向那四張黃紙，恨不得自己生了一雙千里眼，好把上面的名字一一看個清楚仔細。

天漸漸亮了，坐在茶樓裡的考生們終於按捺不住，紛紛起身離去，準備去看那杏榜，沒多久，二樓只剩下零星幾桌人。

楊曄也有些坐不住了，道：「我們也下去看看？」

晏商枝慢條斯理地道：「不急。」

楊曄瞪他。「你不急，我急！」他能在這茶樓上坐這麼久，已經是用光了畢生的自制力了，茶水都喝了一肚子，走起路來咕嚕直響。楊曄又看向謝翎和錢瑞，試圖找個同盟。「慎之、錢師兄，我們下去看嗎？」

錢瑞倒是動了動，想說點什麼。

謝翎卻道：「不去。」

「……」見鬼了！正當楊曄急得坐不住的時候，樓梯上傳來跑步的聲音，十分急促。

一個小廝打扮的少年跑了上來，正是四兒，他左右張望，很快便看到了謝翎這邊，衝過來拱手，氣喘吁吁地道：「公子，小的看過榜了！中了！中了！」
楊曄猛地站起來，瞪圓了眼睛，抓住他問道：「你說清楚些，到底是誰中了？」
四兒大笑道：「都中了！四位公子全部榜上有名！恭喜！大喜！」
隔壁傳來一個驚訝的聲音，在安靜的二樓顯得有些清晰，惹得謝翎略微撇了撇頭，很快他又轉了回去，拿了一個茶杯倒了一杯茶，推過去給四兒道：「喝口水，先喘喘氣。」
「多謝公子！」
四兒咕嚕、咕嚕喝完一杯茶後，從懷裡掏出來一張紙條，笑著道：「小的全部抄下來了！喏，錢公子，第一百九十四名。」
錢瑞用力捏緊了手指，同時如釋重負地吐出一口氣來，然後衝眾人露出一個憨厚的笑。
「楊公子，第兩百八十七名。」
楊曄也長舒了一口氣，笑著道：「這回妥了，回去得跟我爹好好炫耀一回。」
四兒笑咪咪地繼續唸道：「公子，您是第一百六十四名，也很厲害了。」
晏商枝笑笑，反而問道：「慎之是第幾名？」
四兒嚥了嚥口水，大笑著道：「謝公子乃是第二名！恭賀謝公子！」
空氣靜寂了一瞬，楊曄像是沒聽清楚似地問道：「你再說一遍，第十二名？」
四兒笑著糾正道：「是第二名！謝公子中了第二名！亞元！」
楊曄震驚地一拍桌子，差點把杯盤、茶盞都給震下地去。幾人俱是一臉驚喜，尤其以楊曄最為激動，撫掌大笑，向謝翎道：「慎之！慎之！你居然是第二名！」他笑著，忽而又扼腕嘆息道：「怎麼是第二名？往前挪一挪，就是會元了啊！」

晏商枝嘲笑他道：「會元豈是那般好中的？」

便是錢瑞在短暫的震驚之後，也跟著道：「敬止，我覺得第二名已很不錯了，夫子若是得知，也定然會十分高興的。」

謝翎到底是少年人，他聽罷便笑了起來，目光往那貢院前掃了一眼，人群熙熙攘攘，仍舊推推搡搡著看榜。「我們先回去吧！」

晏商枝點頭道：「如今榜也看了，是該回去了。」

正當一行四人欲起身的時候，旁邊的雅間裡也傳來動靜，有三個人前後走了出來，打頭的是一個俊朗的青年男子，身著深色錦袍，氣度沈穩雍容，看上去非富即貴，不似尋常人。

那男子與晏商枝對視片刻，晏商枝的眼中露出了明顯的意外，彷彿沒有想到對方會出現在這裡，他拱了拱手，朝那男子行禮。

男子笑了一下，目光略微掃向謝翎，眉頭輕挑，像是有些驚訝似的，然後帶著人離開了。

楊曄好奇地問道：「晏師兄，方才那人是誰？你認得他嗎？」

晏商枝想了想，才道：「有過幾面之緣，他是……」他面上浮現出若有所思的神色來，沈吟片刻後，繼續道：「我從前見他時，他還是三皇子，如今已受封恭王，我方才沒有注意到，他竟然就在我們隔壁。」

楊曄眼睛微睜，失聲道：「竟然是親王?!」

晏商枝見他那副模樣，笑了起來，道：「這就驚住了？要知道，在偌大一個京師，天上掉下一塊瓦片來，砸中的三個人裡面，至少有一個是京官，另外兩個是國公、郡王，日後你見多了，就不足為奇。」他說到這裡，道：「走了，我們先回去吧！」

待回了宅子，謝翎與其他幾人打了招呼，自己回房，攤開筆墨宣紙，開始寫了起來。寫了一張紙後，他擱下筆，唸了一半，總覺得不大滿意，添了幾筆，又皺著眉把紙揉成了一團，扔到一邊。

謝翎又拿來第二張紙，開始落筆，第一筆下去，便覺得不大對勁，又將紙揉掉。一封信，他翻來覆去地寫了整整一個上午，直到小廝來叫他用午膳，這才出去。

等到了廳堂，便見楊曄拿出一封信來，喜孜孜地道：「我給我爹寫了一封信，也好提前報個喜。」

晏商枝道：「不是有報錄人？」

楊曄卻道：「報錄人怎及我親筆信來得好？」他說罷，又問謝翎，道：「慎之，你寫了信嗎？」

「寫了。」謝翎想了想，補充道：「還未寫完。」

楊曄聽了，便把信收起來，道：「那我同你一道送出去。」

用過飯之後，謝翎回了房，繼續投身於寫信大業中，老實算來，這還是他第一次給阿九寫信，平日裡做起文章，下筆如有神助，文思泉湧，筆過之處，俱是花團錦簇的句子，卻沒想到寫信竟然這般難，比考會試還要難。

謝翎皺著眉落筆。

阿九吾姊……

不，不能這麼寫，於是宣紙又被揉成了一團。他頗為苦惱地擱下筆，未來的謝大人，竟然被一個小小的稱呼難倒了。

這一糾結，又是一個下午過去，直到門被敲響的時候，謝翎被驚得回神，他起身開門，卻見楊曄站在外面，一臉疑惑地道：「慎之，你在房裡待了一整日，做什麼呢？」

「沒什麼。怎麼了？有事？」

楊曄衝他舉了舉手中的兩個信封，道：「信呢？我與錢師兄都寫好了，就等你了。」

謝翎皺起眉頭，道：「我還沒寫好。」

楊曄愣了一下，忽然探頭朝門裡看了看，一眼便看見了案桌上成團的紙球，噗哧笑出聲來，道：「你不會沒寫過信吧？」

謝翎厭煩得很，糾結了一天本來就不大好過，楊曄這時候還出言奚落，不由得道：「我許久沒看見阿九，只是不知該如何開頭罷了。」

楊曄笑道：「我還道是什麼，原來是這個！打頭就是阿九吾愛，許久不見，甚是想念……」

他這一句方落，謝翎便突然紅著臉，不知為何，心中彷彿有鼓錘一般，他猛地伸手，把楊曄推開，砰地甩上了門。

楊曄差點被撞扁了鼻子，疼得眼淚都要飛出來了。

屋裡的謝翎快步走到案桌邊，定了定神，將那狂跳的心安定下來，這才重新攤開一張紙，提筆蘸墨，猶豫了半晌，才終於落下了第一個字。

阿九吾……東風握別，倏居朱明，憶清露別離，已逾數月，甚是想念，歸心似箭，無奈……

施嫿在邱縣住了些時日，這一日天氣晴好，她準備在縣裡轉轉，若是無事，便打算租一輛馬車回蘇陽。

施嫿轉過街角，正要往車馬行走去時，忽然聽見一個店鋪裡傳來吵嚷聲。

「去去去，誰賣你的，你找誰去，關我什麼事情？別打擾我開門做生意！」

另一個老人的聲音憤憤道：「這就是在你們店裡抓的藥，怎麼就不認了？這藥抓錯了，吃死了人怎麼辦？你得給我換回來！」

施嫿聞聲，好奇地轉頭看去，卻見那是一間藥鋪，門口站著一個老人，正和那藥鋪夥計爭辯著，老人的手裡還舉著一個打開的紙包，說得臉紅脖子粗，寸步不讓。

那藥鋪夥計不耐煩了。「又不是我給你抓的，你找我做什麼？」

老人眉毛一豎，道：「那就叫你們掌櫃來！」

「掌櫃不在。」這藥鋪夥計滑溜得很，左右就是不肯答應。

老人氣得鬍鬚抖動，指著他破口大罵道：「就你這德行還敢開藥鋪？我一個方子你抓錯兩味藥，五味子抓成五倍子，茯苓抓成土茯苓，其中的藥性天差地別，現在竟然還不肯認，你們遲早要出事！」

這時他們的爭執已經引來不少路人的注意，那藥鋪夥計竟然十分不以為然，只是道：「那你就換個地方抓藥，別來咱們鋪子！」

這種話真是氣得人腦門疼，老人登時連話都說不出來了。

施嫿在心裡搖搖頭，邱縣是個小地方，估計找遍整個縣，也就這麼一間藥鋪，難怪這夥計如此肆無忌憚了。

她聽方才那老者的話，似乎也是一個大夫。施嫿想了想，走上前去，對那夥計道：「你按照藥方，給這位老人家重新抓幾副藥。」

那夥計斜著眼看她。「你說抓就抓，咱們藥鋪是慈善堂嗎？」

施嫿道：「我來付錢。」

聞言，那夥計的臉色立即好轉不少，一伸手。「藥方。」

老人哼了一聲，將藥方往櫃檯上一放，硬邦邦地道：「睜大你的眼睛，仔細看清楚！再抓錯藥，我同你沒完！」

那夥計翻了一個白眼。「您真是有趣，昨兒又不是我給您抓的藥，衝我發什麼脾氣？」他說完，便拿著方子轉身抓起藥來。

老人轉頭看向施嫿，道：「多謝你了，不過這藥錢，還是我自己來吧！」

施嫿看他一身風塵僕僕，粗布長衫上還沾著泥土，鞋邊也磨破許多，看上去十分拮据，遂笑道：「小事罷了，我也是大夫，咱們算是同行，出門在外，幫點小忙不算什麼。」

那老人眼睛頓時一亮。「你也是大夫？在何處坐診？」

施嫿笑笑。「我本在東江蘇陽城的醫館坐診，近日回鄉探親，老人家不是邱縣人？」

老人點點頭，道：「我是平昌人，準備往岑州去，恰好路過邱縣。」

施嫿打量他一眼，疑惑道：「我觀老人家的面色，不像是生病的樣子。」

「是遇上了一戶人家，他們家裡人病了，我順便幫忙看病。」

看病就算了，連抓藥都得老人親自來，估計藥錢也是老人幫忙墊付的，那戶人家家裡想必相當困難；而老人看起來十分拮据，竟能如此竭力相助，讓施嫿不由得生出些許敬佩。「老人家心腸仁厚。」

老人呵呵一笑，道：「總不能見死不救。老朽姓陳，單字一個邁，還未請教小哥名姓？」

施嫿略一思索，答道：「我姓施，單名一個嫿字。」

兩人說著話，抓藥的藥鋪夥計道：「行了，藥抓好了，付錢吧！」

陳老大夫聽了，轉過頭去，對他道：「都打開，我得仔細查驗。」

藥鋪夥計啐了一聲，雖然不情願，但還是把三個紙包都打開了，不耐煩地道：「看吧、看吧，毛病真是多！」

陳老大夫也不理他，逕自對照著一一看起來。

施嫿盯著那些藥，小半會兒才奇異地問道：「恕我拙見，老先生，這方子是治什麼病的？為何我看不出來？」

陳老大夫一邊拿起藥材仔細看，一邊答道：「是治頭風的。」

施嫿眉頭一動，拿起一小片切碎的藥材，問道：「治頭風為何要用白芍藥？」

聞言，陳老大夫耐心地問道：「頭風是因何引起的？」

施嫿答道：「頭風因風寒入於腦髓之中，頭為諸陽之會，病人或是素有痰火，或是櫛沐取涼，或是醉飽仰臥，賊風入腦時，致令其鬱熱悶痛，患者多是婦人。」

陳老大夫點點頭，頗是讚賞，又問：「若照你看來，要如何治？」

「宜涼血瀉火為主，佐以辛溫散表從治，譬如二陳東加蒼術、南星便可。」

陳老大夫卻道：「你說得對，又不對。」

施嫿怔了一下，立即恭敬道：「請老先生賜教。」

陳老大夫道：「你只說對了一部分，頭風還有偏、正之分。正頭風者，滿頭皆痛。偏頭風但在半邊，在左多血虛有火，或風熱；在右多氣虛痰鬱，或風濕。」他道：「你方才說得沒錯，用藥時，確實以宜涼血瀉火為主，佐以辛溫散表從治，但是，外感發者，散風而邪自去，內傷發者，養血而風自除，我的這個方子，名叫四物湯，治的是頭風血虛不足之症。」

陳老大夫說話時，施嫿一直在細細思索，聽完了便恍然大悟，道：「我竟從不知道這些醫理，實在慚愧！」

陳老大夫依舊樂呵呵的，撫著長鬚讚道：「你小小年紀，懂得這麼多，已是十分不易了。」

施嫿卻搖搖頭，認真地道：「從前我也是這般覺得，認為自己的醫術水準足以應付大部分的疾病，但是方才與老人家一談，便發現自己尚遠遠不夠，還須再勤勉學習才是。」

陳老大夫聽了，眼中的讚賞越發明顯了，道：「好、好，你有這份心思便已經很好了。」他想了想，忽然道：「我這裡有件事，不知道你有沒有興趣？」

「您請講。」

陳老大夫一手拎著藥包，一手捋著鬍鬚道：「是這樣，我這次出門，離開平昌去往岑州，是受好友所邀，前去為人治病的，聽說那病人身患異疾，已請了許多有名的大夫看過，依然未有好轉，所以這次想讓我也去看看，我便想著，那裡聚集了許多杏林高手，若能與他們討論交流一番，必然對醫術大有裨益。」

聽到這裡，施嫿已經明白了他的意思，驚訝道：「您的意思是……」

陳老大夫笑笑，道：「不錯，雖是初次見面，但是我對小友頗有好感，小友若是有意，可以與我一同前往岑州。」

聞言，施嫿思索了一下。

陳老大夫道：「不急，你慢慢考慮，畢竟岑州離這兒不近。你若想好了，三日後的清晨，我會再來這裡，你到時候來找我便是。」他說著，便與施嫿頷首揮別，拎著藥包離去。

獨留施嫿陷入了猶豫中。

打心底來說，她是有些心動，正如那陳老先生所說，醫術博大精深，光會背醫書是遠遠不夠的，還需要更多的實踐，否則只會局限於一隅，醫術也有瓶頸。今天與陳老大夫的一番交談，施嫿便看到了自己的瓶頸。

所以對於陳老大夫的這個邀請，施嫿確實有些想去，同時，她也想看一看，在邱縣、蘇陽城和京師之外，別的地方，究竟是怎樣的風景？

三日後的清晨，施嫿收拾好隨身包袱，結了帳，走出客棧，順著長街往前走，大約一盞茶的時間，她就看到了老人的背影，正在藥鋪前等著。

陳老先生見到施嫿很是高興，道：「我正準備走，還擔心你不來呢！」他說著便笑。

「你若不來，我一個人上路，恐怕十分寂寞，兩個人走，正好說說話。」

施嫿笑笑。「承蒙老先生不嫌棄。」

兩人就此啟程，走了半日的時間，便出了邱縣的範圍。一路上，陳老先生一直和施嫿說話，他去過很多地方，也見過很多事情，有什麼奇特的風土人情，或者奇人異事，都會說給施嫿聽，頗是有趣。

施嫿聽得十分有意思，有時候兩人也討論醫理，不知不覺，時間過得很快，到了傍晚，路過一座村莊，便找個人家投宿，待第二日再次啟程。

四月十九日，京師。

會試已經放榜了，有人歡喜、有人愁。

卻說晏府，晏商枝正與謝翎幾人坐在書齋中，楊曄手裡拿著幾張帖子，慢慢地念叨。「同鄉會、論詩會、同年會，啊，這裡還有一張，西苑雅集會，嘖嘖，這都是託了慎之的福啊！」

謝翎卻看了他一眼，道：「師兄想多了，這種帖子，想必他們寫了許多，怕是那杏榜上三百名中舉的貢士都發了個遍。」

晏商枝也笑了。「你想去？」

楊曄摸了摸下巴，道：「去喝喝酒也不錯啊！」

謝翎道：「喝酒倒是其次，宴席中要做文章，吟詩寫對子……」

「罷了、罷了！」不等他說完，楊曄便一臉愁苦地擺手道：「我現在聽見要做文章就覺得頭痛得很，還是不去了！」

就在此時，門外傳來一個中年人的聲音。

「去哪兒？」

「爹。」晏商枝站了起來。

「晏伯父。」謝翎與楊曄三人也都站起身。

進來的人正是晏父，他衝幾人點點頭，道：「還在溫書嗎？」他的目光落在了楊曄手中。

楊曄不免有些尷尬。

晏商枝答道：「沒有，我們幾人在閒聊。」

晏父「嗯」了一聲，又問道：「有同榜給你們遞帖子了？」

「是。」晏商枝指了指楊曄，答道：「好厚一疊呢！」

可不是好厚一疊？都是四人份的，五、六個宴會，加起來足足有二、三十張帖子。

晏父見了，便道：「如今殿試在即，這些宴還是先不要去為好，益處不大。」

晏商枝道：「爹說得是，我們幾個也正是這樣想的。」

晏父想了想，道：「不過座師還是要拜的，這樣吧，你們先做一篇對策，只寫個開頭，明日去拜訪座師。」

這是要他們去送卷頭了。晏商枝幾人對視一眼，紛紛答應下來。

所謂送卷頭，是士子們之間一個不成文的習俗，每次在殿試前，士子們都會去打聽殿試的讀卷大臣都有誰，然後自己揣摩著寫一篇對策的開頭，大約三十餘行，找個門路送給那位大臣看，謂之「送卷頭」。

雖然殿試的題目不為人知，但還是有許多相通之處，最重要的一點是，讓讀卷大臣認得這名士子的筆跡，因為殿試雖然糊名，卻並不易書，一旦士子入了讀卷大臣的眼，有心提拔，那麼他便會在讀卷時甄別出來，在皇帝面前舉薦這名士子。

晏父這樣說，顯然他已知道了讀卷大臣是哪些人了。

第二日一早，兩輛馬車已在晏府門外等候，不多時，一行人從大門出來，打頭的是晏父，他身邊跟著晏商枝以及謝翎三人。

晏父叮囑道：「我這次帶你們去的，乃是元閣老的府邸，他是翰林院掌院學士，內閣閣員，此次會試的正主考官就是他，所以他也是你們的老師，你們若看見他，必要恭謹仔細，執弟子禮，明白了嗎？」晏父當了十幾年的官，說話時總是不疾不徐，十分沈穩。

晏商枝幾人都點點頭，答應下來。

一行人分別上了馬車，往元府的方向駛去。

到了元府，入目便是四個巨大的紅燈籠，晏父領著晏商枝和謝翎等人上前，向那門房道：「我昨日遞了帖子。」
那門房自然認得他，忙笑道：「原來是晏大人，快請進，閣老在等著您呢！」
晏父點點頭，那門房便引著他們一行人進去了。
元府並不大，謝翎打量著，與晏府不相上下，其規模甚至比不上蘇陽城的蘇府。
等到了花廳前，遠遠便見到一個鬚髮皆白的老者坐在案邊，一手撐著膝蓋，另一隻手輕輕敲打著桌几邊緣，他對面還坐了一個人，只是被擋住了，看不見正臉，隱約是個年輕人。
老者手指拈著白子，盯著棋盤思索著。
就在此時，有僕從小聲稟報道：「閣老，晏大人前來拜訪了。」
元霍將棋子往棋盅內一放，起身道：「快請。」他說著，又向對面那年輕人道：「棋藝不錯。」
那年輕人忙站起身來，恭敬道：「承蒙老師誇獎，學生實在汗顏。」他說完，便直起身，正巧與謝翎他們幾人打了個照面，兩方都是眉頭微微一挑。
那人竟然是顧梅坡，本次會試的會元。
謝翎與他對視一眼，便偏過頭去，看晏父與元霍寒暄。
片刻後，元霍將目光移向他們幾人，道：「這幾位是……」
晏父答道：「這是犬子與他的幾位同窗，也中了這次的會試，順便將他們帶過來拜訪您老。」

元霍恍然大悟。

謝翎幾人躬身長揖拜道：「學生見過老師。」

元霍笑呵呵地捋著鬍鬚道：「都是我朝棟梁之才啊！坐，都坐，不必多禮。」

幾人都謝過了，這才在下首各自坐下。

元霍打量幾人一番，笑著道：「寒澤，你也過來。」

顧梅坡答應一聲，走過來在元霍身旁站住了。

元霍介紹道：「這位也中了會試，與你們是同榜，今日過來拜訪我，便拉著他下了幾盤棋。寒澤棋藝不錯，若是得閒，你們或可切磋一、二。」

「老師過獎了。」顧梅坡拱手作揖道：「在下顧梅坡，表字寒澤。」

晏商枝幾人也都報了名字，雖然他們本就認識，但是這回自報名姓可不是說給顧梅坡聽，而是給一旁的元閣老聽的。

晏商枝三人報完了，最下首的謝翎站起身來，拱手揖道：「學生謝翎，表字慎之。」

元閣老笑著撫弄長鬚，打量著他，點頭笑道：「年輕有為，不錯、不錯。」他說著，忽而又問道：「你這個表字，是誰給你取的？」

謝翎坦然答道：「是我的先生，在參加會試之前為我取的。」

元閣老面上浮現出些許若有所思，笑著道：「君子慎其獨也，十分不錯。」他又說了一個不錯，讓謝翎和顧梅坡都坐下，這才又說起話來。

從元府出來後，楊曄長出了一口氣，回頭看了看元府，道：「這位閣老大人十分好相處嘛！」

晏父道：「等來日你們中了進士，入翰林院之後，他便是你們的頂頭上司，掌管著整個翰林院。」

幾人都點點頭。

就在此時，後面傳來了一個聲音。

「慎之賢弟。」

謝翎停下了腳步，卻見喊人的那個正是顧梅坡。

顧梅坡從大門的臺階上下來，笑著道：「想不到今日會在這裡見到你。」

謝翎點點頭，道：「我也沒想到今日會碰見寒澤兄。」

顧梅坡依舊笑著。「不知賢弟在何處落腳？」

「現在住在鼓東街，寒澤兄有什麼事情嗎？」

顧梅坡語氣很是真誠地道：「自從上回一別，我十分仰慕賢弟的文采，你我如今又為同榜，雖說這回僥倖，小勝賢弟一回，不過我還是將你引為知己。」

他雖然這樣說，但是話裡話外的意思，叫人聽了就覺得刺耳。

謝翎翹了翹唇角，笑了一下，道：「寒澤兄自謙了，怎麼會是小勝？會元與亞元差得遠了，希望寒澤兄能百尺竿頭，更進一步，在殿試時也要保持水準，連中三元才好。」他的話不軟不硬，態度也很真誠，彷彿是衷心希望顧梅坡能連中三元似的。

再一對比之前顧梅坡的話，高下立分，顧梅坡簡直是毫無風度可言。

顧梅坡愣在那裡。

謝翎朝他拱了拱手，轉身離開。

楊曄幾人在不遠處等他，自然也聽見了方才那一番話。

楊曄不屑地道：「中了一個會元而已，有什麼好了不起的？竟然還巴巴地跑過來炫耀，實在是看此人不起！」

晏商枝照舊嘲諷他。「便是區區一個會元，也是你無法企及的高度。」

楊曄頓時洩了氣，偃旗息鼓。

晏商枝又看向謝翎，道：「怎麼樣？」

謝翎搖搖頭。「無妨，不必管他。」

晏商枝頷首，一行人便上了車。

不遠處，顧梅坡仍舊站在那裡，半眯著眼望著這邊。

楊曄轉頭看了看，道：「慎之，不知為何，我總覺得此人不是什麼善類。」

謝翎沈默片刻，只道：「日後再說吧！」

轉眼時間倏忽而過，到了四月二十一日，所有士子們矚目的殿試要開始了。

是日大早，卯時初刻，三百名貢士身著袍服冠靴，從皇城的東華門而入，到了中左門附近停下，開始等候點名領卷，而送考生們入場的親屬、隨從也都在這裡停下了。

殿試只考時務策論，所謂「金殿射策」，便是由此而來，時間只限當日，不許續燭。

不多時，便有人來引著貢士們前往保和殿，宮道寬闊無比，無人說話，只能聽見腳步聲，或輕或重，不絕於耳。

宮殿巍峨，此時天還未全亮，遠處的大殿屋簷下還掛著燈籠，沈沈的夜色中，皇宮似乎仍舊在沈睡之中，還未醒來。

保和殿內燈火通明，沒有人敢抬頭四處張望，俱是低垂著頭，目光落在面前的地磚上。三百名貢士皆是按照會試名次，分立大殿兩側，安靜無比，針落可聞。

不多時，有一陣腳步聲傳來，聽那動靜，似乎來的人還不少，終於有人忍不住悄悄抬頭去看，只見滿目都是大紅大紫的袍服，竟是一、二品的朝廷大員，自殿外魚貫而入。

待所有的王公大臣們都站定之後，這時，外面傳來一個尖聲尖氣的聲音喊道。

「皇上駕到！」

所有的貢士們渾身一震，有些忍不住的抬頭去看，只見門口聚集了黑壓壓一片人，肅穆威嚴，那是當今天子的儀仗到了。

升殿之時，作樂鳴鞭，眾人跪伏下去，行三跪九叩大禮，同時三呼萬歲，整齊的聲音在保和殿空盪盪的上空傳開，直震得腳下的地磚都震動起來，威勢赫赫，甚至有膽小之人，連腿都有些發軟了，叩拜完之後，半天爬不起身，還得旁人幫忙攙扶。

唯有少數人尚能從容自若，眼觀鼻、鼻觀心，不東張西望，也未見惶恐畏懼之色，謝翎便是其中之一。

這時，一個聲音高聲喊道：「宣和三十年甲辰科殿試，現在開始。」

「發策！」

所有士子們都在考桌旁坐下來，因為考桌高僅尺許，於是他們只能席地而坐，有那身形過於壯碩的，便不得不把腳縮起來，甚至有把整張考桌都頂起來的，看上去十分滑稽。

題目發了下來，上面寫著第一題：問帝王之政與帝王之心。

謝翎略微皺起眉，伸手拿來硯臺，開始研磨，他的眼睛卻不看墨，只盯著那一行短短的字，像是入了神一般，不知過了多久，忽覺有一道目光看過來，他下意識地回過頭看，卻見是坐在左側的顧梅坡。

顧梅坡收回探究的目光，笑了笑，指著謝翎的硯臺，道：「慎之賢弟，墨要溢出來了。」

謝翎停下手，仍舊沒有看墨，只是望了他一眼，淡淡道：「多謝寒澤兄提醒。」

顧梅坡笑了一下。「不必客氣。」他才說完，謝翎便轉過頭去，似乎方才那一句只是隨口客套而已，顧梅坡一哂，不再看他，繼而將注意力放到了眼前的題目上。

謝翎已經打好了腹稿，開始在宣紙上落下他的第一筆。

臣對，臣聞帝王之臨馭宇內也，必有經理之實政，而後可以約束人群……

金殿之上，皇帝正半倚著，掃視著下面答題的士子們。宣和帝今年五十有四，自他登基那一日起，親政已有三十年，此時他的鬢髮上已出現了縷縷斑白，雖顯老態，卻透露著一股威嚴，尤其是那雙眼睛，精光暗斂，叫人不敢與之對視。

宣和帝今日心情似乎不錯，他半瞇著眼，將整個大殿看了一遍。所有的官員都眼觀鼻、鼻觀心，站在那裡，連衣角都不敢動，恍若泥雕木塑一般，他們倒還好，每日都面見天顏，早已習慣了。

慘的是那些作答的考生們，有那緊張的，額上漸漸冒出了汗，在天子的目光看過來時，握筆的手都有些抖了。

宣和帝看了一陣，目光自然而然落在了御前的那一排案桌上，看到第二張桌子時，眉毛挑動了一下，顯然是有些驚訝，他開口喚道：「元霍。」

「臣在。」

一列官員中有人動了，站了出來，一身朱色官服，髮鬢皆白，正是元霍，跪地行禮。

宣和帝伸手朝旁邊指了指，道：「今年還有年紀這樣輕的舉人？」

元霍聽了這話，立即明白皇帝所指何人，但仍舊順著皇帝手指的方向看過去，看見謝翎的側臉，他低頭寫著試卷，運筆極快，對發生的這一切恍若未聞。元霍恭敬答道：「回皇上，是。」

他仔細看過謝翎的會試試卷，謝翎年僅十七歲，對於其他人來說，實在是小了些，雖說年紀越小，越容易引人注意，也越容易出名，譬如宣和帝，一眼便看見了他，甚至當殿發問，然而元霍卻認為，這對於謝翎來說，並不是一件好事。

宣和帝似乎對於這名最年輕的舉人十分感興趣，繼續道：「朕看他這次會試中了亞元，若是如此，那他豈不是十四、五歲便中了秀才？」

元霍的聲音依舊恭敬。「回皇上的話，此人是東江省慶州府蘇陽縣人，十三歲中的秀才，宣和二十九年中的解元。」

「哦？」這下宣和帝是確確實實驚詫了，又盯著謝翎看了幾眼，道：「那此人豈不是個神童？」

這話卻是在褒獎。元霍屏氣答道：「回皇上，我大乾朝的讀書人數以萬計，然而能夠在十三歲就中秀才的，屈指可數，所以確實如皇上所言，此人能稱得上是神童了。」

君臣這一問一答，說者無心，聽者卻有意，所有人的目光都朝那最前面的案桌看去。

謝翎仍舊在奮筆疾書，全然不受外界的影響，彷彿已經沈浸在其中。

殿試舉行了整整一日，到了傍晚掌燈時分，所有人都要交卷子了，謝翎在試卷上寫下最後一筆，然後把毛筆擱下，就在此時，他的案桌前出現了一道人影，身著朱色的官袍下襬。

謝翎抬起頭來，見那人竟然是元霍，他微微頷首，以示禮節。

兩者目光對視片刻後，元霍轉過頭去，看著監試官開始收卷子。

元霍就這麼站了站，什麼也沒有說，然後走開了。

謝翎默默地收拾好自己的筆墨紙硯，隨著士子們一同離開了保和殿。

第十八章

王府內，一個青年男子坐在窗邊，手裡拿著一本書，慢慢地唸道：「誠者，天之道也，誠之者，人之道也。」他的聲音沈穩，不疾不徐。

門外走進來一名婢女，行禮道：「王爺，竇大人來了。」

恭王的目光仍舊落在書上，口中道：「請他進來。」

「是。」

恭王放下了手中的書，站起身來，走到窗邊，目光遠眺。此時已是夜裡，王府裡早就掌了燈，看上去燈火通明。

一道腳步聲自門外進來，緊接著是竇明軒的聲音。「見過王爺。」

恭王立即轉過身來，笑道：「炳華，你來了，正盼著你呢！」

竇明軒也笑著。「讓王爺久等了，是臣之過。」

「坐！」恭王一揚手，等竇明軒坐定了，才問道：「怎麼樣？可有好人選？」

聞言，竇明軒猶疑著道：「不瞞王爺說，有是有了，只是……」

恭王見他如此，問道：「怎麼？有什麼難處？」

竇明軒答道：「今日在保和殿時，皇上問起了一名舉人，王爺可還記得？」

恭王道：「自然記得，父皇還稱讚他為神童，似乎年齡頗小。」他倏忽便反應過來，望著竇明軒道：「怎麼？你說的人選正是這一位？」

竇明軒答道：「實不相瞞，當初在會試時，臣便薦舉了此人為會元，但是後來被元閣老給發回來了。」

「怎麼回事？」

竇明軒沈吟片刻，道：「臣當時觀此人試卷和文章，行文老辣，且常有驚人之語，是個不錯的人才，若是日後好生栽培，定然會有一番建樹，所以一力推薦。但是元閣老卻只取他為亞元，說他年紀太小了，太過顯眼恐怕不利於他。」

恭王點點頭，道：「元閣老的意思我明白。」

竇明軒道：「是，不過今日殿試，殿下也看到了，此人已引起皇上的注意，甚至當眾稱讚他為神童，以皇上的性格，到時候點他為狀元的可能性很大。」

恭王卻道：「他殿試的卷子你看了嗎？」

竇明軒拱一拱手，答道：「未曾看過，臣怎敢向殿下說起此人？可以說，此人文章做得極好，此次參與殿試的士子們，能與他相提並論者，寥寥無幾。」

恭王背著手，踱了兩步，還是有些猶疑。「可是他看起來，確實年輕了些。」

豈止是年輕，大乾朝自建國以來，已有四百餘年，科舉不知舉行了多少回，還沒出過這麼年輕的狀元。竇明軒卻道：「豈不聞史有甘羅，十二歲稱相？照臣看來，越是年紀小，才越好籠絡。」

這麼說也是，恭王停下了腳步，轉頭看他，像是下定了決心，道：「那就薦他吧！」

竇明軒頓了一下，道：「元閣老那裡……」

元霍之前連會元都不肯點他，這次薦狀元，可想而知他的反應。

恭王卻道：「你只管薦上去便是，元閣老那裡本王自有說辭；再者，狀元也不是誰說點誰就是誰，最後都要看皇上的意思。」

竇明軒點點頭。「臣明白了。」

第二日，文華殿內，所有的讀卷大臣與監試官都集中在這裡，準備批閱昨日的試卷。

竇明軒坐在一旁，看著收掌官拿出試卷，按照讀卷大臣的官階品級依次分發下來，很快便輪到了他這裡。竇明軒旁邊坐的便是曹勉，兩人自從上回因為會元一事，據理力爭得面紅耳赤後，如今表面上看來倒是一團和氣。

曹勉一邊攤開試卷，一邊呵呵笑道：「竇大人，你說今日誰最有希望被點為狀元？」

竇明軒笑了笑，一邊恭敬拱手，一邊道：「此事還須看皇上的旨意。」

曹勉討了個沒趣，不再說話，兀自看起試卷來。

大殿裡面靜悄悄的，竇明軒將目光從試卷上抬起，挪到前面一個背影上，那是元霍。

大殿裡安靜無比，只能偶爾聽見卷子翻動的聲音，竇明軒的心裡卻有些不安，今日推舉狀元，肯定還要起爭執，不說旁人，就是曹勉，他既推了顧梅坡為會元，這次肯定還是要與他吵的。曹勉是吏部尚書，他是禮部尚書，按照往年習慣，都會首推吏部尚書所取之人，所以這一場爭執，竇明軒並不占優勢，除非……

他又望了望前面的背影，心裡嘆了一口氣，拿起筆在試卷上畫了一個點，然後傳到隔壁的桌上。

每一張試卷都需要所有大臣的批閱，批完一張，便傳到下一個人手中，稱為轉桌。

竇明軒耐著性子繼續看，很快地，他便看到了熟悉的筆跡，極度標準的館閣體，開頭便是——臣對，臣聞帝王之臨馭宇內也，必有經理之實政，而後可以約束人群，錯綜萬機，有以致燕帝之治，必有倡率之實心，而後可以淬勵百工，振刷庶務，有以臻郅隆之理……

「好！」竇明軒眼睛一亮，忍不住輕輕地撫掌，引來旁人的注意。

曹勉見了，笑道：「竇大人這是見到了好文章？」

竇明軒笑答道：「是好文章，曹大人一閱便知。」

旁邊有人聽見，笑道：「得竇大人如此稱讚，那我等也要好好看看了。」

聞言，竇明軒一笑，伸手拿起毛筆，在卷子上畫了一個圈，這便是最優的意思。最後讓首席讀卷大臣查閱，哪張卷子上的圈越多就取哪張卷子，一甲、二甲的排名也是由此產生。

最後果然如竇明軒所預料，曹勉推的是顧梅坡的卷子，巧合的是，謝翎和顧梅坡兩個人的卷子，上面竟然都是九個圈！竇明軒下意識與曹勉對視了一眼，兩人立刻心知肚明。

所有的讀卷大臣都面面相覷，一瞬間也不知該說什麼。

戶部尚書撫著長鬚笑道：「看來這兩人都一般優秀，此乃我大乾之福啊！」

眾人紛紛附和，又有人道：「雖說文無第一，武無第二，但是狀元卻只有一個，諸位大人向陛下推舉哪位？」

大殿一時間又沈默了，就在此時，元霍忽然道：「先拆彌封。」

竇明軒心中一緊，有些沒底，又不好阻攔，早有人取了刮刀來將彌封拆了，露出兩份試卷的名字，一張是東江省慶州府蘇陽縣謝翎，另一張則是古陽省肅州府慶安縣人顧梅坡。

有人訝異道：「這不正是此次會試的會元和亞元嗎？」

有人接道：「不錯，看來這兩人的才學當真是不相上下啊！」

「這兩人竟都是宣和二十九年的解元，實在是有緣啊！」

於是問題來了，這兩人不相上下，到底該推舉誰呢？所有人都沒有說話，因為除了竇明軒和曹勉以外，其他人在試卷上面都是畫了圈，也就是說，他們都認同這兩人的才學。

這時，戶部尚書開口了。「曹大人和竇大人似乎有些爭議。」

這句話的意思，大夥都很明白——行了，現在你們倆開始吵吧，誰吵贏了推舉誰！

竇明軒心裡嘆了一口氣，伸手將謝翎那張卷子拿了起來，張口欲言，忽然停住，他想起了恭王的那句話，轉頭望向元霍，嘴裡道：「既然元閣老是首席，我想聽聽閣老的意思。」

這話說得也沒錯，曹勉聽了，心裡立刻鬆了一口氣，畢竟如果真的和竇明軒當著這麼多同僚和大臣的面爭執，他還真沒有什麼勝算；但是有元霍說話就不一樣了，當初元霍可是點了顧梅坡做會元的，雖然不知道竇明軒發的什麼昏，問起了對方的主意，但是顯然他的勝算比較大，畢竟……曹勉正想著，那邊元霍慢騰騰地點了點一張卷子。

「若是諸位大人想聽我的意見，私以為這一張卷子略勝半分。」他說著，點了點那一張試卷。

曹勉就站在旁邊，伸長脖子去看，卷頭赫然寫著兩個字：謝翎。

曹勉幾乎是大驚失色地道：「怎麼——」他立即轉頭去看元霍，卻見對方老神在在，一副風雨不動安如山的模樣，曹勉就懵在那裡了。他完全沒有預料到對方怎麼此時突然變卦了，驚疑不定地看著元霍。會元點的是顧梅坡，狀元推的是謝翎，您老是想怎麼著啊？

那廂曹勉心緒煩亂，這廂竇明軒卻大鬆了一口氣，笑著道：「那我聽閣老的，就推此人為狀元。」

其餘人也紛紛道：「請元閣老向皇上薦卷吧！」

元霍點點頭，將前十名的卷子都收了起來，準備薦給宣和帝，由天子來欽定最後的名次。元霍揣著卷子去見宣和帝，在守著門口的當值太監見了，連忙躬身笑道：「是元閣老來了啊！」

元霍點點頭，道：「煩勞通報一聲。」

當值太監聽了，忙答應下來，轉身進了大殿，不多時出來，替他推開門道：「皇上請您進去。」

「多謝。」元霍抬腳進了大殿，經過那太監身邊時，太監小聲道——

「為了北邊的事情，皇上今兒瞧著不大痛快。」

元霍停了停，客氣地向他道：「明白了，多謝公公提醒。」

當值太監一笑，道：「都是應當的，皇上高興了，咱們才好辦差事嘛！」

大殿裡面很是安靜，宣和帝坐在案桌後，手裡拿著一本冊子在看，眉頭越皺越緊，臉上已經出現了輕微的怒色。

就在此時，元霍走上前去，跪了下來。「臣元霍叩見皇上。」

宣和帝聽了，怒色未去，語氣倒還和緩，道：「是你來了。」他將冊子扔在桌上，道：「平身吧，是殿試的名次擬出來了？」

元霍恭敬答道：「回皇上，前十名的卷子都在這裡了。」

「拿來朕看看。」

元霍上前一步，將懷中的試卷放在了案桌上，道：「請皇上過目。」

大殿裡安靜無比，元霍站在御案前，一動也不動，等著宣和帝慢慢地查閱試卷。

他看完之後，拿起最後三張試卷，道：「這是你們商議出來的一甲進士？」

元霍恭謹答道：「回皇上的話，是。」

宣和帝看了看，忽然道：「這個謝翎，是不是就是那個十三歲中了秀才的神童？」

「正是。」

宣和帝翻著卷子，道：「朕看著，他與這個顧梅坡似乎不相上下啊，你們怎麼推舉了他為狀元？」他說著，抬起頭來，一雙銳利的眼睛盯著元霍，慢慢地道：「是因為朕當眾稱讚了他一句？」

這話卻是有些意味深長了。大臣們若真的妄自揣測天子的喜好來推舉狀元，便不免有諛臣之嫌，若推的人不為天子所喜，也會因此而觸怒皇帝，可謂天心難測。

元霍微垂著眼，不疾不徐，恭敬地回答。「回皇上的話，並非如此，此人才學確實與那顧梅坡不分伯仲，然而請皇上再觀此人卷面，整潔乾淨，書法極佳，都說字如其人，此人若為狀元，日後做了我大乾的官員，想必也會如這字一般，剛健遒勁。」

聽了這番話，宣和帝哈哈笑起來，道：「好一個字如其人，好！」

宣和帝拿起朱筆，在那卷子上畫了一個圈，口中道：「既然元閣老都這麼說了，那朕就點他為狀元！」

元霍連忙躬下身去。「微臣惶恐。」

宣和帝又將後面九人的名次都一一擬了，道：「行了，交給禮部填榜吧！」

「是。」元霍上前，將試卷拿起來，第一張果然是謝翎，新出爐的宣和三十年甲辰科狀元，緊接著是榜眼，顧梅坡。

晏府書齋，謝翎幾人正在談話，門外有人步履匆匆地走進來，卻是晏父，他進了門便往左右掃了一眼，道：「進士名單出來了。」

屋子裡的幾人立刻站起來，晏商枝問道：「爹看見了？」

晏父道：「我託禮部右侍郎幫忙看了。」他說著，將目光望向謝翎。

一時間所有人都繃緊了神情，既是忐忑，又是緊張。

晏父嘆道：「不愧為仲成先生啊！」

「爹？」

晏父道：「慎之是第一甲第一名，今科狀元。」

聽了這話，四人皆是愣住了。

反倒是當事人謝翎率先反應過來，衝晏父拱了拱手，道：「多謝伯父。」

晏父擺了擺手，露出一絲笑意，道：「你也算是我大乾朝最年輕的一位狀元了。」

楊曄則是興奮地一捶手心，道：「區區會元算什麼？那顧梅坡中了一回就覺得自己不得了，慎之如今可是狀元，也不知他知道了會是什麼臉色！」他還記著那日在元府外，顧梅坡奚落謝翎的那件事呢！

晏父卻叮囑道：「身為長輩，有些話我還是要說一說。」

幾人連忙恭聽。

晏父道：「如今朝局不甚明朗，慎之又中了狀元，不知道有多少雙眼睛明裡、暗裡盯著你們，你們切記，莫要驕矜自喜，也別輕易得罪了人。」
謝翎幾人連忙應是。
「至於你們座師和房師那裡，禮數必不可少，明日便上門去拜會；再者，仲成先生那邊，還是要去信報喜。」
「知道了，多謝伯父提醒。」
晏父想了想，又道：「過不了幾日便是傳臚日，按照朝制，慎之要去御前拜見皇上，到時候自有禮部的官員來教你，須得仔細謹慎，萬莫出錯。」
謝翎應答。「是，我明白了。」
第二日，依照禮數，謝翎和晏商枝三人一同拜會了座師元閣老，從元府出來之後，又要馬不停蹄地去拜會各自的房師。
深色的匾額上，寫著「竇府」兩個古樸剛勁的大字，謝翎到了大門前，向門房遞了帖子。那門房一看，立即道：「原來是您來了，快請進，老爺一早便吩咐等著您。」
謝翎頷首，那門房引著他進了竇府，在花廳稍坐，又有人立刻上了茶果，不多時，竇明軒便從後堂過來了。
謝翎站起身來拱手施禮。「學生冒昧前來拜訪，還請老師不要見怪。」
竇明軒呵呵一笑，道：「怎麼會見怪？坐吧！」

謝翎這才又在椅子上坐下。

竇明軒上下打量他一番，欣慰地笑道：「怎麼樣？知道消息了？」

謝翎道：「是，仰仗老師出力，學生心中十分感激。」

竇明軒笑著擺擺手，道：「也是你自己有真才實學在身，否則我再如何出力都沒有用處啊！」他說著，又親切地問道：「你如今十七，可有婚配了？」

謝翎答道：「不瞞老師，學生已有心儀之人了。」

話裡的意思很含蓄，竇明軒立時會意，哈哈笑起來，撫掌道：「這不就成了？洞房花燭夜，金榜題名時，人生之快事啊！」又道：「不過，在這之前，你可有得頭疼了。」

謝翎一怔。「請老師明示。」

竇明軒笑著道：「你是今科狀元，年輕有為，不知多少王公大臣都盯著你呢，到時候說媒道親的肯定少不了，好在我膝下無女，否則說不定也想將女兒許配給你了。」

謝翎笑了笑，道：「老師說笑了。」

竇明軒哈哈一笑，與他說起旁的事情，問他從前讀書的事情，謝翎都一一回答了，竇明軒又道：「你的先生是誰？」

「先生姓董，乃是蘇陽城內一家學塾的教書先生。」

竇明軒點點頭，忽而腦中靈光一現，問道：「不知你先生名諱？」

謝翎立即意識到了什麼，他猶豫片刻，才答道：「先生姓董，名緒，字仲成。」

「仲成先生?!」竇明軒有些震驚地一下子站起來，盯著他道：「果真是仲成先生？」

謝翎心裡了然，他想起從前去長清書院時，董夫子受到的禮遇和敬重，又想起當初鄉試時，正主考官託他們帶信，還有那些經常來拜訪夫子的人，種種現象，都顯示出董夫子非同尋常的身分，至少，他從前應該是朝廷中十分重要的一個官員。但是他們離開蘇陽城時，董夫子並未要求他們對他的身分保密，是以謝翎斟酌片刻後，還是答道：「是。」

「難怪了。」竇明軒這才慢慢坐下，若有所思地道：「原來你的夫子是仲成先生。」他望著謝翎道：「仲成先生未致仕之前，曾是內閣次輔，其資歷只在如今的首輔劉閣老之下，後來他抱病，便向皇上請辭，皇上也允准了。原聽說他回了老家婁西，後來不知怎麼又有消息說他去了蘇陽。」竇明軒說到這裡，笑道：「你怕是不知道，仲成先生當年可是大乾朝數百年以來，唯一一個連中三元的人，如今他的學生竟也中了狀元，你很是爭氣，無愧於賢師之名啊！」

這些都是謝翎不知道的，驚訝之餘，立即謙虛道：「學生不及老師遠矣。」

一旦知道了謝翎的老師是董仲成，竇明軒的態度一下子就從親切轉為熱絡，指點了謝翎不少事情，關於幾日後的傳臚大典和恩榮宴，說得十分周到仔細，簡直將他當成了自己的親傳弟子一般。

時間轉眼便來到了兩日後，按照禮制，今日一甲前十名的進士都要由傳臚官引著去拜見天子。在乾清門外，謝翎又一次見到了顧梅坡。

顯然顧梅坡也已經得到消息，但是仍舊如從前一般，什麼事情也沒發生過似的，彷彿得了失憶之症，見到謝翎也是客客氣氣地拱手，互相見禮。

既然他是這般做派，謝翎也配合他，你來我往，氣氛和諧，直到傳臚官開始高聲唱名。

「第一甲第一名，謝翎！」

一時間，所有人的目光都聚集在謝翎身上。

謝翎微微垂著頭，上前一步。

待到一甲前十名的名字都唱完了，一名禮部官員上前來，道：「幾位請隨我來。」

這是要拜見天子了！所有人心中都是一凜，肅穆起來，跟在那官員後面，往前走去。

一路到了養心殿前，宏偉的宮殿大門敞開，天子正坐在大殿之上，身著龍袍，威嚴內斂。所有人跪拜下去，三呼萬歲。

謝翎的聲音不大不小，道：「新科進士謝翎參見皇上。」

宣和帝和藹一笑，道：「朕記得你，平身吧！」

「謝皇上。」謝翎說著便叩了頭，這才站起身來。一抬頭，謝翎注意到宣和帝下首還站著一個人，三十歲的模樣，穿著杏黃色的袍服，上面繡著四爪龍紋，這位顯然就是大乾朝的儲君了。

一看見那人，不知為何，謝翎心中便升起了一種奇怪的感覺，但是到底哪裡奇怪，他一時也說不上來，只是，本能地對這人生出幾分排斥和不喜來。

這種感覺令謝翎自己都覺得有些驚異，他向來情緒內斂，除了對阿九以外，都是抱持著十分平靜冷淡的姿態，像這種隱約的不喜，還是第一次出現。

他掃了太子一眼，並未露出什麼情緒，微微垂下眼簾。

這時，龍座上的宣和帝開口道：「謝翎，朕看過你的文章，做得很不錯。」

謝翎立即恭敬道：「臣惶恐。」

宣和帝哈哈一笑，看上去十分親切慈祥，道：「這有什麼惶恐的？你是我大乾朝的新科狀元，又如此年輕，可見平日讀書甚是用功，要賞！」

謝翎又跪了下去，口中道：「謝皇上恩典。」

等到了下午有人來宣旨，謝翎才知道宣和帝賞了他一座宅子。

謝恩之後，一看那宅子的位置，晏父和晏商枝都沈默了。

謝翎看出來他們臉色不對，便問道：「怎麼了？」

晏父的嘴角抽了抽，道：「你恐怕不知道，這座宅子，有些名氣。」

他說得含蓄，謝翎幾人卻一頭霧水。

楊曄忍不住問道：「什麼名氣？難不成是什麼大人物住過的？」

晏父有些猶疑，似乎在考慮該不該說。

謝翎見狀，便道：「伯父但說無妨。」

晏父這才嘆了一口氣，說起原由。

宅子確實是有些名氣，不過卻是不好的名氣。這座宅子一共轉了四次手，原本這宅子是先帝時候，一位王爺建造的，後來那王爺造反，被鎮壓下去，宅子被收回了宮裡。

後來宣和帝登基，將它賞給了一位內閣大臣，不想那內閣大臣沒多久就因受賄革職查辦了。宣和帝又賞給了查辦那位內閣大臣的官員，說他有功，不想沒過兩年，那官員也犯了事，抄家流放，宅子又被賞了出去。總之，這宅子賞給誰，誰就倒楣，輕者革職流放，重者人頭不保，於是凶宅之名漸漸就傳開了。

甚至有人私下稱，皇上想辦誰，就會賞誰這座宅子。最後兜兜轉轉，宅子又收回了宮裡，所以每次皇上行賞時，不少人都提心弔膽，生怕皇上把這催人命、斷官途的宅子賞給了自己。

結果萬萬沒想到，宣和帝竟然把這人人聞之色變的「凶宅」，賞給了新科狀元謝翎！

晏父的心情十分複雜，他說完宅子的來歷之後，眾人的心情也變得複雜了。

晏商枝忍不住望向他父親，道：「爹，您說……」

晏父搖搖頭，示意他不要說話，只是轉向謝翎，道：「雷霆雨露，皆是天恩，你就當作不知道這回事。你是皇上欽定的狀元，又還未授官，有什麼事情也落不到你的頭上，持平常心態便是。」

謝翎點點頭，道：「我知道了。」

只是晏父還有一句話沒說，在這之前，謝翎是炙手可熱的新科狀元，不知多少人想著要籠絡他，然而宣和帝這一賞，以官場那些揣合逢迎的老狐狸們的靈敏程度，估計會望而卻步，選擇觀望一番了，觀望個三年兩載，便又有了新狀元，謝翎這個冷板凳是坐定了。

想到這裡，晏父心裡嘆了一口氣，天心難測啊！

先頭謝翎中了亞元的事情，早已經傳到了蘇陽城，林家人收到了信，都是十分高興，然而施嫿此時已經離開蘇陽將近一個月了，自然是不知道這個消息。

施嫿與陳老大夫前往岑州，兩人一路花了大約七、八日的時間，就出了臨茂，到了徐北，恰巧又碰到了一個順路的商隊，便跟著他們一起走。

四月底的天氣，漸漸熱了起來，雖然天上現在不見太陽，但還是熱，是那種悶悶的熱。岑州地處大乾朝中央位置，又有白松江經過，所以這裡的商隊和船隊來往很多。

靠近岑州的地方，路邊都設有小店和茶棚，是專門供應商隊和行人休息的地方。

此時，小路的盡頭慢悠悠地駛來一輛老牛車，車上坐著幾人，朝茶棚的方向過來。

那夥計眼尖，連忙迎上去喊道：「幾位客人，趕路辛苦了，可要在小店裡喝幾杯茶解解渴？」

等那牛車走近了，除了駕牛車的車伕以外，後面坐著兩個人，一老一少。老的髮鬚皆白，約莫有五十來歲了；少的是個少年人，只有十七、八歲，穿著青色的葛布長衫，生得十分俊秀，兩人正在說話，聽見了這一聲喊，便紛紛轉過頭來。

老者說：「一路行來，是有些渴了。」

少年道：「那咱們就停下，歇息片刻。」他說著，伸手拍了拍車轅，對車伕道：「勞駕，在那茶棚邊停一停，我們喝杯茶，您也來喝，算是咱們請的。」

車伕聽了，自然沒有不願意的，趕著車在路邊停了下來。

少年率先從車上一躍而下，然後扶著老者下來，往茶棚的方向走去。

茶棚夥計早就準備了一張乾淨的桌子，請他們坐下，笑著問道：「幾位想喝點什麼茶？」

少年答道：「勞駕來幾杯解渴的粗茶就行了。」

「好咧！」那夥計扯著嗓子應答。「您稍等！」

等茶送上來的時候，少年便對老者道：「陳老，照您之前說的，算算時間，咱們應該要到了吧？」

這一老一少正是從邱縣出發，前往岑州的施嫿和陳老先生，他們這一路行來，也頗有波折，起先步行，後來搭上了一隊商隊的順風車，走了七、八日，租了一輛馬車，又換成了眼前的牛車，不可謂不辛苦。

陳老道：「是，差不多了。」

恰在這時，那茶棚夥計從裡面出來，給他們添茶。

牛車車伕憨憨地道：「再走四里路就到了，我從前來過岑州，認得路。」

茶棚夥計笑著搭話道：「原來幾位是準備去岑州城的嗎？」

施嫿接道：「正是。」

茶棚夥計便道：「那可要快些趕路了，我瞅著這天色，下午就要下大雨了，您們可得抓緊時間進城去。」

施嫿謝過。

陳老大夫道：「等進了城，我先去找我那位好友，與他碰頭再說。」

施嫿點頭。「好。」

就在此時，旁邊有人談話，一人道：「王老丈，您兒子不是進京趕考去了嗎，怎麼樣？中了沒有？」

王老丈一拍腿，高興地道：「前陣子才來信，中了！」

那人聽了，笑著恭喜道：「哎呀，那就是進士老爺了啊！大喜，大喜啊！那我要厚顏向您老討一杯水酒喝啊！」

王老丈哈哈一笑，熱情地道：「我今日回去宰羊，您來，大夥都來！酒自然有！」

眾人都笑著恭賀他，說著吉祥話，畢竟中了進士，那就等於是一個穩當的官老爺了。

施嫿聽著，突然愣怔。旁邊的陳老大夫見了，喚她名字。

施嫿恍惚回過神來，歉疚道：「方才一時有些走神兒了。」

陳老大夫知道她有個弟弟，也進京趕考了，十分理解，便道：「等岑州事情一了，你就回蘇陽，我也跟著你去看看蘇陽的風土人情。」

施嫿聽了，笑著答應下來。眼看天色陰沈，似乎隨時都要下雨似的，兩人不敢再耽擱，叫上車伕，又駕著牛車往岑州的方向去了。

果不其然，一進岑州城，便有豆大的雨珠打在腦門上，啪的一聲響。

陳老大夫道：「下雨了。」

那車伕立即趕著牛車在街邊停下，道：「這雨來得急，咱們先在屋簷下躲一躲。」

三人下了車，才躲進屋簷下，外面就噼哩啪啦地下起大雨，瓢潑似的，很快便成了傾盆大雨，水在街道上流過，將青磚地面沖刷得乾乾淨淨。

陳老大夫望著外面，道：「好大的雨。」

施嫿答道：「此時正是雨季，今年一年就看這幾個月的雨了。」

陳老大夫深以為然地點點頭。

那車伕憨憨笑道：「下不了多久就會停了，咱們且等著吧！」

不過這回他們預料錯了，瓢潑的大雨足足下了兩個時辰，眼看天都要黑了，這才停了下來。三人連忙上了牛車，往城裡客棧的方向駛去。

施嫿付了報酬，望著那車伕趕著牛車離開。

陳老大夫道：「先進去吧！」

進了客棧，陳老大夫便向夥計打聽道：「可有一位姓鄭的大夫在此處投宿？」

那夥計忙答道：「有，不過那位大夫白日裡出去了，到現在還未回來。」

陳老大夫點點頭，又對他道：「那位大夫若回來了，煩勞你告知我一聲。」

夥計答應下來。

因趕了一日路，兩人都有些疲累，尤其陳老大夫年紀大了，所以用過晚飯之後，便各自回房休息。

房間裡點著一盞油燈，施嫿坐在案桌前寫信，她離開了這麼久，為了不讓林家人擔心，要寫個信報一聲平安。

只是不知道謝翎那邊如何了？施嫿不知道他的住處，也就無法通信，如今是四月底，殿試應該考完了，按照上輩子來看，謝翎已經中了探花。

施嫿一邊想著，一邊寫信，她在信裡將自己在岑州的事情說了，又請林家娘子不必擔心，等岑州事情一了，便會回去蘇陽。

她藉著燭光，慢慢地將寫好的信摺起來，裝入信封中，封上火漆，準備明日送出去。

第二日一早，施嫿漱洗之後便下樓，只見陳老先生正在大堂坐著，與一個老人說話，見了她來，連忙起身招手。

「施嫿，你來。」

施嫿立時明白，想來那位陌生的老人，便是陳老先生口中那位姓鄭的好友了。見鄭老大夫站起來，施嫿忙道：「久仰先生大名。」

鄭大夫看起來不苟言笑，點點頭，打量她幾眼，道：「小友幸會。」他說完，一揚手。「請坐。」

三人便又重新坐下來。

陳老先生緊接著之前的話問道：「你說的那病人現今如何了？」

鄭老大夫道：「還是不得解，除我以外，另有六名大夫，皆是束手無策，前幾日還走了兩個，我這才寫信邀你前來。」

陳老先生聞言便道：「事不宜遲，我們這就去看看病人。」

鄭老大夫起身道：「隨我來。」

一路上，鄭老大夫逕自與陳老說話，施嫿就在旁邊認真地聽著，他們聊的那些醫術，都是她從前沒有聽說過的。

很快地，病人的府邸到了，看上去是個大戶人家，豪宅大院，上面寫著「崔府」兩個大字。門房顯然認得鄭老大夫，連忙請他進去，道：「老爺一早就等著您老了。」

鄭老大夫點點頭。「有勞。」

門房又好奇地看了陳老和施嫿一眼，引著他們走入府內，逕自往後宅而去，在一座院子前停下來。「老爺在裡面候著，您們請進。」

鄭老大夫頷首，率先進了院子，穿過前庭便是一個花廳，有幾人或站或坐，正在說話。

一人道：「依我看，此症乃是熱氣久積於中，由熱邪引起而致陽氣亢盛，自當清涼以解。」

另一人卻道：「此言差矣，若是熱症，病人必身熱，煩躁，面目紅赤，不惡寒，反惡熱，可是病人的症狀卻並非如此。」

一人附和道：「之前的黃大夫也依照熱症開過藥，病情不解，反而還加重了，私以為此症並非熱症如此簡單。」

他們討論得激烈，有人站起來，迎到門邊，施嫿這才注意到他，是個中年男子，穿著富貴，卻一臉愁容，顯然是病人的家屬。

他朝鄭老大夫拱了拱手。「鄭大夫來了。」

鄭老大夫點點頭，介紹道：「這位是老朽的多年好友，於疑難雜症也頗有辦法，之前我寫了信，請他過來為尊夫人看診。」

那崔老爺連忙拱手。「老大夫一路奔波，辛苦了，不知如何稱呼？」

陳老答道：「鄙人姓陳，這位是我的小友，姓施，也是一名大夫。」

崔老爺起先以為他們旁邊站著的少年人是僕人，沒想到竟然也是大夫，連忙拱手見禮。

「施大夫。」

施嫿略微側過身子，與他回禮。

那崔老爺直起身來催促道：「能否請幾位幫忙看看拙荊的病情？看著比前幾日似乎更嚴重了。」

鄭老大夫立刻道：「我們先去看看尊夫人。」

崔老爺忙不迭地道：「請、請！」

等進入後院的正屋裡，施嫿首先聞到了一股濃濃的藥味，便是她作為大夫，早已習慣了湯藥的氣味，但是這般濃郁，卻還是有些吃驚。

繞過屏風，她就看見了躺在榻上的婦人，面色蠟黃，眼下青黑，瘦成了皮包骨，兩頰都凹陷下去，於是更顯得她眼睛很大，看上去頗有些磣人。

那婦人見有人來，便想坐起身，旁邊有丫鬟忙上前伺候。

鄭老大夫輕輕擺了擺手，道：「不忙，夫人還是歇著吧！」

那婦人點點頭，費力地道：「失禮了。」

鄭老大夫簡單地向婦人介紹了陳老的身分，照例把施嫿給略過了。

施嫿也不以為意，就站在一旁看著。

倒是那崔老爺忍不住催促道：「大夫，煩勞現在就給拙荊看診吧？」

陳老點點頭，走到榻前的繡凳上坐下，道一聲「失禮了」，然後將手按在婦人的脈上，認真聽起脈來。幾乎是下一刻，他的眉頭就皺了起來。「怎麼……」

崔老爺著急地問：「大夫，怎麼樣？」

陳老沒說話，聽完脈又觀那婦人的面相，忽而起身，對施嫿道：「你也來看看。」

聞言，施嫿點點頭。

鄭老大夫皺了一下眉，想說什麼，但見她已經坐下去了，為那病人聽脈。

此時施嫿也明白了為何陳老會面露異色。

脈至弦洪豁大，尤其是右手，施嫿仔細觀察病人面相，只見那婦人臉頰瘦削，泛著些許紅色，像是十分的熱，而現在五月都還未到。

施嫿把脈的時候，那婦人便不能動，額上漸漸滲出汗來，不多時便成串滑落，有丫鬟擰了帕巾來，替她擦拭，又有人輕輕打扇，十分周到。

施嫿觀察了一會兒，忽然問道：「夫人可是許久未曾入睡？」

鄭老大夫正和陳老在說話，聽了這一句，不由得轉頭來看了她一眼，神色中有一閃而逝的詫異，接著又轉向陳老，眼神詢問，那意思是：你與他說的？

陳老搖搖頭。

崔老爺連忙答道：「是，拙荊已有三日不能入眠了。」

施嫿道：「心火躁熱，大渴大汗，面赤足冷，此症屬溫。此症雖然屬溫，卻真陰素虧，心陽外越，內風鴟張，用藥反而不宜寒涼，以平為佳，對症下藥，大渴以燒鐵淬醋，令吸其氣，牡蠣粉撲止汗，搗生附子貼湧泉穴。至於內服之藥……」她猶豫了一下，道：「我醫術淺薄，不敢妄言，還請兩位老大夫商量著來。」

鄭老大夫這回望了她一眼，眼中似有讚許之色。

施嫿心中一定，看來她剛剛說得都沒有錯。

三人遂商議起來，最後一直商量到了午時才敲定藥方。崔老爺千恩萬謝地讓人抓藥去了，又熱情地挽留他們用午飯，這才放人離開。

才走出崔府，外面又下起瓢潑大雨，耽擱了一個時辰，施嫿才回到客棧。她將信交給了客棧夥計，央他幫忙寄出去。

此後又過了幾日，天氣很不好，整日都在下雨，連外面都去不得，無奈之下，鄭老大夫便只能和陳老兩個人聚在一起談論醫理，陳老每回都叫上施嫿。

這一日下午，外面的風雨很大，施嫿和陳老三人照例坐在大堂說話，窗外狂風呼嘯，拚命搖動著街邊的大樹，雨水沖刷著屋簷和街道，激起了大顆的水花。

陳老道：「這天氣，怎麼日日都下雨？一連下了五、六日，跟天漏了個窟窿似的。」

旁邊收拾桌子的客棧夥計笑道：「我們這裡就是這樣，每年這會兒都下大雨呢！」

陳老接道：「那不是生意不好？」

「可不是？」客棧夥計道：「冷清得很，您瞧瞧，如今投宿的就您們三位了。」

雨一直下個不停，就像陳老說的，好似天被捅了個窟窿似的，施嫿從未見過雨下得這麼久、這麼大，仔細數數，足足有十天之久，岑州城的地面就沒有乾過。

一般來說，白天會下兩場，夜裡則是整晚、整晚地下，第二日晨起時，雨雖然暫時停歇，但施嫿看見樓下的街道都被水淹沒了，行人一邊蹚著水走過長街，一邊罵著老天爺。

「看起來不大好啊！」

身邊一個聲音傳來，施嫿轉過身，卻見陳老不知何時過來了，站在一旁，望著樓下，面上浮現些許愁色。

施嫿想了想，領會了他的意思，道：「陳老是說，恐怕會出事？」

陳老道：「這麼大的雨，還下了這麼多天，誰知道呢！」他說著，又道：「現在雨已經停了，等鄭老起來，我們去一趟崔府看看病人，然後立刻離開岑州城。」

施嫿點點頭，兩人又說了幾句話，正欲下樓時，忽然聽見遠處傳來一聲驚呼，像是出了什麼事情。

施嫿和陳老不約而同地停下動作，側耳細聽，那是幾個人一起在呼喊，隱約聽清了幾個模糊的字眼。「……決口……」

「大水……」

施嫿心裡一突。陳老臉上露出幾分慌亂，拔腿要往樓下走，卻被施嫿一把拉住，道：「別忙，您先去叫鄭老大夫起來，我腳程快，去打聽清楚再回來客棧。」

似乎被她鎮靜的語氣感染了，陳老定了定神，道：「好。」

施嫿立即下樓，裡外不見客棧夥計，大堂裡空盪盪的。這幾日除了他們三個人以外，沒有別的客人投宿，夥計躲懶找不著人是常事。

施嫿走出客棧，水已經快要漫上了臺階，她顧不得許多，逕自踩著水，朝呼喊聲傳來的方向跑去。不多時，就看見幾個人站在那裡說著什麼，施嫿走上前去，聽一人激動地道：「河堤決口了！我親眼見到的！」

另一個婦人驚慌道：「不是去年才修了河堤嗎？怎麼今年就決了？」

「誰知道官府怎麼做的？趕緊回家收拾東西吧！」

「我先去了！」

眼看那幾人要走，施嫿上前叫了一聲，問道：「這位大叔，請問河堤在哪個方向？」

那中年男人朝著城門方向指了指，道：「出城往前，一路走就是，河道口的水已經漲得老深，大堤裂口了，我親眼見到的，小哥，快跑吧！」他說完，便匆匆走了。

施嫿轉身回去客棧，陳老和鄭老正從樓上下來，手裡各自拎著他們的包袱，連施嫿的也一併拿了。

陳老見她進來，忙問道：「怎麼樣了？」

施嫿道：「有人說親眼見到河堤裂口了，不管真假，我們先出城再說。」

陳老點點頭，三人往門口走，忽然，外面傳來了驚呼之聲，比之前更為高亢急促。

「水！」

「河堤決了！」

「發大水了！」

緊接著，施嫿聽見了一陣奇怪的響動，隱約像是春日裡的悶雷，遠遠從天邊傳來，伴隨著嘈雜的聲音，還有人們的驚叫、呼喊聲。

「快逃！」陳老拉了施嫿一把，三人一起奔出了客棧，外面的長街上已經亂作一團，人人都驚慌失措地奔走，往一個方向奔去，有孩子摔倒了，爬不起來，哇哇地哭著，更顯得情狀混亂無比。

街道上還有腳踝深的積水，這時候誰也顧不得了，拉家帶口地往那悶雷聲相反的方向爭相奔逃。

施嫿帶著兩個老人，自然快不了，耳聽那悶雷聲由遠及近，她心中不由得有些緊張起來，轉頭迅速搜索著，忽而看見了一個放在屋簷下的梯子。

她心裡一動，對陳老兩人道：「別跑了，您們隨我來。」施嫿說完，跑到屋簷下，奮力將梯子拖了出來。

陳老與鄭老見了，便知道她的意思，也幫忙一起架梯子。

此時，那大水已經近了，施嫿甚至能感覺到腳下的地面微微震動起來，啪嗒一聲，一片青瓦掉在她的腳旁，濺起無數水花。

施嫿立刻道：「快，您們快上屋頂。」

陳老也不耽擱，扶著鄭老就往上送，老人家爬梯子很慢，施嫿看著他那副顫顫巍巍的模樣，心裡捏了一把汗。

此時，悶雷之聲已經越來越近了，施嫿甚至能聽見拍打的水聲，嘩嘩作響。

鄭老終於踩上了屋頂，陳老對施嫿道：「你先上去，你速度快些。」

施嫿搖搖頭，道：「正因為我快些，所以您才要先上，我給您扶著梯子。」

她的語氣不容置疑，陳老與她相處了這麼久，還是第一次聽見她用如此堅定的聲音說話，心裡詫異，又生出幾分暖意。

施嫿扶著陳老上了梯子，腳下的地面震動得越來越明顯，就連牆都震動起來，不時有瓦片滑落，砸入水中，發出噼哩啪啦的聲音，濺起大片水花。

陳老終於爬上屋頂，此時施嫿看見水從街上湧了過來，順著長街流了過去，水線瞬間淹沒了施嫿的膝蓋，並且還在持續不斷地上漲著。

陳老有些著急，連連叫道：「快上來！快！」

施嫿連忙攀住梯子往上爬，洪水如猛獸一般，這麼短短的一段時間，就已經漫至大腿了，水流沖得那梯子往旁邊一滑，施嫿的一顆心差點跳出了嗓子眼。

眼看著梯子要滑下來，卻倏然不動了，頭頂傳來鄭老的催促聲。「上來！」

施嫿抬頭一看，正是兩位老人幫忙拉住了梯子！她立即向上爬去，腳終於踩上了屋頂，這才長長地鬆了一口氣，向兩位老人道謝。

鄭老搖搖頭，嘆了一口氣，道：「若不是你想起上屋頂，恐怕我們現在都不知道被沖到哪裡去了。」

陳老忽然道：「你們看，水過來了。」

施嫿極目望去，只見一道渾濁的水線，自前方奔湧而來，迅速淹沒了街道和房子，整個岑州城，頓時成了一片汪洋。

天上漸漸又下起了雨，夏初的雨水還有些冷，身邊兩個都是老人，若是淋得生了病，就越發雪上加霜了。

施嫿左右看了看，道：「我們先找個地方避一避雨。」

鄭老問道：「去哪裡？」

他們在屋頂上，腳下都是瓦，根本無處可去。

施嫿指了指不遠處一棟兩層小樓，道：「這兩棟房子之間隔得不遠，若是我們能過去，就到那樓上避一陣子，等到官府的人來。」

鄭老看了看，搖頭道：「太寬了，而且樓也有些高，你或許可以爬過去，我們兩個老骨頭恐怕不行。」他說著，便道：「不如你先去避一避吧！」

施嫿怎麼可能拋下兩個老人，自己去躲雨？她思索片刻，心中一動，小心地走到那屋簷邊，只見之前那梯子還卡在瓦片的縫隙裡，竟然還沒有被沖走。

施嫿立即伸手將那梯子拖上來，只是憑她一人的力量，實在有些吃力，陳老兩人見了，也來幫忙，費了半天的勁才把梯子拉了上來。

雨漸漸大了起來，施嫿和陳老三人合力，把梯子架在了兩棟屋頂之間，勉強算是穩固，施嫿道：「我先過去試試，若是無事，您兩老再過來。」她說著，便踩上了那梯子，梯子懸空，距離水面只有半丈高，施嫿心裡有些緊張，但還是鎮靜地試探著踩了踩梯子，覺得無甚問題，才慢慢地走了上去。

這個時候，梯子只要稍微一滑，施嫿就會失去平衡，跌入水中，說不怕是假的，但是此時毫無退路，只能往前。她咬緊牙關，邁出了第一步。

陳老緊張地一迭連聲道：「慢點，小心腳下！」

施嫿又踩了第二步，沒事，等到第三步時，梯子突然輕輕滑了一下，施嫿的心頓時一提，整個人就僵在那裡了。

所幸梯子就滑了這麼一下，再無動靜，施嫿這才鬆了一口氣，心一橫，加快速度，幾步走完了那梯子。

雨水沖得她眼睛都有些睜不開了，施嫿卻還是露出了笑，她仔細地將梯子用瓦片穩住了，確定沒有問題之後，才示意陳老他們過來。

三人費了九牛二虎之力，順利爬上那兩層小樓時，早已被雨水淋得濕透了。

風夾著雨水從外面吹進來，施嫿忍不住打了一個噴嚏。

岑州一帶的州縣地勢本就低窪，又有白松江經過，夏初若雨水充足些，便有發洪水的危險，前些年常受水患之擾，朝廷每年都會撥一大筆款項給岑州和附近幾個州縣賑災安民。

年年都從國庫掏銀子，宣和帝煩了，下旨勒令工部處理此事，要絕了岑州一帶的水患。聖旨一降，工部就打起精神來辦事，提出要修白松江的河堤，議來議去，最後朝廷撥了三百萬兩銀子，專門修白松江的河堤。

「可是白松江今年又決堤了。」

一隻手將信放在了案桌上，聲音不喜不怒地道：「父皇肯定要發怒，不知這事會落在誰的頭上。」

另一人答道：「誰辦的事情，就落在誰頭上。」

「我想想……」恭王思索片刻，道：「白松江的河道監管似乎是去年新任的，一個叫李安的官，宣和十五年的進士，是不是他？」

竇明軒答道：「是他，太子殿下的人。」

恭王沒說話，過了一會兒才道：「且再等等看吧！」

第十九章

傳臚大典之後，聖旨便下來了，授予狀元謝翎為翰林院修撰，榜眼顧梅坡與探花荀平皆授為翰林院編修，其餘二、三甲進士若想進翰林院，則要等到朝考之後了。

這一日一早，謝翎便去點卯，翰林院距離禮部並不遠，大門朝北，進去之後，有三道門，穿過最後一道登瀛門，便是一排七開間的廳堂，謝翎到時，裡面已經有不少人了，放眼望去，案桌、凳椅，擠了個滿滿當當，幾乎連過道都要側著身子走，堪比菜市場。

這也是謝翎從前沒想過的，在這裡，不論什麼大學士、侍讀學士或侍講學士，通通擠在這一排屋子裡，並且還有擠不下的趨勢。

前幾日謝翎初次來時，還被這擁擠的狀態小驚了一下。

那引他來的翰林前輩一進屋去，便喊道：「婁典薄，桌椅騰出來沒有？」

「騰不出來。」

那引路的翰林前輩不悅了。「人都來了，怎麼連案桌都騰不出來一張？」

那婁典薄無奈地攤手，道：「我也是有心無力啊！您瞧瞧，這幾間屋子，但凡哪個位置能空出來，您與我說，我這就去搬！」

那翰林左看右看，帶著謝翎轉了幾間屋子，果真是擠得無比緊密，他有些發愁，但是謝翎好歹是新科狀元，總不能讓他在屋子外面辦公吧？回頭叫人看到了成什麼樣子？最後無法，他只能指著一張空著的桌子，問道：「這是誰沒來？」

那婁典薄答道：「是王編修，這幾日稱病未來。」

翰林立即道：「先把他的桌子往角落裡挪一挪，讓謝修撰先安置了再說。」

婁典薄有些遲疑。「這……王編修回來時當如何說？」

那翰林見他那副模樣，便知他怕惹麻煩上身，有些膩味，不耐煩地擺了擺手。「到時讓他來找我，我來與他說。」

婁典薄聞言，連忙去了，這才給謝翎騰了個位置出來，那王編修的案桌便被挪到角落深處去了。

謝翎來了翰林院幾天，暫時無事可做，有人搬了一大堆國史給他，道：「掌院吩咐的，先把這些都看了。」

所以謝翎這幾日一直待在翰林院看國史，每日應點來，應點走，十分低調，也無人管他。

於是這時自己案桌旁站了一個人，令謝翎有些驚異。他走上前去，那人抬起頭來，打量他一眼，指了指案桌。

「這是你的？」

謝翎點頭。「是。」

那人面上雖然不變，但是語氣卻露出幾分不善來。「我的桌子，也是你搬的？」

一聽這話，謝翎便知道了，這位就是那稱病幾日未來的王編修，回來後發現自己的桌子被擠到角落裡，興師問罪來了。

這時候謝翎便不好回答了，若回答是他搬的，顯然會得罪了眼前這位，而且桌子也確實不是他搬的；若回答不是，那位翰林前輩又是替他騰的地方，這麼說也會得罪人。

於是謝翎道：「閣下的桌子原來是在這裡嗎？實在是抱歉，我新來乍到，不小心占了閣下的地方，這就搬走。」

或許是看他態度有禮，那王編修的表情也和緩了些，道：「翰林院就這麼巴掌大的地方，連轉個身都難，罷了，先往旁邊挪一挪，讓我進去便行了，幾日不來，事情都落下了。」

謝翎應了下來，兩人一起把桌子挪開些許，僅容瘦些的人側著身子勉強擠過去，可那王編修偏偏是個大腹便便之人，這條窄縫於他而言，確實是辛苦了些。

謝翎看了看，道：「不如你我調換案桌吧？」

聽了這話，那王編修面色越發和顏悅色，道：「既然如此，我就恭敬不如從命了。」

兩人遂收拾起東西。

就在此時，一個聲音帶著笑意傳來。

「謝修撰。」

謝翎停手，轉頭望去，是顧梅坡。翰林院人頗多，這幾日下來，還是第一次遇到這位同榜，他微微頷首。「顧編修。」

顧梅坡看了看他們兩人，有些打趣地道：「您這是擠不進去？」

那王編修聽在耳裡，一張臉頓時就脹紅了，面上閃過幾分不悅。他不知道顧梅坡與謝翎之間的針鋒相對，以為對方說的是他，這裡擠不進去的，可不就是他一個嗎？於是他憋著氣道：「怎麼？這翰林院上到大學士，下到典薄待詔，除了掌院以外，大家全都擠著呢！難道獨獨顧編修一個人不用擠？」

王編修把話說得陰陽怪氣，意有所指，顧梅坡很明顯感覺到他話中的不滿，臉色微微一變，但是他到底涵養夠，立刻笑道：「卻是我失言了。」

王編修不賞他的面子，哼了一聲，動手大力一拖案桌，硬生生把兩個案桌之間的縫隙又拉開了些，客氣地對謝翎伸手。「請。」

謝翎自然領了他的情，頷首道：「多謝。」他走進去就坐下。

顧梅坡過來討了個沒趣，自己走了。

王編修這才道：「你就是今年的新科狀元謝翎？」

謝翎應是。

王編修在自己的案桌後坐下，打量著他，道：「早早便聽同僚們議論你了，果然聞名不如見面。」

這是誇讚了，謝翎笑了笑。「不敢。」

王編修擺了擺手，道：「你也不必謙虛，至少我進了翰林院這麼多年以來，還沒聽說過皇上在殿試的時候當場稱讚過誰，你是頭一份。」

「過獎。」

幾句話的工夫，兩人之間的生疏便消散了些，王編修探頭看了看謝翎那一堆書，道：「看國史呢？」見謝翎點點頭，王編修四下看了看，忽然湊過來，小聲道：「等會兒張學士會來問你，看懂了沒，你只須說還沒看懂便是。」

聞言，謝翎訝異道：「這是為何？」

王編修以過來人的身分，告誡道：「這是國史館，主編撰國史，這些都是以前編好，後來說要重修的，大部分初來國史館的人都會看過這一套書，你若說看懂了，就該你來修改了；說沒看懂，他就會讓你繼續看，等過個十天、半個月，張學士忘了這事，自然就讓你做別的事了。」

謝翎聽了，點點頭。「多謝告知。」

王編修哈哈一笑，大度地擺手。「小事、小事，咱們日後是共事的同僚，理應互相照應。」

果然如他所說，到了下午的時候，便有人來找謝翎，仍然是前幾日抱書給他的那位。

「掌院找你過去。」

謝翎聽了，放下書，起身跟著去了。

王編修手裡還拿著筆，自言自語道：「怪了，怎麼是掌院？這事不是張學士管的？」

謝翎進了最東邊的一間屋子，進去便看見幾個人在小聲談話，見了他來，只是望過來一眼，又轉回頭繼續說話，謝翎認出來，這些都是翰林院的大學士。

繼續往裡面走，則是以一道竹簾隔開，十分安靜，到底比國史館那鬧烘烘的擁擠場面要好上許多，這裡就是翰林院掌院辦公的場所了。

一個人端坐在案桌後，低頭看著什麼，聽見人聲，便抬起頭來，正是元霍。

謝翎走上前去，拱了拱手，恭聲道：「見過掌院大人。」

元霍道：「來了？」他把正在看的冊子合上了，道：「初來翰林院這幾日，覺得如何？可還能應對？」

其實來了翰林院也沒做什麼，就是看了幾日國史而已，不過場面話還是要說的，謝翎答道：「來了之後，見過諸位同僚、前輩，才發覺以往所知甚是淺薄，仍須勤勉學習。」

元霍點點頭，眼中閃過幾分欣慰和讚賞，道：「你能這樣想，甚好。」他說著，又道：「你先坐。」

謝翎謝過之後，才在一旁坐下來。

元霍問道：「我讓人叫你看那幾本國史，你看得如何了？看懂了沒有？」

謝翎略作沈吟，答道：「不瞞老師，學生看了幾日，只粗通一、二，實在慚愧。」

元霍聽了，倒沒有露出不悅，語氣和緩道：「不要緊，你同我說說，看到哪裡了？哪些看不懂？」

謝翎答道：「看到了宣和二十四年，那一段似乎與其他書上的記載有些許出入。」

聞言，元霍笑了，一雙眼睛和藹地看著他。「這不是看懂了嗎？怎麼叫沒看懂？」他說著，想了想，道：「這樣，既然你看懂了，我這裡有一樁事情，正好交給你去做。」

「老師請講。」

結合之前那位王編修的話，謝翎已經隱約預料到了什麼，果不其然，聽元霍道——

「這幾本國史原本是編過了的，不過皇上並不滿意，下了旨意要重修，如今是張學士在負責此事，你也過去幫忙，我回頭會與他知會一聲。」

謝翎聽了，恭聲答是。

元霍笑笑，道：「去吧！」

傍晚時候，謝翎離開翰林院，去了晏府一趟。

晏商枝和錢瑞三個都在，見他來，笑著道：「你來得正好，蘇陽城來信了，有一封是給你的。」

謝翎面上立即露出幾分欣悅。

晏商枝將信給他，打趣道：「難怪幾日不見你一個笑臉，卻是因為有信未到啊！」

楊曄也道：「你又不是不知道他那個性子，光聽見他小媳婦的名字都能高興半天。」

謝翎也不理會他們，拿著信，去到一旁拆看起來。

三人說著話，晏商枝忽覺氣氛有些不對，轉頭望去，只見謝翎滿臉陰沈，一雙眼睛緊緊盯著手中薄薄的紙，就像是要用力把那信紙盯出兩個洞來。

楊曄以氣聲問晏商枝。「他怎麼回事？」

晏商枝搖搖頭，示意自己不知，轉頭又去看謝翎，只見他已經將信紙收起來了，面上喜怒不定，一雙眼睛晦暗陰沈，與平日裡的淡定斯文模樣簡直判若兩人。

晏商枝三人正驚訝間，卻聽謝翎道——

「我欲告假回蘇陽城一趟。」

楊曄立刻站起來，驚叫道：「你瘋了?!」

晏商枝的眉頭也蹙起，道：「恐怕不行，你才授了翰林院修撰，如今正是剛剛入翰林最重要的時候，此時告假，怕是不妥，若有心人參你，只怕於你日後官途影響頗大。」他說著，又道：「你要回蘇陽城，可是因為施嫿的事情？」

謝翎不語。

晏商枝心中了然，道：「我們師兄弟相識多年，彼此知根知底，你若有什麼難處，且說出來，我們幫你參謀參謀，或許能幫上忙。」

謝翎這才開口道：「她離開蘇陽城了。」

楊曄三人都是一愣。

謝翎深吸了一口氣，道：「我來考科舉，就是為了她，她曾說過，若是我努力讀書，有朝一日考中功名，當上大官，就能幫她了。」

楊曄與晏商枝三人面面相覷，打死他們也沒想到，謝翎讀書那麼拚命努力，並非是為了自己，僅僅只是因為施嫿一言罷了。

錢瑞躊躇道：「所以，你想現在趕回蘇陽城去找她？」

謝翎搖搖頭。「這封信不是她寫的，她在三月底的時候就已經走了。」

「三月底。」楊曄接道：「那不是已經很久了嗎？如今都五月了，你再趕回蘇陽城，不是毫無用處？」

晏商枝卻問道：「她可說了去哪裡？」

謝翎沈默片刻，才道：「她去了邱縣。」

「邱縣？」楊曄恍然大悟。「你從前不正是從邱縣逃荒過來的？你那小媳婦也是邱縣人？」

「是。」謝翎答道：「當初正是她帶著我，一路逃荒到了蘇陽城。」

「你們那時才多大？」楊曄驚嘆道：「不過八、九歲吧？她一個小女娃娃，竟然也能帶著你一起逃？實在是厲害！」

謝翎默然。

晏商枝卻道：「她只說了去邱縣，沒說日後不回來蘇陽城了，你別著急。」

謝翎倏然抬起頭來，一雙眼睛盯著他，道：「她若當真不回來了呢？」

「這……」晏商枝難得地頓住了，施嫿對於謝翎的重要性，這麼多年來，他們三人都看在眼裡，雖然此時無法體會謝翎的感受，但是能看得出，他現在十分不安，甚至拋卻了平常的冷靜，而這種不安來源於何處，他們不得而知。

空氣安靜了片刻，晏商枝開口道：「她既然已經離開了蘇陽城，你現在回去也無濟於事；再說，林家醫館於她恩情深重，彼此肯定有書信往來，你先寫一封信去問問事情的原委，若她只是回鄉祭祖，不日便回來了呢？」

楊曄也道：「不錯，驛站送信很快，你先問仔細了再說，千萬別莽撞，等弄清楚了事情，若她當真不回蘇陽城了，你再告假回去，那時候估計也到六月了，想必不會有人說什麼的。」

他們說得十分有理，謝翎縱然心中焦灼不安，但是此時也被安撫下來，他這才驚覺自己方才的話過於衝動了些，不，那不是衝動，而是不安。

謝翎的大多數不安，都來自於未知，施嫿心裡有秘密，那秘密就彷彿一團迷霧一般，令謝翎想要觸碰，卻又害怕驚走了她。

這事情一埋就是許多年，直到今日，他看到林寒水在信中說，施嫿已經離開蘇陽城，前往邱縣去了，謝翎那些積壓在心底的不安霎時間便抑制不住，爆發了出來。

阿九如果這一去，就留在邱縣再也不回來了呢？

岑州城。

施嫿尚不清醒，只知道自己作起了夢，夢到的是小時候的事情，她已經許久不曾作過這樣的夢了，竟覺得十分遙遠。

夢境模模糊糊，像是一幅褪了色的畫卷。

父親將小阿九舉起來，放在肩膀上，在院子裡走來走去，年紀尚幼的哥哥跟在後面，拿著狗尾巴草逗她，癢癢的，阿九格格直笑，清脆的笑聲灑落一地。

「阿九開不開心？」

「開心！」女童的聲音天真稚氣地問：「爹爹會一直陪著阿九嗎？」

「爹爹會的。」

阿九又回頭去問：「哥哥呢？」

男孩的聲音篤定。「哥哥也會。」

阿九笑了，聲音輕快。「阿九好快活！」

施嫿像一個旁觀者，看著這其樂融融的一幕，愣怔許久。

那三個人的身影漸漸淡去了，像是消散的水氣一般。

畫面倏忽轉過，劇烈的咳嗽聲傳來，緊接著，一個虛弱的男人聲音響起。

「阿九以後咳咳咳……跟娘和哥哥……好、咳咳咳好好過……」

女童啜泣著。「爹，您不要阿九了嗎？」

「阿九，妳和哥哥在一起，等著娘以後來接你們，知道嗎？乖乖的。」

「嗯，娘，阿九會乖乖的，聽哥哥的話。」

「阿九，哥出去一趟，很、很快就回來。」

不知過了多久，一個婦人挑剔地道：「這丫頭模樣倒是不錯，就是看著病懨懨的，恐怕活不長了吧？」

「您這話說的，怎麼可能？她原本是我的小姪女，跟著我們一路逃荒來的，這一路上我們但凡有一口吃的，都沒少了她，雖看著瘦了些，實際上精氣神可足呢！」

「行，就兩百文吧！」

「這個……兩百文實在是少了些，兩百三十文，您看如何？」

「行行行！」

幼小的施爐站在路邊，看著一隻手伸過來。

「走吧！」

然後她就茫然地被那隻手拉著往前走了。

又不知過了多久，她的身量漸漸拔高，牽著她的那隻手變成了一個男子的手。

男子帶著微醺的聲音道：「燼兒，跟著孤走，來。」
施燼感覺到熱，騰騰的火焰燙得她皮肉都要融化了似的，大火倏然蔓延開來，彷彿一隻巨大的獸，張開大口要吞沒了她。
「阿九！」
一隻手突然抓住了她。
少年的聲音在耳畔響起。
「阿九，我永遠也不會離開妳的，阿九，我喜歡妳。」
火焰頃刻如潮水一般退去，施燼只覺得自己被那一隻手拽著，不停地往下墜去。

神智漸漸回籠，施燼聽見了一個老人的聲音。
「熱退了些，應該不用多久就要醒了。」
施燼模模糊糊地睜開眼，目光所及之處，便是窗欞，鄭老的聲音傳來。
「醒了！」
施燼頭痛欲裂，她撐著痠軟的身子坐起來，正對上陳老關切的目光。
陳老問道：「怎麼樣了？」
施燼按了按劇痛的眉心，就像是有一個人拿著鑿子在一下一下地鑿著，疼痛不已。她想起來了，白松江決堤，大水沖入了岑州城，她和陳老三人不得已，爬到樓房上躲著，被雨淋了一場，沒多久便發起高熱。

大水未退，他們在屋頂上等了整整一日一夜，才有人划著船經過，那船正好是崔府的，這才將他們救了下來。

如今施嬧所在的地方，就是崔府的小樓上，一樓已經淹沒了，所幸崔府夠大，兩層小樓很多，倒也擠得下。施嬧燒了一日多，到了崔府一頭便栽倒了，倒讓陳老和鄭老給嚇了一跳。

「頭是不是還痛？」陳老聲音關切。

施嬧道：「是有些，不妨事。」

鄭老端來藥，讓她喝下，施嬧站起身來，只見外面雖然仍舊是一片汪洋，但是水到底退了許多，原先淹到了二樓的欄杆處，如今只淹沒了一樓的一半。

陳老望著那一片狼藉的水面，嘆道：「我走南闖北這麼多年，還是第一次遇到這樣的大水。」

施嬧想著方才夢裡的事情，不覺有些走神兒，聽了這話，過了一會兒才回過神來。「我也是第一次見到，不知官府什麼時候會來處理？」

一直沒說話的鄭老道：「估計快了，水退了之後，朝廷就會派人來賑災，同時預防瘟疫。」

「瘟疫？」施嬧愣了一下。

陳老點點頭，道：「災後極容易發生瘟疫，若是不妥當安置，恐怕會出事情。」

果然如兩位老大夫所言，又過了四日，水才徹底消退，官府派了人來安頓災民，整個岑州城一片愁雲慘霧，處處都能聽見哭聲。

崔府損失慘重，施爐聽陳老兩人談起，崔老爺是做絲綢生意的，這一場大水，把他鋪子裡的絲綢全部給泡壞了，也不知多少銀子打了水漂兒。

所幸這幾日沒再下雨了，天氣漸漸晴朗起來，施爐看著樓下的園子裡，崔老爺正扶著他的妻子在散步。

唯一值得慶幸的事情，便是崔夫人日漸好了起來，縱然崔老爺家境富裕，腰纏萬貫，卻從未納妾，可見他極其愛重自己的妻子。

施爐托著下巴，看著樓下的兩人，他們小聲說著話，彼此之間的神情態度十分自然，大概這就是尋常人說的老夫老妻了。

崔夫人久病初癒，腿腳沒力氣，想試著自己走，崔老爺又怕她跌倒，便伸出左手，虛虛地張開，護在她身後，不叫崔夫人看見了，但是若她不慎摔倒，又能立即扶住她。

施爐望著他的姿勢，忽然想起了什麼。謝翎從前每日接送她往返醫館，要是遇到了雨雪天氣，他也會自然地伸出一隻手，虛虛放在她的身後，若非有一次施爐無意間回頭，恐怕都發現不了。

望著樓下的那兩人，施嫿不知為何，竟然十分地想念起那個遠在京師的少年。

施嫿有些怔怔，忽然，樓下傳來一個呼聲，她回過神來望去，只見是陳老，站在園門口，衝她招手，施嫿立即下了小樓。

陳老走過來道：「官府來了人，請我們去給災民看病，不知妳是否方便，所以過來問一問妳。」

施嫿聽了，忙一口答應下來。「當然可以，我們現在就去嗎？」

「是。」陳老道：「有不少災民都病了，除了我和陳老以外，還有一個大夫，三個人恐怕忙不過來。」

生病的災民足有近百人，包括施嫿在內，也只有四個大夫，挨個兒看診，從一早忙到天黑，才得到片刻的喘息。

施嫿深深地吐出一口氣來，院牆旁邊掛著燈籠，昏黃的光芒灑落下來，院子裡有些安靜，就連那些哭鬧的孩子們都睏了。

陳老對施嫿道：「我們先回去，這裡有衙門的人守著。」

施嫿點點頭，和陳老三人回了崔府，一路上都沒有人說話。

眼看崔府要到了，陳老嘆了一聲。「這是什麼世道啊！本就過得不容易，又來一場天災，真是雪上加霜。」

然而鄭老卻輕哼一聲。「是天災嗎？恐怕未必。」

京師。

奏摺不輕不重地被扔在了御案之上，一個帶著怒氣的聲音道：「岑州一帶的天災也著實厲害了些，三百萬兩白花花的銀子都堵不住白松江的河堤啊！」

底下幾個官員立時跪伏於地，戰戰兢兢地不敢說話。

一旁的太子李靖涵掃了一眼那奏摺，是合上的，不知是誰的奏本？他一遲疑，也緩緩跟著跪了下去。「父皇息怒，保重龍體。」

宣和帝冷嗤一聲。「朕就是躺著，也能被這幫人給氣醒了！」

這話一出，幾個官員越發小心翼翼了，紛紛叩頭。「臣有罪。」

宣和帝冷笑道：「是有罪，可罪在哪裡呢？」

所有人都不說話了。

宣和帝一雙眼睛盯著他們，慢慢地掃過去，最後化作一聲冷哼。「彭子建，你是工部尚書，你來給朕說說，去年朝廷撥了三百萬兩銀子，給你們修河堤，都修到哪裡去了？」

聞言，太子李靖涵的心裡下意識地一緊，然後又慢慢放鬆開來，不動聲色地去看那被突然點名的工部尚書彭子建。

彭子建額上見了汗，但好歹尚算鎮靜，答道：「回皇上的話，給白松江修河堤的款項，戶部是撥下去了，後來修河堤的帳目詳細，也都遞給了戶部，戶部當時是勘查過的。」

宣和帝目光一掃，在御案後坐了下來，沈聲道：「好，事情到了戶部這裡了，恭王。」

「兒臣在。」恭王李靖貞恭敬應道。

宣和帝道：「你是戶部侍郎，你來說說，白松江修河堤這筆帳當初是如何算的？」

這回換恭王心裡一緊，他深知宣和帝這一句短短的問話沒那麼簡單，明面上是問戶部的帳，實際上則是問，當初撥下去修河堤的那三百萬兩雪花銀都去哪裡了？

朝廷上上下下這麼多官員，是個傻子也知道，拿三百萬兩修一條河，就是潑天的大水也不可能輕易就決了口，更別說岑州城一帶的幾個州縣，白松江裂了十來個大口，事先竟然毫無所覺，這擺明了就是有事情在裡面。

恭王現在不確定的是，天子現在把這個問題拋給他，是想要把這事情給揪出來，還是要如何。

恭王心思輾轉，只覺得額間有了汗意，口中謹慎答道：「回父皇的話，去年修白松江河堤的帳目，兒臣昨日都重新翻看過一遍了。」他說到這裡，微妙地停頓了一下，把在場大部分人的心都提了起來，下一刻，恭王繼續道：「只從帳面上看，這三百萬兩確實都用在了修河堤上，並無其他用途。」

宣和帝短促地笑了一下，意味不明地道：「看來是各自有理了。」

所有人立刻磕頭道：「臣不敢。」

宣和帝靜默片刻，忽而問道：「受災縣的那幾個知縣和知府，和河道監管的幾個人，都押回京師了？」

一人答道：「回皇上，除了岑州知府已經畏罪自盡了以外，其餘幾個都在回京的路上了。」

「嗯？」宣和帝站了起來，像是別有深意地道：「自盡了？」

「是。」

宣和帝眉頭一動，聲音不喜不怒。「奏摺上不是才說了是天災嗎？都察院還未審他，就畏罪自盡了？」這下所有人都不說話了，空氣寂靜得令人不安，許久之後，宣和帝掃了他們一眼，忽然道：「好！」

所有人心裡都是一跳。

宣和帝轉向一旁的當值太監，大聲問道：「劉禹行和元霍來了沒有？」

那當值太監立即答道：「回皇上的話，劉閣老和元閣老已經進宮了，不多時就要到了。」

宣和帝壓抑著怒氣，道：「行，那朕就再等等！」

自皇宮出來之後，幾名官員都沒了閒扯的心思，匆匆互相拱手離開。

恭王上了馬車，道：「往前走。」

車伕應下，趕著馬車順著長街往前方走去，卻不是往王府的方向。
不多時，前面路口處站著一個人，手裡提著一盞燈籠，像是在等誰似的。
馬車停了下來，車伕低聲道：「王爺，是竇大人。」
恭王立刻道：「讓他上來。」
竇明軒不久便進了馬車。
恭王吩咐馬車打道回王府。
竇明軒壓低聲音道：「王爺，怎麼樣？」
恭王簡單地道：「下令徹查。」
竇明軒倒抽了一口氣，聲音裡帶著幾分輕快和喜意。「這一查下去，拔出蘿蔔帶出泥，那位恐怕要被牽扯到了。」
恭王卻搖搖頭。「不一定，斷尾求生，這種事情，他已不是第一回做了。」
竇明軒遲疑道：「王爺的意思是……」
恭王冷笑一聲。「你恐怕不知道，去年白松江修河堤撥款的那三百萬兩，我估算至少有兩百五十萬兩進了其他人的腰包，大部分去了那位宮裡，其餘的被大、小官員瓜分乾淨，修河堤？怕是修他們的官路。」
竇明軒倒抽了一口氣。「五十萬兩能做什麼？更不要說岑州那一帶地形惡劣，這群人的膽子未免也太大了！」

「總之，這件事情要查，但是怎麼個查法？查不查得下去？卻是不知道了。」

馬車裡靜默半晌，竇明軒忽然道：「王爺，這是您的機會。」

昏暗的燈光中，恭王的眼睛裡閃出一絲光來，他慢慢地道：「慎言。」

竇明軒頓時了悟。「是。」

翰林院。

「謝修撰，我先走了。」一個同僚收拾好筆墨，將自己桌上的蠟燭吹滅了。

謝翎道：「慢走。」他手中的筆卻不停，繼續飛快地寫著，不時掃一眼左邊攤開的書冊，正是那幾本國史。

自從謝翎被元霍安排來修國史，到如今已有小半個月之久。翰林院是個神奇的地方，待得越久，謝翎就越沈得住氣，空氣中瀰漫著新墨的味道，令人很快便定下心來。

他寫下最後一個字，這才擱下筆，將寫好晾乾的紙一一整理好，放在櫃子裡，然後收拾一番，吹滅了燭火，才離開翰林院。

入了夜，平常這時路上已經沒有人了，所以今天見前面有一個人打著燈籠站在大門邊，謝翎覺得有些異樣，盯著那人看了一眼，卻見那人朝他這邊迎了過來。

「可是謝翎謝大人？」

對方一口便喊出了他的名字，可見是特意等在這裡的。謝翎停下腳步，打量他幾眼，道：「我是，有何貴幹？」

那人笑道：「小人是禮部尚書竇大人的家僕，竇大人特意著小人前來，請謝大人過府一敘。」

「原來是恩師府上。」謝翎道：「有勞帶路。」

那僕人忙道：「馬車就在前面等著，謝大人請。」

謝翎不是第一次來竇府了，自從授了翰林院修撰的官職之後，他又來過幾回，只不過夜裡來，還是第一次。

謝翎想不到竇明軒忽然邀自己前來做什麼，還是在這個時候。

等到了花廳時，竇明軒正在對著棋盤冥思苦想，看見他來，連忙道：「你來了。」

謝翎拱了拱手。「學生見過老師。」

竇明軒道：「你來得正好，我這有一盤殘局，正愁無法可解，你來看看。」

謝翎掃了一眼棋盤，只見黑子已成合圍之勢，白子無路可走，眼看就要困守孤城而死。

竇明軒笑著道：「今日我就厚顏欺一欺年輕人，來，你執白子，我執黑子，咱們師生兩個廝殺一番。」

他話說得很親切，謝翎便沒有拒絕，道：「那學生就獻醜了，請老師手下留情。」他說完，拿起一枚白子。

竇明軒道：「白子先走。」

聞言，謝翎也不客氣，將白子放入局中，卻是一個十分不起眼的位置。

竇明軒盯著他落的那一子揣測許久，也猜不出來到底是什麼路子，遂笑言。「可千萬別同我客氣。」

謝翎頷首笑道：「是。」

竇明軒一邊落子，一邊與他閒談。「這幾日在翰林院如何？」

謝翎答道：「尚能應對，同僚都十分平易近人。」

「那就好。」竇明軒道：「可給你安排了事情做？」

謝翎落下白子，道：「掌院讓我跟著張學士一同修國史。」

聞言，竇明軒訝異道：「可是宣和二十年間那一段？」

謝翎抬頭看向他。「老師知道？」

「是。」竇明軒沈吟片刻，道：「若是那一段國史，皇上曾經特意下過旨意，最遲今年年底要修完。」

「確實如此。」謝翎又落下一子，道：「該老師了。」

竇明軒這才恍然回神，跟著落下黑子。「既然這樣，想必你今年有得忙了。」

謝翎笑了笑，隨口道：「能忙也是好事。」

聽了這話，竇明軒下意識地看了他一眼。

謝翎回視他，年輕人的眼睛在燭光下顯得十分透澈，他提醒道：「老師，該您落子了。」

竇明軒笑了一下，落下黑子，抬起手時，忽覺不對，只見棋盤上的白子已不知不覺形成一片，竟然反過來將黑子包圍起來，而之前謝翎在角落上下的那一手，如今看來卻是將兩片白子連了起來！

竇明軒正愣神兒間，謝翎緊跟著落下最後一子，道：「承讓了，學生險勝。」

白子一落，棋盤上的黑子已成死局，任憑竇明軒再如何補救，也已回天乏術。他長嘆一聲，將黑子擲回棋盅，笑道：「不愧是神童，為師甘拜下風。」

謝翎謙虛道：「不敢，這一局只是學生僥倖罷了，若是認真下一局，恐怕我不是老師的對手。」

竇明軒卻搖頭。「輸便是輸了，方才這白子已是死態，卻被你救了回來，單論這一點，你就勝過我許多。」

「老師過獎。」

竇明軒笑了笑，轉而又說起旁的事情來。

師生兩個談論了許久，謝翎才告辭離開。

竇明軒站在門口見他的身影消失在迴廊後，這才轉過身來。從屏風後面走出來一個青年男子，他立即拱了拱手。「王爺。」

那人正是恭王，他的目光落在棋盤上，頓了頓，打趣道：「素有國手之稱的竇大人也會輸棋？」

竇明軒哈哈一笑。「王爺說笑了，我那點棋藝如何敢稱國手？唯有靠著對手的走神兒和疏忽，才能小小險勝一回。」

恭王道：「不過方才白子那等局面，他竟然也能給下活了，此人的確不可小覷。」

竇明軒也頷首。「弈棋者，常人走一步、看三步，高手走一步、看十步，我觀謝慎之此人，可算得上是後者了。」他說著，又看向恭王。「王爺覺得此人如何？」

恭王點點頭，過了一會兒，忽而道：「他方才發現我了。」

竇明軒一驚。「此話怎講？王爺方才分明在屏風後沒有出來啊！」

「他走時，朝我這裡看了一眼。」

竇明軒立即回想起來，確實如恭王所說，謝翎起身時，朝他的方向看了一眼，竇明軒身後不遠處便是屏風，他還以為對方只是掃視過去而已。

恭王又道：「再者，這大晚上的，你一個人獨自在花廳坐著，卻擺了一盤殘局，旁邊又放著半盞冷茶，也不是那麼全無破綻；不過由此可見，這謝慎之確實是一個心思縝密之人，倒也無愧於他的字了。」

「畢竟是仲成先生的學生！」竇明軒跟著稱讚了一句，又道：「元閣老讓他跟著張孟非修宣和二十年的國史，王爺也知道，這一段的國史當初皇上是親自下了旨意的，他這是……」

恭王背著手，走了一步，道：「元閣老這是起了愛才之心。」

竇明軒驚疑不定。「這話從何說起？」

恭王轉過頭來看著他，道：「宣和二十年的這一段國史，已修了三回，年初皇上下旨，勒令今年年底前必須修完，翰林院想安穩度過今年，這件事情就一定得做圓滿了，所以，元閣老這時候把他安排進去，只不過是讓我們別動他。」

「別動他？」竇明軒愣了一下，他不是笨人，立刻醒悟過來。「這意思是，讓我們暫且不要用他？」

恭王點點頭，又道：「不過元閣老多慮了，寶劍雖然鋒利，但是畢竟還未磨鍊淬礪，輕易動用，恐怕一不留神就會折了。」

「折了」兩字一說出來，竇明軒的眼皮子便是一跳，而後才道：「元閣老似乎有些看重他。」

「再過不久，劉閣老就要致仕，內閣的位置也會動一動了，到時候若無意外，元閣老會提為次輔。翰林向來有儲相之稱，朝廷大員多半出身翰林，這謝慎之又得元閣老青眼，日後必然仕途遠大。」他說著，沈吟片刻，又道：「既然如此，那就遂了元閣老的意思，徐徐圖之，來日方長。」

竇明軒點點頭。「是。」

晏府。

謝翎一接到消息，才到書齋時，便見晏商枝手中拿著一封信，衝他揚了揚手。

「來了。」

謝翎點點頭，道了一聲謝，將信接過去，匆匆拆開看了起來。

晏商枝見狀，走開些，給他留下足夠的私密空間。

信依舊是林寒水寫的，謝翎眼裡閃過幾分失望，但還是立即往下看。一共三頁，字不多，寫了施嫿去邱縣祭祖的事情，又說前幾日才收到施嫿來信，說她去了岑州為人治病，等事情一了，就會回蘇陽城來，為了讓謝翎放心，林寒水又在信中寫了施嫿下榻的客棧在哪兒。

謝翎看完了信，深深吐出一口氣來，心裡說不上是輕鬆還是複雜。

他只知道，他現在很想見到阿九，很想、很想；想抱一抱她，也想問她一句，至於要問什麼，謝翎還沒有想好，儘管事實上，他現在什麼也做不了，只能對著這信上的寥寥幾句話，竭力地設想她如今的情狀。

阿九現在在做什麼呢？

岑州城。

這一日，施嫿與陳老三人仍舊在給病人看診，忽聞外面傳來了爭吵之聲，施嫿有些好奇，出去一看，鬧事的人竟然是一名女子。

她穿著白色的衣裳，腰間繫著麻，竟然穿著一身孝衣！

女子冷冷道：「我要見同知大人。」

攔著她的差役道：「妳找錯地方了，同知大人怎麼會來這裡？」

那女子敏銳地反問：「他既不在自己府裡和衙門，也不在這兒，那他到底在哪裡？」

差役不耐煩地道：「我如何知道？我就是個辦事的，哪兒管得了同知大人的去向？」

女子冷冷地道：「那你讓我進去。」

差役無奈極了，但見施嫿他們出來，連忙道：「妳問問他們，有沒有見過同知大人。」

那女子轉而看向他們，張口正欲說話，卻腳下一轉，竟然衝進了院子。

差役見了，忙叫了幾聲，追了上去，院子裡面傳來喊叫聲和喝止聲。

施嫿問另一個差役道：「方才那姑娘是誰？」

差役答道：「是岑州前知州的女兒。」

前知州，也就是說，現在已經不是了。施嫿想起方才那女子身上繫著的麻，面上浮現幾分若有所思。

又過了兩日，災民們的病情得到了緩解，大多數都沒有什麼問題了，施嫿正準備回崔府時，忽然有人叫喚——

「施大夫。」

她近來一直在給災民治病，所以大多數人都認得她了，施嫿轉過頭，就見一個人小跑著過來，手裡還拿著什麼東西。

等到近前來，那人才喘了一口氣，道：「施大夫，有您的信。」

施嫿愣了一下，才想到月初來岑州城的時候，她給林家寫了信，估計是他們回信了。

「多謝你。」

施嫿接過信，那人不好意思地笑了笑，道：「施大夫心地仁厚，替我們治病，是我們要謝謝您才是。」

施嫿與那人告辭，拿著信回到崔府之後，才拆開來看，令她沒有想到的是，裡面竟然有兩封信。

一封是林寒水寫的，裡面說了些懸壺堂和林家的近況，讓她出門在外，多多注意，又說謝翎中了狀元，報錄人已經來報喜，只可惜施嫿不在，特意藉著書信告知她一聲；另外，謝翎當初寫了信，她不在蘇陽城，這次特意附上，隨信一同送來了。

施嫿看過之後，拿起了第二封信，翻到前面，上面果然寫著幾個清瘦俊逸的字體。

阿九親啟。

施嫿的手指不由頓住了，一時間竟然沒有動作，腦中突然閃過了一個詞——近鄉情怯。

這個詞放在此時來說，或許不那麼恰當，但確實十分貼切她此刻的心境。當初她回邱縣時，一路走到梧村，也從未生出過這種心情。

此時，面對著這麼一封簡單的信，她竟然有些了悟那四個字的感受。

霎時間，手中的信彷彿重若千鈞。

施嫿沒有拆開，而是將它放下了，走到窗邊，把窗扇推開，外面有一樹芭蕉，明媚的陽光穿過芭蕉葉照進來，將它照得通透碧綠，十分漂亮，鳥兒的啾啾鳴聲串串灑落。

施嫿愣怔片刻，這才回到桌邊，將那封信拆開，一時間，淡淡的墨香毫無聲息地瀰漫開來，竟是十分的熟悉。

阿九吾愛，東風握別，倏居朱明，憶清露別離，已逾數月，甚是想念，歸心似箭，無奈殿試在即，分身乏術，唯有借鴻雁魚書，以敘離情。

一別之後，兩地相懸，心中顧念日益殷勤，偶憶往事，恍如昨日猶在，記初遇阿九，至今竟已近十年矣，人之一生，匆匆不過六、七十載爾，吾今年十歲有七，阿九今年十歲有八，惟願往後餘生數十載，與阿九攜手共度，上窮碧落，下至黃泉，不敢訣絕。

施嫿的手輕輕顫了一下，那信紙也跟著顫了顫，彷彿她胸口處的一顆心。

窗外，鳥兒啾啾的鳴聲仍舊一串串灑落，她抬頭望去，只見大好豔陽，晴空萬里，竟如夢中畫卷一般。

施嫿愣怔許久，心中思緒雜亂閃過，最後只餘那一日夜裡，少年提著燈籠，站在院子裡，含笑望著她，目光中是無盡的溫柔，像是天上的星子落入其中。

阿九，我喜歡妳。

少年清亮的聲音不疾不徐，彷彿就在耳邊響起，甚至帶著幾分微不可察的笑意。

不知過了多久，施嫿將信放下，站了起來，走到窗前磨墨，開始給謝翎寫起回信。

見字如晤。

知居珪璋，君應奉出仕，策名金榜，得入翰林，余心悅然，當與君同賀，然此身在遠，實為遺憾。既惠音信，厚顧殷勤，余心亦甚欣悅。

「亦甚欣悅。」

謝翎緊緊盯著那四個字，慢慢地唸了一遍，又看了一遍，簡直想把它嚼碎了就這麼嚥下去似的。

他反覆地看著，彷彿想從那四個秀麗的簪花小楷中咀嚼出什麼滋味來。

旁邊，楊曄小聲地道：「你們看慎之那表情，要笑不笑，怎麼回事？」

這回錢瑞也不禁憂心道：「不會又出什麼事了吧？」

晏商枝摸了摸下巴，盯著謝翎看了好幾眼，才道：「我倒覺得，他這是有些受寵若驚的樣子。」

楊曄狐疑。「那這回信裡寫的是好事了？」

晏商枝道：「他還沒看完呢，誰知道？」

兩人正說著，那邊謝翎將信收好，走過來對晏商枝道：「多謝。」

晏商枝笑了，望著他表情中帶著幾分不甚明顯的喜意，道：「如何？是好消息？」

「是，好消息。」謝翎說著，不再掩飾自己的情緒，笑了起來，道：「阿九準備動身來京師了！」

第二十章

梁河古道，直通南北，一隊車馬緩緩前行，馬蹄踏在地上，揚起細細的灰塵，車上堆著不少貨物，這是一個商隊。

此時是五月下旬，天氣漸漸熱了起來，走了不知多久，前面出現了一個小鎮，車馬隊伍便停了下來，準備休息一番。

馬車尾端，一個身著青色布袍的少年坐在車轅上，背靠著貨箱，膝蓋上放著一本書，正聚精會神地看著，不時還讀出聲來。「季夏，汛行，惟情志不怡，易生驚恐，與麥冬，參須，熟地，石英……」

這時，有人過來招呼道：「施大夫，咱們停下來歇歇腳，您也下來喝一碗茶吧！」

那少年聽了，將書合上，放進隨身的包裹中，點頭笑道：「好，多謝你了。」

少年正是施嫿，給謝翎寫了信之後，岑州災民的病情也差不多好轉，她便主動辭別陳老和鄭老先生，提出要前往京師。從出發之日起，至今已七、八日有餘，臨行前，鄭老與陳老送了許多醫案，都是他們行醫多年的經驗，讓施嫿分外感動。

施嫿一下馬車，便有人招呼她去喝茶，她平日裡話少，幾乎沒幾個人知道她的女子身分。她模樣長得俊秀，看上去十分乖巧，又與東家有幾分關係，還是個行醫治病的大夫，商隊裡的人不自覺都會多照顧她幾分。

這是一個小鎮，路邊有個茶棚，擺了好幾張桌子，商隊許多人吃茶不願意坐，都是站著，或是蹲在地上，一邊捧著茶碗喝著，一邊大聲地談笑說話。

施嫿走到桌邊坐下，這才發現對面已經坐了一個人，是一名女子，施嫿的目光掃過她衣襟上別著的麻，對她點點頭。「杜姑娘。」

杜姑娘看起來不苟言笑，但是也頷首以示禮貌。「施大夫來了。」

施嫿認得她，確切地說，在來商隊之前，見過她一面，那一日夜裡，她穿著白色的孝衣，質問著差役，說要見同知大人。

岑州前知州的女兒，到了商隊之後，施嫿才知道她叫杜如蘭。

杜如蘭性子冷淡，面上時常有鬱鬱之色，這是心中鬱結之狀，她與商隊裡的人從不多做交談，施嫿也沒怎麼與她說過話，頂多就是知道彼此的名姓。

施嫿喝著茶，這種路邊的茶棚沒有什麼好茶，大片的茶葉在水中沈沈浮浮，但是勝在茶香悠長。

杜如蘭喝過茶之後，便起身離開了，她一向如此，施嫿和商隊裡的人都見怪不怪了。

就在此時，旁邊傳來爭執聲，施嫿轉頭望去，卻見兩批人在打架，就在茶棚最靠外面的一張桌子，確切地說，不是兩批人，而是一群人打一個人。

被打的是個青年模樣的人，他有些瘦，但是力氣很大，一拳便能打翻一個，但是縱然如此，雙拳難敵四手，很快就被人壓著打了。

但是那青年越打越凶，完全不怕疼似的，那些拳腳落在他身上，他都視若無睹，繼續反擊回去。

眼看戰況越來越激烈，桌凳都被掀翻了，茶壺、茶杯碎了一地，茶棚老闆坐不住了，急忙跑出來，大喊道：「都住手！你們要打上別處打去，壞了我的生意，我就上官府告你們去！」

一聽到「官府」兩個字，那一批人便有所收斂，再加上也沒占著便宜，領頭的人摸了摸鼻子，一手都是血，齜牙咧嘴地指著那青年，惡狠狠地道：「你給老子等著！」說著便帶著一幫人浩浩蕩蕩地離開了。

那青年猶自站了一會兒，竟然沒走，而是轉過頭對茶棚老闆道：「勞駕，再給我上一壺茶。」

那老闆驚了，商隊的人也都紛紛轉頭去看，施嫿聽見旁邊一人道。

「這人有些厲害。」

老闆生怕惹事，再加上方才他們打架摔碎了不少東西，心中有氣，也不給他茶，連連擺手道：「別、別，您這生意我不做了，幾個茶錢還不夠我買個茶壺！」

那青年似乎有些遺憾，轉身準備走。

施嫿忽然道：「大哥，我這裡有沒用過的茶碗，你若是不嫌棄，可以來這裡喝。」

青年聽了，又轉過頭來。

施嫿看清楚了他的正臉，單就相貌而言，十分普通，甚至還帶著幾分書生氣，完全看不出來這人能和一群混混們打成平手。

他笑道：「多謝了。」說完便走過來，在施嫿對面坐下，伸手拿了一個乾淨的茶碗，從容地倒起茶來。

就在此時，旁邊傳來一聲驚呼。

「欸，那人，你的背在流血啊！」

聽了這話，施嫿立即看過去。

那青年放下茶碗，疑惑道：「是說我嗎？」他說著，側了側身子，轉過頭去似乎想看自己的背。

這時施嫿已先他一步看見了，確實有一道不小的傷口，上面還有一塊碎瓷片，足有半指長，一半沒入了傷口內，鮮血正汩汩流出來，將衣裳都浸濕了。

按理說，這麼深的傷口，常人應該早就不能忍受了，偏偏這青年像是毫無反應，甚至伸手試圖將那瓷片拔出來，只是準頭不好，幾次都沒拔出來，看得旁人心驚肉跳，好像那傷口是在自己身上似的。

青年拔不出來，竟然也不理會了，兀自喝起茶來。旁邊的人面面相覷，只覺得此人真乃神人也！背上豁了一個大口子，居然還能如此氣定神閒地喝茶？

倒是施嫿起身了，道：「你別動，我替你處理一下。」

青年聽了，欣然道：「那敢情好，有勞小兄弟了！」

施嫿盯著他的傷口看了看，瓷片雖然鋒利，但是所幸沒有斷在肉裡，輕易便能拔出來，在施嫿做這一連串的動作時，青年也是毫無反應。施嫿的手貼在他的脊背上，就連肌肉下意識的抽動都沒有。

沒了瓷片的阻礙，血立即汩汩湧出來，施嫿卻倒抽了一口氣，這人不像是能忍痛，而是真的不覺得痛。

她忍不住開口問道：「你沒有覺得傷口痛嗎？」

「啊？」青年愣了一下，才道：「確實不疼，傷口很深嗎？」

施嫿還沒答話，旁邊一個商隊夥計道：「是挺深的，再進去一點，這瓷片大概就不能徒手拿出來了。」

有人驚訝道：「你竟不覺得痛？實在是厲害！」

大多數人都以為他是忍的，那青年笑笑，也不說話，倒是施嫿輕輕皺了一下眉，替他包紮一番。

青年十分有禮地道謝，又道：「在下姓邵，名清榮，敢問小兄弟名姓，日後也好報答。」

旁邊的商隊夥計忙答道：「這是我們施大夫。」

邵清榮面上露出幾分驚訝，似乎完全想不到施嫿這麼小的年紀就是大夫了。

施嫿擺了擺手，道：「不必了，只是舉手之勞而已，不過，我倒是有事想問問邵兄。」

「請講。」

施嫿好奇問道：「我方才觀你情狀，像是真的沒有感覺到疼。」

邵清榮笑了一下。「原來是這事。確實如此，我從小體質便異於常人，無論大傷、小傷，都察覺不到疼痛。」

旁邊的夥計驚嘆道：「還有這種怪病？」

「是。」邵清榮笑道：「從小就有，請了大夫來也不見效果，索性就不治了，再說，感覺不到疼，有時候來說也是好事嘛。」

施嫿搖搖頭，道：「這卻未必，其中弊病極大。」

邵清榮一怔。「此話怎講？」

施嫿道：「人若是生了病，必然會覺得身上有地方疼痛，你既感覺不到疼，豈不是連自己生病了都不知道？去看大夫，問起來時也說不清楚，叫大夫如何看診？」

邵清榮若有所思。「說得也是。」

施嫿又道：「就拿你背上的傷口來說，方才若不是我們發現了瓷片，你恐怕都不知道它的存在，天氣炎熱，等過了一、兩日，傷口潰爛化膿，恐釀成大病。」

這時，在旁邊聽著的夥計一迭連聲地道：「對、對，確實如此，施大夫不說我都想不到！」

邵清榮也恍然大悟，道：「大夫說得有理，那您可有辦法醫治？」他說著，眼中生起幾分希冀。

施嫿卻搖搖頭，道：「你這屬於疑難雜症，我之前從未碰過。」她猶豫了一下，又道：「不過我可以幫你查一查醫書，問問其他的杏林前輩，或許他們見過這種病也未可知。」

邵清榮也不失望，笑著道：「既然如此，那就提前謝過施大夫了。」

施嫿道：「你家住何處？將地址留給我，我到時候查出了眉目，也好找你。」

邵清榮答應下來，施嫿又問了些病情詳細，不知不覺時間便過去了，商隊已經歇息夠了，準備啟程，施嫿便與他別過了。

清晨五更時分，京師的各大城門都已經準時打開了，大批商隊和人流陸陸續續地通過建春門，慢慢地去往西市各地。

幾個人站在路旁，向一行商隊道謝，正是從岑州一路過來的施嫿等人。

那商隊頭領笑道：「不必客氣，諸位都是東家吩咐的，再者，一路上施大夫也幫了咱們不少忙，我們反倒要謝謝施大夫呢！」他說著，又道：「咱們都是常在外面跑貨的，施大夫若是找不到人，或是需要幫忙的，盡可以來西市的富盛商行尋我們。」

施嫿笑了笑，答應下來，道：「諸位慢走。」

商隊趕著進市送貨，不能久留，說完就離開了。

望著他們一行人消失在街角，杜如蘭這才轉向施嫿，道：「施大夫，我還有事，就先走一步了。」

施嫿頷首。「杜姑娘慢走，一路小心。」

杜如蘭心事重重，也不知有沒有聽進去施嫿說的話，只點點頭，揹著包袱離開了。

倒是旁邊傳來邵清榮的聲音，道：「施大夫要去哪裡？」

邵清榮正是施嫿之前在小鎮上碰到的那位青年人，後來聽說他要去京師投親，商隊的頭領也對他印象很深，便一同過來了。

施嫿想了想，答道：「我得先去找一找。邵兄呢？」

邵清榮道：「我三叔一家住在南市，還要去尋訪一番。」他說著便笑了笑，露出牙來，十分樂觀的模樣。「不過這信都是幾年前的，也不知準不準？總之先找找看。」

施嫿思索了一下，據她的記憶，南市那邊確實有大片民居，便點了點頭。「那咱們就此別過了。」

「好。」邵清榮拱了拱手，道：「施大夫一路小心。」

揮別了邵清榮，施嫿順著長街往前走去。謝翎並不難找，她已寫過一回信，林寒水也在信中將晏府的位置告知了她。

施嫿尋著人一路問過去，好不容易才找到晏府，已是中午時候了。

門房見有個陌生少年過來，有些遲疑地道：「您是？」

施嫿拱了拱手，道：「敢問這裡是晏商枝晏公子家的府邸？」

那門房點頭。「正是，客人是找我家少爺嗎？」

施嫿道：「我從蘇陽過來，想拜訪晏公子的。」

門房自然知道晏商枝在蘇陽住過許多年，聽了這話，便信了大半，連忙道：「我家少爺今日去翰林院了，恐怕得傍晚時候才回來，不知遠客貴姓，我好通稟一聲。」

施嫿答道：「敝姓施，到時候晏公子聽了，便知道我是誰。」

門房又道：「不知遠客在何處下榻？」

施嫿猶豫了一下，才道：「落腳之處尚未定下，不過我傍晚時分會再來拜會一次。」

門房聽了，連忙答應下來。

施嫿離開了晏府，她站在長街上，深深吐出一口氣來。

萬萬沒有想到，今生竟然還能踏入這浩浩京城。

施嫿都有些驚詫了，之前視這一座城如蛇蠍，避之唯恐不及，如今竟然自己送上門來，到底是哪裡來的膽量？

施嫿找了一家客棧，安頓好落腳之處，眼看天色越來越晚，她心裡竟然生出了幾分緊張，便是她自己也想不通那緊張從何而來。

這種緊張感，在看到晏府的大門時越發濃烈，施孋不知道自己是如何走到那門前的。門房依然是上午的那人，還認得她，十分熱情地招呼道：「施公子，您來了，我家少爺剛剛從翰林院回來，我這就去替您通稟。」

施孋笑了笑。「有勞。」

門房笑呵呵地擺了擺手。「客氣，您是少爺的朋友，這是應該的，您這邊請。」

施孋點點頭，深吸了一口氣，跟著他踏入了晏府的大門。

翰林院作為重要的官署機構，是設在皇城內的，此時已是酉時三刻，翰林院大部分人都走了，只有國史館裡仍舊點著燭火。謝翎仔細地翻看著史書，一邊拿著筆在旁邊記著，十分認真謹慎。

當初元閣老說的是讓他跟著張學士幾人一起修國史，但是時至今日，除了謝翎和張學士以外，就只有一個朱編修幫忙，幾乎大部分的國史都是謝翎修改的。五大本國史，厚厚一疊，擺在面前連人的腦袋都會被淹沒，年底就要修完，不只是修，還要修得好，修得讓天子滿意，簡直是難上加難。

謝翎寫完最後一個字，將筆放下，卻沒有停止的意思，又拿起第二本書，繼續翻查，眼看燭火搖曳，外面天色如幕，他卻毫無所覺。

直到門被敲響了，謝翎被吸引了注意力，抬起頭來，只見一個同僚站在那裡，伸頭向他道：「謝修撰，我方才看到大門處有一個家僕，似乎是有急事要尋你，看他那樣子還挺著急的，我怕莫不是你家中出了事情，來告知你一聲，你要不要出去看看？」

謝翎聽罷，站起身來，頷首道：「多謝你了，我這就去看看。」

那人笑了笑，道：「客氣了，大家都是同僚，小事而已，何必言謝？你快去吧！」

謝翎的宅子裡是沒有僕人的，想必是晏府的人，但是晏商枝知道他近來忙，輕易不會派人過來，既然這麼著急，極有可能是因為蘇陽城，或者阿九那邊有消息了！

謝翎眼神變得深邃，他不再耽擱，直接把案桌上的宣紙和史書等重要物件都收了起來，確定鎖好之後，立即熄滅燈燭，腳步匆匆地離開了。

他心中急切無比，因為時候不早了，翰林院幾乎沒有人，長長的走廊中寂靜無比，謝翎卻覺得這長廊比往日要長了許多，他走了許久才走到一半。

謝翎再也忍不住了，他直接提起長袍的下襬，在空無一人的長廊奔跑起來，一路穿過了翰林院的三重門，來到了大門口處，一盞小小的燈籠等在那裡，燈籠上寫著一個熟悉的「晏」字。

謝翎的腳步停了下來，他放下衣角，理了理衣裳後，這才走上前去，那人是四兒。

看見他來，四兒鬆了一口氣，道：「謝公子，總算盼著您出來了！小人方才還請一名翰林院的老爺幫忙進去知會您一聲呢！」

謝翎「嗯」了一聲，淡淡地問道：「是師兄找我？」

「正是呢！」四兒道：「我家少爺請您趕緊回去一趟，說是有大事情。」

謝翎的心立即提了起來，仍舊不動聲色地詢問。「什麼大事？」

四兒笑道：「說是蘇陽城來了故人，謝公子見了一定會歡喜。」

這一句話說出來的那一瞬間，謝翎的一顆心就像是被什麼攥緊了似的，是那種終於落到了實處的踏實感，他竟然笑了一下，很快又收斂了，問四兒道：「是什麼時候來的？」

四兒一邊引著他往前走，一邊答道：「聽說是上午時候就來了，跟門房說了一聲，又走了，說傍晚時候還會過來，咱們少爺從翰林院下了學一回來，就聽說了這事，趕緊叫小的來尋您回去。」

謝翎猶豫了一下，又問：「你見過那故人了嗎？」

四兒笑道：「這倒沒有，小人今兒一早就隨著夫人去昭明寺上香，恰巧錯過了。」

謝翎點點頭。

四兒一抬頭。「馬車到了，謝公子，先上車吧！」

謝翎答應一聲，上了馬車。

四兒趕著車往皇城門口的方向駛去。

明明平日裡不覺得晏府有多遠，如今坐在馬車中，謝翎卻忍不住幾番掀開車簾往外看，馬車一路穿過端門、東城、宣仁門，謝翎問道：「還有多久到晏府？」

四兒的聲音從外面傳來，被風吹得有些飄忽不清。「還有一刻鐘左右，謝公子莫急。」

謝翎忍住了，他這才驚覺自己抓著車簾的手指一直在輕輕顫動著，他盯著那手指，猛然捏緊了。

阿九……

施嫿正與晏商枝說話，忽然見門口走進來兩個人，打頭那位個子略高，身形有些瘦，濃眉俊目，正是楊曄，進來就喚了晏商枝一聲「師兄」，叫完之後便轉頭來看她，笑著問她。

「妳什麼時候來京師的？一個人來的嗎？」

施嫿答道：「我之前在岑州替人治病，後來從岑州隨著商隊一同出發，今日才來到京師的。」

聞言，楊曄驚異道：「岑州？是前陣子發了大水、決了河堤的那個岑州嗎？」

施嫿點點頭。「正是，白松江決堤之時，我恰在岑州城內。」

幾人俱是驚訝不已，晏商枝問：「如今岑州城情況如何？」

施嫿答道：「我走時，災民俱已安頓妥當了，不過良田已被淹了十之七八，恐怕今年難有收成了。」

楊曄是個藏不住話的性子，聽了這話，便問道：「我聽說白松江決堤一事，是因為去年撥款修河道的銀子都被貪了，這事可是真的？」

施嫿頓了一下。

晏商枝不贊同地道：「敬止，慎言。」

楊曄悻悻地住口。

施嫿想了想，答道：「這事我不太清楚，但是據說決堤之前，官府沒有派人去巡查，河堤是突然裂了口子，此事還是岑州城的百姓發現的，因為疏散不及時，不少百姓事先一無所覺，導致不少人家都被洪水沖走了。」她說著，又道：「岑州城至少有三成百姓無家可歸。」

可想而知，其他地方又是如何景象。氣氛一瞬間默然了，就在此時，外面傳來了腳步聲，起先有些急促，等到了書齋院子裡，卻又猛地停住了。

一個疑惑的聲音響起。

「謝公子，怎麼不走了？」

施嫿的心頓時一緊，她站了起來，望向門口，一時間，不知心底究竟是緊張，還是期待。

她已有許久沒有看見謝翎了，自從九年前開始，他們一直相依為命，這還是第一次，兩人分別如此長的時間。

混亂間，她一時竟想不起來謝翎的面孔。

施嫿正怔忡間，一個熟悉的身影襯著夜色，也沒打燈籠，大步跨進門來，空氣中帶著庭院裡草木的氣息，冉冉浮動，又有幾縷墨香淡淡地散開。

那是謝翎，施嫿的第一個感覺便是，他長高了許多。

謝翎進來之後，先是緊緊盯著她看了一眼，然後轉向晏商枝等人，道：「師兄。」彷彿對施嫿的到來全然無感一般。

楊曄忍不住提醒他道：「你小——咳咳，你姊姊來了。」

謝翎點點頭，表示知道了，也沒說別的話，就連表情都沒有變動分毫，跟之前聽說施嫿離開蘇陽城時的那副陰沈模樣截然不同。

楊曄正納悶間，忽聞晏商枝道——

「既然施姑娘來了，慎之不如先將她安頓好，天色也不早了，我便不留你了。」

謝翎頷首。「這些日子麻煩師兄了，我便先與阿九告辭了。」

他的語氣淡淡的，施嫿聽不出什麼情緒，她忍不住趁著所有人不注意的時候，盯著謝翎看了幾眼，仍舊如古井無波，十分平淡。

施嫿心中不可避免地生出幾分失落來，她想著，或許，謝翎並不是如信中那麼地想要她來京師？

辭別了晏商枝幾人，施嫿跟在謝翎身後往書齋外面走，一路上晏府的下人見了他，都紛紛打招呼，謝翎也都十分有禮地一一回了。

一離開晏府，夜色已經深了，兩人都沒有打燈籠，前路漆黑一片，施嫿跟在謝翎身後，看不清楚路面，不小心被什麼絆了一下，差點摔倒。

走在前面的謝翎立即停下了腳步。
施嫿張了張口，正欲說話時，他忽然轉過身，幾步走過來，伸手將施嫿抱了個滿懷。
施嫿被嚇了一跳，剛想推開他，卻聽謝翎小聲說了一聲什麼，她的手停住了，細細去聽，卻是對方在喊她的名字。
「阿九……」
一聲、兩聲、三聲，聲音輕軟得好像一聲嘆息，隨時會被夜風吞沒一般。
「阿九，我好想妳啊！」
聽見這一句，施嫿的心就彷彿泡在了溫水裡一般，毫無聲息地軟成了一團。
她……又何嘗不是呢？
謝翎已經長得高出她許多，他將施嫿抱了許久，直到前面傳來了腳步聲，施嫿才忍無可忍地小聲提醒道：「鬆開，有人過來了。」
謝翎這才戀戀不捨地鬆開了手，低頭望著她，問道：「阿九，妳來多久了？」
施嫿答道：「一早便入城了，找你師兄的府邸花了些時間，大約中午時候才找到，門房說你們都去翰林院了，也不在府中，我讓他到時候幫忙通稟一聲就離開了。」
這些其實謝翎在回來時，便已經仔細問過四兒了，但是不知怎麼地，他現在就是想聽施嫿再說一遍，哪怕是簡單幾句話，他聽在耳中，也能莫名生出幾分滿足來。
施嫿望著高自己一個頭的謝翎，也有一種吾家少年初長成之感。當初撿到謝翎的時候，他還被人叫做謝狗兒，只有那麼一點大，被人欺負了也不吭聲，如今已長成了一個翩翩少年。

謝翎動作無比自然地替她接過包袱，道：「阿九，我帶妳去我們的宅子。」

「宅子？」施嫿愣了一下，才道：「什麼宅子？」

謝翎一面走路，一面虛扶在她的身後，答道：「是小傳臚那一日，皇上賞賜給我的。」

這倒是有可能，施嫿點點頭，心裡思索著，不過以謝翎如今翰林院修撰的俸祿，恐怕是養不起這座宅子吧？

但是日後既然要在京城安家落戶，站穩腳跟，可以徐徐圖之，倒不急在這一時。

施嫿想了大半天，眼看謝翎帶著她拐過幾條街，兩邊的店鋪景象也有些熟悉。

謝翎突然停下腳步，道：「阿九，就是這裡了。」

施嫿倏然抬頭望去，只見一座高門大宅屹立在前方，左邊是酒樓，右邊是茶館，正對面是將軍府，眼熟得不得了！

施嫿的聲音有一絲幾不可察的顫抖。「這就是皇上御賜給你的宅子？」

謝翎點點頭。「是這一座，怎麼了？」

施嫿心裡震驚無比，盯著眼前這座宅子，若她沒記錯的話，這座宅子不是在宣和三十四年的時候，御賜給了太子李靖涵？

施嫿之所以對這座宅子印象深刻，正是從太子李靖涵那裡聽來的，那時候隱約有了太子失去聖寵的傳言，恭王聲勢如日中天，幾乎有與東宮並駕齊驅的架勢，偏偏在這個節骨眼，中秋節到了，皇上高興，御賜了這座宅子給太子李靖涵。這本來是一樁好事，但是沒承想，太子卻大怒，在府裡發作了好一通，施嫿才得知，這宅子還有一個凶宅的名頭。

也不知是不是真的那麼巧，宣和三十六年，太子被廢，宣和帝駕崩，留下一道遺詔，恭王繼位，將廢太子李靖涵貶去蠻荒之地做藩王，此生不得踏入京師一步。

廢太子李靖涵一個沒想開，就點火自焚了，讓這凶宅的名頭變得名副其實。

可施嫿萬萬沒想到，如今皇上竟然把這座宅子賞給了謝翎！他想做什麼？

施嫿腦中思索著，當初太子拿到這宅子之前，前一個主人到底是誰？

任憑她想破了頭，也沒有一絲一毫的印象。

謝翎喚了她一句。「阿九，怎麼了？」

施嫿回過神來，心裡五味雜陳，搖搖頭。「沒事，這宅子看起來好大，我們住得了嗎？」

「無妨，我們只住其中一個小院子，其餘的不去管它，任它荒著便是。」

施嫿點頭，如今看來，也只能這樣了。

謝翎帶著施嫿走進宅子，隨手將門合上，發出咯吱一聲，在夜色中遠遠傳開。

這宅子確實很大，謝翎在門房處找到一個燈籠點上，仔細叮囑道：「阿九，妳跟著我，別摔倒了。」

施嫿應了一聲，跟在他身後，庭院裡十分安靜，只能聽見夏夜的蟲子發出長一聲、短一聲的鳴叫，細細的，像是某首不知名的小曲子。

轉過遊廊和小徑，走了好長一段路，謝翎才在一個院子前停了下來，說了一聲。「我們到了。」他說著，伸手將院門推開。

進去的第一眼，施嫿便覺得這院子的布局有些眼熟，倒是有幾分像蘇陽城的院子，只不過這個院子是兩進的。

謝翎打著燈籠進去，一邊隨口問道：「阿九，妳還回蘇陽城嗎？」

乍聞這一句，施嫿便聽出了他聲音中隱藏的緊張，分明十分不願意，但是又不得不問，她心中不免有些想笑，故意道：「過些日子吧！」

謝翎的腳步頓時停住了，他轉過身來，燈籠昏黃的光芒照在他的袍子下襬，他的聲音有些緊繃，難得地有點著急了。「妳還要回去？」

「懸壺堂需要人手，我自然得回去，過日子也要錢花用，我得賺銀子。」

謝翎緊緊抿著唇，他不再跟施嫿爭辯，轉過身，提著燈籠悶頭往院子裡走。

燈燭次第點亮起來，自從進了院子，謝翎就沒有說過話，直到施嫿將行李收拾妥當了，他才進到屋子裡來，將手裡拿著的東西，全部放在了桌上後，才道一聲。「阿九。」

只見那桌上，擺了數十枚銀錠，粗略一看，隱約有四、五百兩之多！

「有些是我去年中舉人時，官府發的銀子，其餘的是我中了進士之後的賞賜，都在這裡了。」他說著，望著施嫿的眼睛。「阿九，我如今已是翰林修撰，每年俸祿有兩百兩，已經足夠養活我們了。」謝翎頓了頓，又道：「若是還不夠，再過三年又是鄉試，我設法請調去臨省做學政，總是有些進項。」

施嫿愣怔間，謝翎認真地向她道：「阿九，我如今已經有足夠的能力，日後，必不會讓妳吃苦。」不等施嫿說話，他繼續道：「我算了算，若是能調去做學政的話，一年至少有五、六千兩銀子的進項，這是在翰林院裡都公認的肥缺，學政三年輪一次，之後我再試看看能不能進入戶部。」他慢慢地說著自己的打算和謀劃。

施嫿越聽越是心驚，這怎麼聽著好像是奔著貪官的路子去呢？

她不由聽得目瞪口呆，忽聞謝翎叫了自己的名字，施嫿下意識地答應一聲，卻撞入一雙幽深如海的眼中。

謝翎望著自己，低聲道：「阿九，妳別離開我，好不好？」

施嫿被那樣懇切而隱忍的眼神盯著，心裡就像是被什麼東西狠狠撞了一下，她不由自主地張了張口，道：「好。」

謝翎得到這個回答，彷彿聽見了天籟，一雙眼睛都發亮了，露出了笑容。

是夜，施嫿在屋裡睡下，她聽見謝翎在廊下走動的腳步聲，很輕，但是卻意外地讓她覺得十分安心。

她躺在床上，睜著眼睛，直到現在還有一種恍如夢中之感，她真的來到了京師，這個她曾經默默發誓這輩子都不會踏足的地方。

可如今，她竟然真的來了。

施嫿睜著眼睛到了深夜，也不知自己是什麼時候睡著的，只覺得犯起了睏，迷迷糊糊，竟是一夜無夢。

沒有大火，也沒有那個令人膽寒憎惡的呼喊聲，施嫿已經許久沒有這樣安穩地睡過一覺了，次日醒來時，只覺得輕鬆無比。

昨夜天色太黑，施嫿沒有仔細打量，如今再看，這是一座兩進的院子，十分精緻，不愧是御賜的，不過大抵年頭有些久了，疏於修繕，院牆上都長滿了一指厚的青苔，牆角裂開了一道裂縫，長了一株藤蔓，慢悠悠地爬上了牆，倒別有一番趣味。

「凶宅」占地很大，年頭也很久了，只是遺憾的是，它的每一任主人都在裡面住不長久。

施嫿花了一陣工夫，才將整座宅子走過一遍，許多地方草木已深，進不了人，她便在外面遠遠看幾眼，最後又回到了最初的院子裡。

施嫿把院子修整一番，準備置辦一些日常用具，她出門去了一趟東市，這裡的街市比蘇陽城要繁華得多，摩肩接踵、熙熙攘攘，到處都是此起彼落的吆喝聲。

就在此時，施嫿聽見了一絲細微的聲音，透過人群，從前方傳來，咚咚咚的聲響。有些像是鼓聲，她好奇地抬頭，顯然不只她一個人聽見了，旁邊的攤販和行人都聽見了那聲音，紛紛轉頭看去。

甚至有人扔下要買的東西，往那聲音傳來的方向走去。一人動則數十人跟著動，行人們紛紛地穿過街道，朝前方跑去，像是那裡有什麼東西吸引著他們的注意。

施嫿有些疑惑，問賣東西的攤主道：「那是什麼聲音？怎麼大家都過去了？」

攤主道：「看熱鬧去了啊！」

施嫿：「什麼熱鬧？」

攤主大著嗓門答道：「登聞鼓啊！有人在敲登聞鼓了！我記得上一回登聞鼓響是幾年前的事情了，大夥沒見過，都瞧熱鬧去了。」

登聞鼓！幾乎在電光石火之間，施嫿的腦中便浮現了一個人的模樣，是個女子，不苟言笑，神態冷淡，穿著一身孝服，繫著麻，眼中是深深的憂慮。

杜如蘭。

施嫿可以想像得出，她此時正站在登聞鼓前，雙手揮動著鼓槌時，面上冰冷的表情，眼神是如何的憤怒。

白松江去年才修過河道，今年突然決了堤，事先衙門無任何通報，淹沒岑州一帶地域，大、小主事官員盡被押解入京，在這個節骨眼上，岑州知州畏罪自盡，他的獨女杜如蘭卻悄悄隨著商隊北上，來到京城敲了登聞鼓。

這是有冤屈。

鼓聲還在持續不斷地響著，沈悶無比，聽得人心裡發慌，施嫿朝那個方向看了一眼，不少行人蜂擁過去看這難得一見的熱鬧，她沒有動，只是轉身離開了。

施嫿嗅到了一點山雨欲來風滿樓的氣息。

登聞鼓一響，鼓院內便急忙出來了一個官吏，急忙道：「莫敲了！本官問妳，妳是何方人士？為什麼事情敲登聞鼓？」

敲鼓的人終於住了手，轉過身來，卻是一名披麻帶孝的女子，她表情冷靜，眼神幽深，答道：「大人，小女子是岑州知州杜明輝之女，前陣子白松江決堤，岑州一帶淹沒，家父死得冤枉，小女子今日特意來敲登聞鼓，為的是替家父伸冤！」

甫聽見白松江決堤這幾個字，那官吏便覺得頭皮一陣發麻，如同接到了一個燙手山芋，這件事情從岑州傳來時，便已驚動朝野，皇上震怒不已，下旨將岑州一帶大、小官員全數押回京中，連夜召集各路大臣和內閣議事，發落的發落、罷黜的罷黜、殺頭的殺頭，眼看著事情就要塵埃落定了，怎麼突然又冒出一個岑州知州之女來敲登聞鼓？

那官吏只覺得一個頭、兩個大，心裡想著，這下怕是真的有事要發生了！

謝翎一進入翰林院，便發現大門全部敞開著，一眼望去，從第一道門到第三道門，門外站了不少侍衛，氣氛肅穆。這是天子的儀仗，皇上今天竟然來了翰林院！

難怪放眼望去，所有人都是戰戰兢兢，大氣都不敢出一聲，做事情輕手輕腳，偌大的國史館雖擁擠不堪，卻無一絲聲音，針落可聞。

穿過登瀛門，往最裡面是一排五開間的後堂，南向，中間設有御座，專門供皇帝到來而備下的，此時宣和帝正端坐在上方，與翰林院掌院學士元霍談話。

太子李靖涵陪同宣和帝一道前來，坐在下首，不時接上幾句話，君臣和諧，氣氛一派融洽。

宣和帝笑著道：「你既要管內閣的事情，又要管這偌大一個翰林院，十分不容易啊！」

元霍忙躬身答道：「為君父分憂，本是微臣的分內之事。」

李靖涵接了一句。「閣老今年年歲幾何？」

元霍答道：「回太子殿下的話，臣今年虛歲已六十有一。」

李靖涵笑著道：「那閣老還能再伺候父皇四十年呢！」

元霍也笑了。「殿下說笑了，臣這把老骨頭，中用不了多久了，不過，若能為皇上多效力一日，也是臣的福分。」

兩人相視一眼，元霍依舊笑著，倒是李靖涵的笑容淡了幾分。

李靖涵轉而對宣和帝道：「父皇，兒臣聽說宣和二十年的國史修得差不多了，既然今日來了，不如先看一看？」

宣和帝聽了，點點頭。「好，元閣老，朕今日便順便看一看修好的國史。」

元霍表情不變，答應下來，恭聲道：「微臣這就著人去取來。」他說著便退了出去。幾個大學士都在外面候著，見元霍出來，急忙迎上前，其中一個人低聲道：「閣老？」

元霍道：「皇上問起了宣和二十年的國史，先拿過來。」

張學士急道：「可是那幾本國史還未全部修完，如何呈給皇上？」

元霍表情平靜，道：「修了多少，都拿過來，沒修的暫且不必管。」

聞言，張學士不免有些猶疑。

元霍見他這般，便道：「怎麼？有什麼難處？」

張學士低聲答道：「此事下官安排了謝修撰與朱編修去做了。」

也就是說，目前在修這幾本國史的，只有兩個人！兩個人在一個月內能修得了多少？

元霍的眼神裡帶著幾分責備，但是他並未多說，擺了擺手，道：「先拿過來再說。」

張學士趕緊回去國史館，找到了謝翎，匆匆道：「修好的國史呢？」

「是！」

謝翎愣了一下，將修好的一部分交給他。

張學士有些緊張地問道：「你確定這些都是修好了的？」

謝翎點點頭，道：「只是還未裝訂成冊。」

張學士也管不了那麼多了，他並不是不重視修國史這件事情，但是明明到年底才要交差，萬萬沒想到皇上今天會突然跑來翰林院，還問起了這樁事情，讓他不免有些手忙腳亂。

拿著修好的那一部分國史，張學士也來不及與謝翎打招呼，悶頭就往後堂走，見元霍還站在門口等著，急忙雙手奉上。「閣老，都在這裡了。」

嘴裡說著，張學士面上仍舊有些尷尬，因為他拿著的也就區區三十幾頁，差不多小半本史書的樣子，看上去確實有些寒磣。

但是現在宣和帝坐在裡面等待，說什麼也沒有用了。

元霍接過那一疊紙，進了屋子，宣和帝正在與太子說話，元霍等他們兩人都停下來了，才躬身道：「讓皇上久等了，臣有罪。」

宣和帝擺了擺手。「無妨。」他的目光落在元霍的手上，道：「這就是那些修好的國史？」

元霍恭敬答道：「回皇上的話，正是。」

太子見了，便疑惑道：「怎麼就這些？」

元霍表情不動，口中答道：「皆因皇上重視，張學士等人不敢草率動手，逐字逐句地斟酌之後才改動的，不想皇上今日過來，還未來得及裝訂成冊。」

聞言，宣和帝倒是不太在意，道：「朕看看。」

元霍立即以雙手呈上。「請皇上過目。」

太子將那一疊修好的國史接過來，遞給宣和帝。「父皇請。」

宣和帝接過，開始慢慢地翻看起來，一時間整個屋子裡安靜無比，只能聽見紙頁翻動時發出的窸窣輕響。

元霍站在下面，眼觀鼻、鼻觀心，一副恭恭敬敬的模樣，垂著眼簾，不叫人看出他究竟在想什麼。

宣和帝看完後，叫了一聲。「元閣老。」

元霍立即有了動靜。「微臣在。」

宣和帝一邊翻著紙頁，一邊慢慢地問道：「這國史是誰修的？」

元霍恭謹地回答。「是張學士帶著幾個翰林院的編修和修撰一起修的。」

宣和帝「嗯」了一聲。「是張成安？」

元霍答道：「是，還有謝修撰和朱編修等人。」

宣和帝抬起頭來，道：「謝修撰？」

元霍立即解釋道：「是今年的新科狀元謝翎。」

太子李靖涵在一旁提醒道：「就是被父皇稱為神童的那位，去年是東江省的解元，今年又是會試亞元。」

宣和帝這才記了起來，興味盎然地道：「原來是他！他今日可來翰林院了？」

元霍答道：「謝修撰來了。」
宣和帝道：「朕想見見他。」
「是。」元霍立即應下。「臣這就去傳喚他前來面聖。」

國史館中，謝翎正在謄抄書籍。
張學士匆匆過來，低聲道：「有什麼事情先別忙了，皇上要召見你，快隨我過來！」
聞言，謝翎立即擱下毛筆，起身跟著張學士往後堂而去。張學士一邊快步走著，一邊壓低聲音叮囑道：「待會兒見了皇上，務必要恭敬仔細，該說的就說，不該說的別亂說。」
「是。」
兩人說著話，眼看後堂就在前面了。
謝翎整了整衣袍，在張學士的帶領下，踏入了門內，一眼便望見了坐在上首的宣和帝。他並不多看，微微垂著眼，一道明黃色的龍袍下襬在眼前閃過，謝翎隨著張學士一同拜了下去。
「臣張成安、謝翎，參見皇上。」
「嗯。」宣和帝擺了擺手。「平身吧！」
「謝皇上。」
兩人一起站了起來，宣和帝笑著道：「這些國史是你們修的？」

張學士有些惶恐，答道：「回皇上的話，正是微臣幾人一起修的。」

他本以為那些修了的國史出了什麼問題，但是以眼角悄悄去看旁邊的元霍，卻見他一絲異樣也無，一顆心不免七上八下，硬著頭皮道：「不知是出了什麼問題？」

宣和帝頓時笑了，道：「沒有問題，朕看這些，雖然不多，但是修得都很好，你們確實心做事了，要賞！」

聽了這句話，張學士立即長出了一口氣，額上的汗意也漸漸散了。他不求賞，只求無過便可，現在看來，皇上對這一疊修好的國史十分滿意，太好了。

張學士向謝翎投過去一個讚許的目光，只見謝翎站在那裡，不卑不亢，既未有受寵若驚之態，也未有惶恐不安，十分平靜。

宣和帝又望向謝翎，很是和藹地問道：「哪一部分是你修的？」

謝翎恭敬地答道：「回皇上的話，從第五頁起，直到二十八頁，都是臣修改的。」

宣和帝挑了挑眉，又將手中的國史翻了翻，頓時了然，笑道：「怎麼光靠你一個人修？」

聞言，張學士的一顆心又提了起來，卻聽謝翎不疾不徐地答道——

「回皇上，臣只是做第一遍的粗略修改，後面還有張大人和各位大學士，乃至掌院大人過目查驗，層層把關，才能真正修正完畢，其中工作之鉅細，一部流傳萬世的巨典國史，絕非臣一人可以勝任。」

宣和帝朗聲笑起來，道：「好一個流傳萬世，說得好！」他轉而對元霍道：「條理分明，行事有度，還不居功自傲，元閣老，你收了一個好門生啊！」

元霍連忙躬身道：「微臣惶恐，整個翰林院內皆是天子門生，為我大乾官員，此乃皇上之福，社稷之福。」

「好、好！」宣和帝十分高興，連連道：「事情做得好，自然要賞！」

他又轉向謝翎，問道：「謝翎，朕記得上回賞了你一座宅子，今日你想要什麼賞賜，儘管說來，朕都准了！」

謝翎頓了頓，道：「臣惶恐，這本是臣的分內之事，食君之祿，忠君之事，不敢居功請賞。」

宣和帝聽了，越發高興了，笑道：「這是朕答允的，有什麼不敢的？」他說著，沈吟片刻，問太子道：「朕記得國子監是不是還差兩個侍讀？」

太子連忙答道：「回父皇，確實是有空缺，那兩個侍讀都被調去右春坊了。」

宣和帝道：「好，等國史修正完畢，便讓謝翎去國子監就職！」

國子監侍讀，宣和帝一句話，謝翎便從翰林院從六品修撰一躍升為正六品侍讀了，新科進士裡鮮少有升官這樣快的，偏偏叫謝翎給趕上了，一時間消息傳開，倒叫翰林院眾人羨慕不已，但是羨慕也是枉然。

案桌與謝翎緊挨在一起的王編修也嘆了一聲，道：「當初進翰林院的人，大部分都是讀過那幾本國史的，但是並沒有人願意攬下這個麻煩的差事，唯有你不同，如今想來，這也是你的機遇啊！」說完便恭賀謝翎幾句，看得出是真心實意為他高興。

謝翎笑了笑，道：「運氣罷了。」

王編修卻搖搖頭。「這樣說來，這個運氣誰都有過，偏偏只有你抓住了。」

謝翎只是笑了一下，不再說話。

夜幕四合的時候，施嫿將院子裡的燈燭都點亮，門外傳來輕微的腳步聲，十分熟悉。緊接著，門被推開了，一道身影披著夜色踏入門裡，笑盈盈地喚她。

「阿九，我回來了！」

只看一眼，施嫿便知道謝翎有些醉了，她疑惑道：「你喝酒了？」

謝翎搖了搖頭，在椅子上坐下來，道：「沒有喝，今日我作東，請幾名同僚去了酒樓，他們都喝了，只有我沒喝酒，真的。」他說著，舉起袖子伸過去，笑道：「不信妳看看？」

或許真的只是沾染到的酒氣，非常淡，倏忽便消失在空氣中了，施嫿並沒有真的去聞，反倒是謝翎看起來有幾分失望。

施嫿倒了一杯水，推給他，好奇地問道：「為何今日要你作東？」

聞言，謝翎笑了，眼睛有些亮亮的。「阿九，今日皇上升了我的官職，等到年底一過，我就能去國子監任侍讀了。」

施嫿一怔，她完全沒有想到謝翎在短短一個月內就升了一品級的官，忙問道：「怎麼回事？」

謝翎便將今日之事細細道了一遍。

聽見太子兩字，施嫿的心狠狠往下一沈，面上也浮現出些許異樣，而這麼一絲異樣，正被謝翎看見了。

大乾朝如今的太子，李靖涵。

他想，阿九果然是認得這個人的。

「阿九？阿九？」謝翎試探性地叫了兩聲。

施嫿這才回過神來，望見他眼底的憂慮。

「阿九，妳怎麼了？」

施嫿搖搖頭，道：「只是剛剛想起了一些舊事，有些走神兒了。」

謝翎沒有繼續追問。

施嫿起身道：「先吃飯吧，都熱在鍋裡，等著你回來呢，你若是沒吃飽，就再用一些。」

謝翎答應了一聲，兩人擺好碗筷，四周安靜無比，只能聽見碗碟碰撞時發出的輕微響動。

聞鼓。」

施嫿心裡有事，此時顯得有些心不在焉。她想了想，對謝翎道：「我今日聽見有人敲登

謝翎怔了一下，道：「是誰？」

施嫿答道：「白松江決堤發大水的事情你可知道？」見謝翎點點頭，施嫿道：「敲登聞鼓的那人，是岑州前知州的女兒，我見過她。」

謝翎思索片刻，才慢慢地道：「岑州知州畏罪自盡的那件事情我聽說過，而且案子已經結了，若真是他女兒來敲登聞鼓，恐怕這事一時半刻平息不了。明日便是季夏，按照規制，皇上會命四監去祭祀宗廟、社稷之靈，若是不在明日報上去倒還好，若是報上去，或許不能善了了。」他說著，目光轉深，面上浮現些許若有所思。

——未完，待續，請看文創風775《阿九》3（完）

文創風
774

阿九 2

國家圖書館出版品預行編目資料

阿九／青君著. --
初版. -- 臺北市：狗屋, 2019.08
冊；公分. --（文創風）
ISBN 978-986-509-031-9（第2冊：平裝）. --

857.7　　108010825

著作者　青君
編輯　黃淑珍
校對　沈毓萍　周貝桂
發行所　狗屋出版社有限公司
地址　台北市104中山區龍江路71巷15號1樓
電話　02-2776-5889～0
發行字號　局版台業字845號
法律顧問　蕭雄淋律師
總經銷　知遠文化事業有限公司
電話　02-2664-8800
初版　2019年8月
國際書碼　ISBN-13　978-986-509-031-9

本著作物由北京晉江原創網絡科技有限公司授權出版

定價250元
狗屋劃撥帳號：19001626
網址：love.doghouse.com.tw　E-mail：love@doghouse.com.tw